Lena Lander
Der Erleuchtung ist gleich, wen sie erwischt

Lena Lander lebte ein ganz „normales" Leben als Physiotherapeutin und Ehefrau, bis eine Lebenskrise eine abrupte Wendung brachte, sie förmlich herausschleuderte aus der bisher gelebten „Normalität". Nach Sinn und Liebe suchend, wandte sich Lena im Lauf der nächsten Jahre zunehmend intensiver der Spiritualität zu, traf schließlich auf einen der sogenannten Erleuchteten, der ihr spiritueller Lehrer wurde, traf fast zur gleichen Zeit auf einen rein weltlich ausgerichteten Mann, der sich ebenfalls bald als Lehrer entpuppte.

Schreibend begleitete sie sich selbst in dieser Zeit der Suche nach Lebenssinn und Liebe, möchte mit ihren Erfahrungen nun auch anderen Sinnsuchenden Anregung und Beispiel geben.

lena_lander@web.de

Lena Lander

Der Erleuchtung ist gleich,
wen sie erwischt

„Die Verwirklichung ist nichts, was du neu dazu gewinnst. Die Verwirklichung besteht darin, die falsche Vorstellung loszuwerden, man sei nicht verwirklicht."

Ramana Maharshi

Warum nur, um Himmels willen, bin ich in diesen Laden gegangen. Was für eine verrückte Idee, einfach da hineinzuspazieren und zu fragen, ob man jemanden kenne, der eine Buchhandlung kaufen wolle.

Ich hatte noch nicht zu Ende gesprochen, da fuhr der Mann hinter der Theke schon herum und schaute mich überrascht und verwirrt an. Ich erkannte ihn sofort wieder. Stand ja auch nicht zum ersten Mal hier.

Seit gut einem Jahr gibt es dies Antiquariat in der Nähe meiner Wohnung und von Anfang an hat es mir seltsame Gefühle beschert. Stieß es mich ab? Zog es mich an? Ich hätte es nicht sagen können. Hinein wollte ich allerdings nicht. Was sollte ich mit alten Büchern, hatte beim Umzug vor einigen Jahren den größten Teil meines Buchbestandes aussortiert und verschenkt, hatte auch nicht vor, die wenigen verbliebenen Regalbretter erneut vollzustellen. Mit Altem sowieso nicht. Ich hatte doch gerade erst wieder neu angefangen.

Nun ja, wenn ich ehrlich bin, hatte ich neu anfangen müssen. Scheidung. Burnout. Kur. Verlust der Arbeitsstelle. Umzug in eine kleine Wohnung. Zwei Jahre lang war ich danach noch zur Therapie gegangen, dann hatte ich mich so einigermaßen arrangiert mit den Umständen und mit meinen wechselnden Zuständen. Mal ging es mir echt gut und mal echt hundsmiserabel.

Eine große Hilfe war mir in dieser Zeit Ella, eine der wenigen Freundinnen, die nach der Scheidung noch übriggeblieben waren. Ella ist einige Jährchen älter als ich, so an die siebzig, und auch mit ihr ist das Schicksal nicht immer gnädig umgesprungen. Vor gut einem Jahr beförderte ein Schlaganfall sie in den Rollstuhl und anschließend ins Seniorenheim. Doch ihre Unternehmungslust hat sie darüber nicht verloren und so wollte sie unbedingt in eine Ikonenausstellung im gerade neu eröffneten Antiquariat. Und unbedingt mit mir.

Nun gut. Ich tat ihr schließlich den Gefallen, schob sie hin und in den Laden hinein.

Der Antiquar hielt sich dezent im Hintergrund auf und trat nicht groß in Erscheinung, meist lief der Ikonenverkäufer um uns herum und zeigte und erklärte. Monate später stand ich an einer Kreuzung auf dem Bürgersteig und wartete darauf, dass die Ampel auf Grün sprang. Die Straße wurde von mehreren Pressluftbohrern bearbeitet und so herrschte ein Riesenkrach. Neben mir stand der Antiquar. Ich schaute ihn von der Seite her an und hörte mich zu meiner eigenen Verwunderung plötzlich sagen, das sei ja ein Höllenlärm hier, da habe er es in seinem Laden zum Glück bedeutend ruhiger.
„Ja", sagte der Mann und lächelte mich an. Dann fügte er hinzu: „Ich habe Sie da gesehen."
Ach. Er hatte mich gesehen? Mich auch? Nicht nur die Freundin, die so auffällig war in ihrem Rollstuhl? Er hatte mich gesehen. Das tat mir gut. Sehr gut.

„Kennen Sie jemanden, der eine Buchhandlung kaufen will?" Nein, ich war keinesfalls nur wegen dieser Frage ins Antiquariat gegangen. Dass meine Kusine ihren Buchladen verkaufen will, Verwandte und Freunde gebeten hat, Augen und Ohren aufzuhalten, lieferte mir nur einen guten Grund, diesen hier noch einmal zu betreten. Nach der Begegnung auf dem Bürgersteig hatte ein solcher Zug hierher eingesetzt, dass ich schließlich nicht mehr hatte widerstehen können. Der Impuls war einfach nicht mehr zu ignorieren gewesen.
Also, was wollte ich in Wirklichkeit dort?
Mir den Mann dieses Ein-Mann-Ladens genauer ansehen. Er war von meiner Frage wie elektrisiert, fragte und fragte und schien mir selbst ernsthaft interessiert. Schließlich gab er mir eine Karte mit seinem Namen, der Telefonnummer und den Ladenöffnungszeiten, und mit seinem Vorschlag im Ohr, die Kusine möge sich bei anhaltenden Verkaufsabsichten mit ihm in Verbindung setzen, verließ ich das Antiquariat wieder und saß bald darauf absolut verwirrt zu Hause.
Wie? Wollte der wirklich einen anderen Laden kaufen? Er hatte seinen doch kürzlich erst eröffnet? Aber wunderbar, dann gäbe es ja genügend Anknüpfungspunkte.

Anknüpfen? Was sollte das denn? Was wollte ich denn von dem? Und warum hatte ich ein derartiges Herzklopfen? Ich kannte den Mann doch gar nicht. War auch nicht verliebt in ihn. Hatte mich im Gegenteil regelrecht erschrocken, als er mich mitten im Gespräch plötzlich an meinen Ehemaligen erinnert hatte.

Aber war mir von der Kartenlegerin, zu der Ella schon lange geht und bei der ich vor einigen Wochen aus purer Neugierde dann auch einmal war, nicht das Auftauchen eines Mannes prophezeit worden?

„Das ist er", sagte eine Stimme in mir, doch eine andere hielt sofort dagegen. „Nur weil er gesagt hat, worauf du ein Leben lang gewartet hast? Dass er dich gesehen hat? Und nur, weil die Tür offen war?"

Ja, auch das noch. Als ich ankam, hatte die Eingangstür sperrangelweit offen gestanden. „Hier renne ich ja offene Türen ein", hatte ich sofort gedacht. Aber diese Assoziation ging ja wohl doch etwas zu weit.

Und dann? Wie ging`s weiter?

Erst einmal gar nicht. Die Kusine spielte plötzlich nicht mehr mit. Sie rief einfach nicht an beim Antiquar. Es machte mich unruhig und Tag für Tag ärgerlicher. Schließlich beschloss ich, selbst noch einmal hinzugehen. Einen Grund fand ich auch bald. Hatte er nicht immer mal wieder abends Veranstaltungen?

Da stand ich also ein weiteres Mal im Laden, bekam ein Blatt in die Hand gedrückt, zu jeder Veranstaltung etwas erzählt, meldete mich gleich an für die nächste, gab Adresse und Telefonnummer an und stand kurz darauf wieder vor der Tür. Mit einem leichten Schock. Der erinnerte mich wirklich total an den Ehemaligen.

Innen ist seither größte Abwehr und trotzdem ist da gleichzeitig diese verdammte Anziehung. Was soll das? Wieso zieht mich dieser Mann so an? Obwohl ich ihn weder kenne noch verliebt bin, und noch nicht einmal mehr genau weiß, wie er aussieht, wenn er mich nicht gerade an den Ehemaligen erinnert.

Welche Augenfarbe er habe, wollte Ella wissen, als ich ihr alles erzählte. Ich habe keine Ahnung.

Gestern war nun die erste dieser Abendveranstaltungen und natürlich ging ich auch hin, um mir endlich seine Augen genauer anzusehen. Doch der Raum war voller Menschen, er meist weit entfernt, und so weiß ich leider immer noch nicht, welche Farbe sie haben. Weiß allerdings auch nicht, warum mich das jetzt so brennend interessiert.
Da es nach dem Vortrag noch eine längere Diskussion gab, kam ich erst spät nach Hause und marschierte sofort ins Bett. Und wachte heute Morgen auf mit den Resten eines Traums im Kopf.
Ich war in einem Camp mit vielen Leuten und zwei Gurus zusammen. Der jüngere der beiden hielt mich liebevoll im Arm. Dann war das Camp zu Ende und ich ging die Straße hoch zum Haus meiner Eltern. Alle Fenster standen weit offen, alles sah sauber und renoviert aus. Im Vorgarten blieb ich stehen und da kamen die beiden Gurus zur Tür heraus und der jüngere fragte mich, was ich hier mache. „Ich nehme Abschied von meinem Elternhaus", sagte ich. Wieder nahm mich dieser Guru in den Arm, wo ich zu trommeln begann, erst ohne, dann mit Trommel, die mir jemand brachte. Die vielen Leute aus dem Camp waren plötzlich auch alle wieder da. Schließlich hatte ich das seltsame Gefühl, nicht ich, sondern es trommelte, und dann sank ich zu Boden. Ich wurde ins Haus getragen und in eines der Zimmer gelegt.
Ein seltsamer Traum. Obwohl. Ist in den letzten Monaten nicht immer mal wieder der Wunsch nach einem spirituellen Lehrer aufgetaucht? Nach einem, der mir den Weg weisen könnte? Den Weg aber wohin?

Zum Frieden vielleicht. Oder wenigstens zur Zufriedenheit. Das Leben als Arbeitslose ist wahrlich kein Zuckerlecken. Es gibt nichts zu tun. Jedenfalls nichts Sinnvolles.
Jahrzehntelang hatte ich als Physiotherapeutin gearbeitet, doch nach dem Crash fehlten mir die Kräfte für diese Arbeit, die Jüngste war ich mit 55 Jahren auch nicht gerade, und so fand ich keine mich befriedigende Arbeit mehr. Irgendeinen x-beliebigen Job wollte ich allerdings auch nicht haben und so lebe ich nun weitgehend vom Unterhalt, den mir der Ehemalige freundlicherweise zukommen lässt, und nur der Mini-Job an der Pforte von Ellas Seniorenheim vermittelt mir hin und wieder wenigstens ansatzweise das Gefühl, für etwas gut zu sein. Aber ich bin nur an zwei Vormittagen die Woche dort, die restliche Zeit hänge ich meist allein in der Wohnung herum, lese, höre Musik, meditiere, und wünsche mir im Übrigen dringend mehr Sinn ins Leben. Ganz zuerst und vor allem, ich gebe es zu, wünsche ich mir jedoch die Liebe. Am liebsten natürlich die himmlische und am allerliebsten die irdische gleich mit dabei. Himmel und Erde sozusagen Hand in Hand.
Ziemlich große Wünsche sind das, ich gebe es zu. Ob da nicht ein wenig Hilfe nötig ist? Dieser Traum. Die zwei Gurus. Einen für die himmlische, einen für die irdische Liebe? Lieber Gott, wo finde ich wenigstens einen Guru? Und welchen fände ich dann gern zuerst? Den für die irdische Liebe? Mein Gott, wie unspirituell!
Hin und her flitzen die Gedanken in meinem Kopf. Wie Fische im Aquarium, wenn man ans Glas klopft. Etwas hat mein Glashaus bis in die Grundfesten erschüttert.
Durch die Zimmerdecke hindurch höre ich Frau Franzen, meine Vermieterin, telefonieren. Jetzt hat sie gerade zum dritten Mal „Tschüss, alles Gute" gesagt und redet trotzdem unaufhörlich weiter. Warum nervt mich das so?
Was weht da durch mein Gehirn?
„Plaisir d`amour ne dure qu`un moment, chagrin d`amour dure toute la vie".
Das Vergnügen an der Liebe dauert nur einen Moment, Liebeskummer das ganze Leben.

Diese Zeilen habe ich früher viel und gern gesungen, hatte sie sogar jahrzehntelang auf einem Tagebuch mit äußerst unerfreulichem Inhalt kleben, das ich dann jedoch vor dem Umzug in die neue Wohnung mit allen anderen Tagebüchern endlich in die Mülltonne beförderte. Fort mit diesem alten Glaubenssatz, der das Leben nur erschwert. Schwupp, da ist er wieder. Glaube ich das etwa immer noch?
Was bin ich diese Altlasten leid! Liebeskummer! War etwa auch Liebeskummer, was ich nahezu die gesamte Ehezeit hindurch empfunden habe? Ich fühlte mich vom Ehemann nicht genug beachtet. Der sah mich nicht an. Nicht wirklich. Dank der Therapie weiß ich inzwischen, dass ich schon selbst hinschauen muss, wenn ich mich gesehen fühlen will. Was fürchte ich also jetzt? Den Rückfall in alte Muster und Gefühle?
Wusch, schießt eine deutlich fühlbare Energiewelle durch den Körper hindurch. Seitdem ich täglich meditiere, passiert das schon mal öfter. In ihrem Gefolge hat sie gern Gefühle eher unangenehmer Art, die ich, wie auf einem spirituellen Seminar gelernt, nicht durch Gedanken schnell wieder zu verdrängen, sondern brav zu fühlen versuche. Gefühle, die gefühlt werden, gehen nicht nur freiwillig wieder, sondern kommen auch nicht ständig wieder, da sie sich ja nun angenommen und gewürdigt fühlen können. Wurde jedenfalls so gesagt auf dem Seminar. Da ich es sehr begrüße, wenn schmerzliche Gefühle nur einmal kommen und dann nimmermehr, tue ich gewöhnlich mein Bestes, sie bis zum Ende auszuhalten. Klappt natürlich längst nicht immer. Aber heute bleibe ich dran, bin wild entschlossen, mich zu stellen.
Und schon geht's zur Sache. Sehnsucht, Angst, Schmerz und Ungeduld. Eine Supermischung, Treibstoff genug, um mich auf Hochtouren laufen zu lassen. Leidvolle Erinnerungen an Kindheit und Ehezeit steigen auf. Ich komme mit dem Fühlen kaum nach. Und habe schließlich die Nase gestrichen voll. Was soll das? Das ist Vergangenheit. Jetzt ist doch alles anders.

Wirklich? Fühlte ich mich nicht einst auch vom Ehemaligen unwiderstehlich und mir völlig unerklärlich angezogen? Das Geschehen jetzt erinnert so fatal an damals.

Aber etwas ist trotzdem anders. „Ich habe Sie gesehen", hat der Mann gesagt. Warum also ein solcher Psycho-Tumult ausgerechnet bei einem Mann, der gesagt hat, er habe mich gesehen?

Ich weiß es. Erst sind sie liebevoll und zugewandt und später schauen sie sich nicht mehr an. So war das doch bei den Eltern. Erst schreiben sie in ihren Liebesbriefen (ich fand sie mit vierzehn auf dem Speicher) wie schön sie es haben werden miteinander und dann ist es überhaupt nicht schön, sondern sehr schmerzlich. So endet das. Plaisir d`amour ne dure... Nein, danke. Und ob der Typ da jetzt besser ist? Erst sagte er auf dem Bürgersteig, er habe mich gesehen, schaute mich total interessiert an, als ich ihm einen anderen Laden anbot, doch als ich zum zweiten Mal kam, um ihn nach dem Veranstaltungsprogramm zu fragen, da schaute er weg. Er redete und redete und schaute die ganze Zeit nur auf das Blatt in seiner Hand. War mir richtig aufgefallen.

Alles wie immer also? Erst sehen sie hin und dann schnell wieder weg. Falls sie überhaupt richtig hingeschaut haben. Angst steigt auf. Und wenn es wieder weh tut?

Ich werde es überleben. Wie sagte die liebe Mutter immer? Was mich nicht umbringt, macht mich stark.

Im Übrigen bin ich jetzt echt gespannt, wie alles weitergeht. Die Kusine hat inzwischen doch Kontakt aufgenommen zum Antiquar und sie haben einen Termin ausgemacht, an dem er sich ihren Buchladen anschaut.

Keine Gurus in Sicht. Noch nicht einmal einer. Um schon mal das Meinige zu tun zum Erscheinen der Liebe habe ich mir eine Herzöffnungsübung verordnet, die ich nun täglich praktiziere. Ich setze mich hin, konzentriere mich auf die

Herzgegend und bitte, keine Ahnung wen, um die Öffnung dieses Herzens für die Liebe. Und schon springt die Brustkorbheizung an und bricht mir der Schweiß aus. Dass eine Herzöffnung eine derart hitzige und schweißtreibende Angelegenheit werden könnte, hatte ich nicht geahnt. Aber wenn man, wie ich, immer alles wörtlich nimmt, muss man auch mit körperlichen Reaktionen rechnen. Wünsche ich mir nicht schon lange ein warmes Herz?
„Was hat sie, was ich nicht habe", konnte ich mich nicht enthalten, den Ehemaligen über meine Nachfolgerin zu befragen.
„Warmherzigkeit", sagte er.
Es traf mich bis ins Mark, doch ich wusste, dass er Recht hatte.
Das Herz. Mein kaltes Herz. Hin und wieder gibt es meinem beharrlichen Üben nach und öffnet der Liebe einen Spalt breit die Tür, immerhin so weit, dass sie hindurchschlüpfen und das Herz ausfüllen kann. Fühlt sich dann drinnen an wie tiefe Freude. Wie Zufriedenheit.
Damit das Leben jedoch trotz gelegentlich himmlischer Momente schön irdisch bleibt, gibt es zum Glück noch Frau Franzen. Sie erzählte mir gestern von einer Talkshow, die sie am Vorabend gesehen hatte. Ich natürlich nicht. Habe ja keinen Fernseher.
„Ja, was machen Sie denn abends?" fragte sie.
„Ich lese, meditiere und mache Entspannungsübungen."
„So ein Quatsch. Ich habe genug Entspannung, wenn ich arbeite."
Patsch, patsch, patsch! Da hatte sie es mir aber noch mal gesagt und gegeben!
Ich war übrigens auch wieder im Antiquariat. Heute Morgen hing im Schaufenster ein Plakat, auf dem die nächste Veranstaltung angekündigt wurde. Ohne Terminangabe. Den musste ich daraufhin natürlich erfragen. Und als ich ihn in meinen Kalender eintrug, musste ich erstaunt feststellen, dass ich diese Veranstaltung bereits notiert hatte, da sie, wie mir auch wieder einfiel, auf der Veranstaltungsübersicht

gestanden hatte, die ich mir vor Wochen geholt hatte. Wie ich das nur hatte vergessen können!
Na gut, jetzt war ich eben wieder drin im Laden und da sonst keiner drin war, habe ich den Herrn Antiquar munter befragt und er hat bereitwillig Auskunft erteilt. Wir hatten ein wirklich nettes, längeres Gespräch. Und seine Augen sind blau. Blaugrau, genauer gesagt.
Meine Ängste und meine Abwehr haben sich in der Zwischenzeit zum Glück deutlich verringert. Der Mann erinnert mich zwar immer noch an den Ehemaligen, doch es macht mir nichts mehr. Etwas Vertrautes umgibt ihn. Ich fühle mich wohl mit ihm.

Da war in den letzten Tagen zwar kein deutlicher Impuls, ins Antiquariat zu gehen, jedoch ein beständiges Ziehen dahin. Ganz unbedingt wollte ich ausgerechnet von diesem fremden Mann gesehen und beachtet werden. Doch fiel mir rein gar nichts ein, was ich dafür hätte tun können.
Plötzlich tauchte im Kopf ein Satz auf: „Nichts tun und dem Zufall eine Chance geben".
Ich tat also nichts und prompt nahm der Zufall seine Chance wahr und ließ den Herrn Antiquar gleich zweimal auf dem Bürgersteig vor seinem Laden stehen, so dass ich anhalten und ein wenig plaudern konnte mit ihm. „Wie schön, Sie zu sehen", sagte er jedes Mal strahlend, schien echt interessiert und zugewandt, und als er gestern beim zweiten Mal sagte, er würde sich zwar gern weiter mit mir unterhalten, müsse jetzt aber dringend Bücher wegbringen, da sagte es völlig unüberlegt aus meinem Mund: „Sie können mich ja mal anrufen."
Den Rest des Tages hatte ich Mühe, zu meiner spontanen Anmache zu stehen, sah zudem immer wieder die Szene auf dem Bürgersteig vor mir, sah überdeutlich, dass der Mann meist wieder weggeschaut hatte, wenn er mit mir sprach.

Eigentlich war mir schon da völlig klar, wie es nun weitergehen würde. Nämlich gar nicht. Doch erst jetzt kann ich mir eingestehen, dass er nie anrufen wird. Und mit einem Mal weiß ich es genau. Er will nicht. Er will nicht „gestört" werden.
Und da ist er wieder. Der Schmerz. Der so gut bekannte und so oft gefühlte Herzschmerz. Der treue Begleiter durch die Jahrzehnte.
Heiß schießt die Wut hoch und ich fühle mich wie vor den Kopf geschlagen. Was läuft da wieder? Ich bin doch nicht blöd. Ich hab doch deutlich Interesse gespürt.
Altbekanntes überrollt mich. Nicht gut genug. Nicht interessant genug. Nicht liebenswürdig genug. Doch die Therapie der letzten Jahre zeigt Früchte, ich fange mich wieder und das Gefühl von Wert kehrt zurück.
Und jetzt keimt sogar Verständnis auf. Verständnis dafür, dass er woanders engagiert ist. Dass er beschäftigt ist mit seinem Laden und jetzt auch noch mit dem der Kusine, den er sich inzwischen angesehen hat. Er überlegt tatsächlich, ob er ihn übernehmen soll. Sehr offen sprach er über die problematische Lage des Antiquariats mitten im Wohngebiet und die entsprechend miesen Einnahmen, erzählte, dass er sich deshalb auch keine Aushilfe leisten könne und alles allein machen müsse.
Plötzlich dämmert mir, dass ich es geschafft habe, eine von klein auf gewohnte Leidenssituation wieder herzustellen. Ich höchstpersönlich habe dem Mann den Köder „neuer Laden" hingeworfen. Er hat ihn geschluckt und ist nun vollauf beschäftigt mit dem Köder. Aber nicht mit mir.
Das kenne ich nur zu gut. Waren nicht beide Eltern immer vollauf beschäftigt mit ihren Berufen? War nicht auch der Ehemalige nach der Büroarbeit immer derart absorbiert von seinen Ehrenämtern und Vereinstätigkeiten, dass für mich kaum noch etwas abfiel?
Also gut, also noch einmal, noch ein allerletztes Mal das Ganze. Da habe ich mich selbst hineinmanövriert und nun muss ich mit den Folgen fertig werden. Vor allem mit der erneuten Enttäuschung, dass für andere anderes sehr viel

wichtiger ist als meine Person. Die Enttäuschung ist so besonders groß, weil es anfangs anders ausgesehen hat. Er hatte ja hingeschaut. Hatte er jedenfalls behauptet.
Ich bin aber nicht nur enttäuscht, mehr noch bin ich erstaunt. Einmal über meine heftige Reaktion auf das Verhalten eines Menschen, den ich kaum kenne. Dann aber auch, dass ich schon wieder in einer dieser bereits sattsam bekannten alten Geschichten hänge. Obwohl ich mich doch so verändert habe.
Mit dieser Geschichte ist jetzt jedenfalls Schluss.

Ich wollte wirklich einen Schlussstrich ziehen unter diese Geschichte, doch irgendwie ging das nicht. Mir war absolut schleierhaft wieso, doch ich war weiterhin völlig fixiert auf den Mann. Ich ging sogar noch einmal zur Kartenlegerin. Er sei interessiert, sagte sie, hätte jetzt aber zu viele Probleme, um sich wirklich kümmern zu können. In ein oder zwei Jahren sei allerdings eine Beziehung möglich.
In ein oder zwei Jahren? Viel zu lange hin. Und ob man den Karten wirklich trauen konnte?
„Ich lasse die Fixierung los", sagte ich mir, erst laut, dann leise, schließlich wie ein Mantra immer und immer wieder. Es nutzte rein gar nichts und ich konnte es kaum fassen, wie aus der „Mücke Antiquar" unversehens der „Elefant Altes" geworden war, der mir die in den letzten Jahren so sorgfältig gekitteten Tassen und Teller in meinem Porzellanladen erneut aus den Regalen fegte. Es tat weh. Es tat immer wieder weh.
In dieser reichlich ungemütlichen Situation bekam ich von Ella ein Buch über Erleuchtete geschenkt und ich las es mit wachsendem Interesse.
Ich wusste genau, dass dieser Ausflug ins Spirituelle auch Ablenkung war von inneren Prozessen, auf die ich absolut

keine Lust mehr hatte. Aber dieses Buch war mir ja wohl nicht zufällig gerade jetzt in die Hände gekommen.
Eine Fülle weiser Sätze kam auf mich zu. Sie waren mir keineswegs unbekannt. Immerhin habe ich mich in den letzten Jahren durch einen Großteil der in Deutschland erhältlichen spirituellen Literatur hindurchgearbeitet. Doch diese Sätze musste ich offensichtlich gerade jetzt noch einmal lesen. Jetzt, wo ich am eigenen Leib erfahre, was Byron Katie meint, wenn sie sagt, wir hingen nicht an Menschen, sondern an den Geschichten, die wir mit diesen Menschen verbinden. Zu ihrer Feststellung, dass nicht wir das Alte loslassen, sondern das Alte uns, kann ich auch nur nicken.
Wie wahr. Und wie ärgerlich. Denn das Alte lässt einfach nicht los, da kann ich es loszulassen versuchen, so viel ich will.

Alles nimmt seinen Lauf. Die Sonne. Die Welt. Das Leben. Ja, sogar das Schicksal. Nur diese verdammte Fixierung nicht. Die rührt sich keinen Millimeter von der Stelle. Dies Festhängen wirklich anzunehmen, fällt mir außerordentlich schwer. Und ich hänge ziemlich fest, hänge nicht nur am Antiquar, oder genauer gesagt, an den mit ihm verknüpften Vorstellungen, Erwartungen und Erinnerungen, was mir schon arg genug ist, sondern auch noch an der Ablehnung dieses Festhängens, hänge nun zu allem Überfluss also auch noch fest am Nichtfesthängenwollen.
Festhängen an jemandem? Nein. Will ich nicht. Fixierung bindet und macht unfrei und darüber hinaus tut sie auch noch weh. Nein, nein, nein.
Ich weiß nur zu genau, dass Widerstand nichts besser, eher alles noch schlimmer macht, doch ich bin außerstande, mich von meinen Fixierungen zu befreien. Vielleicht ist das Ganze ja auch längst Chefsache? Bittet und euch wird gegeben. Steht jedenfalls so in der Bibel.
„Lieber Gott, bitte, sprich ein Machtwort! Schick meine Fixierungen zum Teufel."

Nichts. Die Fixierungen weichen immer noch keinen Millimeter.
Auch gut. Dann bin ich eben fixiert auf diesen Mann und auch noch auf den Widerstand dagegen. Da bin ich eben keineswegs schon so weit, wie ich gerne wäre. Und da geht es wohl auch gerade nicht ums Loslassen von Fixierungen, sondern zunächst einmal um ihre Annahme. Ums Fühlen dessen, was ich gar nicht gerne fühlen mag, was aber nun mal gerade da ist.
Oh. Wie erleichternd. Wenigstens der Widerstand ist jetzt weg. Da ist mir der liebe Gott also doch noch ein klein wenig entgegengekommen. Ist ja eigentlich auch gar nicht so schlimm, fixiert zu sein. Eher sehr menschlich.

Etwas Entscheidendes hatte sich gelöst mit der Annahme der Tatsache, fixiert zu sein. Gelöst hatte sich wohlgemerkt nicht die Fixierung auf den Mann, aber die Fixierung auf die Ablehnung der Fixierung, das Haften daran, nicht haften zu wollen.
Ein ganz bestimmter Aspekt der Fixierung auf den Antiquar wurde daraufhin allerdings zunehmend deutlicher. Ich wollte gesehen werden. Ganz unbedingt. Ich fühlte es auf Schritt und Tritt und besonders stark beim Radfahren. Ich übte so lange, bis ich es konnte, und fahre nun so oft wie möglich freihändig, kann die neu erworbene Fähigkeit allerdings kaum genießen, da ich beständig Ausschau halten muss nach jemand Bekanntem, der mich so sehen und bewundern könnte.
Ich *muss* Ausschau halten. Es ist mir selbst schon auffällig. Das ist doch nicht mehr normal. Und ich will das im Grunde auch gar nicht. Fragt sich nur, warum ich es dann immerzu mache.
Nicht wir entscheiden, was wir denken und tun, behaupten etliche der erleuchteten Geister in Ellas Buch. Könnte glatt

was dran sein. Zog es mich nicht trotz meines Widerstands immer wieder ins Antiquariat? Das Schicksal, die Seele, oder was auch immer, zogen und schoben mich beharrlich, wohin sie mich haben wollten, nämlich zur nächsten „Lektion", zu einer weiteren Variante einer nur zu bekannten Erfahrung, die ich mir freiwillig nicht noch einmal angetan hätte.

Und worum geht es diesmal in der Lektion? Das weiß ich plötzlich genau. Es geht um die gegenwärtigen Erfahrungen und nicht um das mögliche Ergebnis dieser Erfahrungen. Es geht um die bedingungslose Annahme dessen, was gerade ist, gleich, was es ist, und nicht darum, was ich mit dieser Annahme erreichen könnte. Ich habe Wünsche? In Ordnung. Ich will etwas nicht? Auch in Ordnung. Ich hänge fest? Ja. Ich bin traurig, wütend, froh? Ja. Ja. Ja.

Es geht ums Menschsein. Ums bewusste Menschsein.

Etwa auch ums Warten auf einen Menschen, der jetzt keine, aber in zwei Jahren vielleicht doch Zeit hat für mich?

Was? Warten? Auf keinen Fall.

Etwas explodiert in mir. Ich kann förmlich fühlen, wie sich die gerade wieder ganz deutlich gewordene Fixierung auf den Antiquar auflöst. Zack! Weg ist sie. Ich kann es erst kaum glauben, doch dann atme ich befreit auf, fast so, als ob ich eine Zwangsjacke endlich losgeworden sei.

Und dann taucht der Schmerz wieder auf. Ja, was will denn der jetzt noch? Habe ich den in den letzten Wochen nicht schon genug gefühlt? Ihn tapfer ausgehalten? Irgendwann muss es sich doch mal ausgeschmerzt haben. Irgendwann muss ich doch mal fertig sein mit ihm. Und dann Tschüss. Auf Nimmerwiedersehen.

Langsam dämmert mir, dass das möglicherweise eine unrealistische Vorstellung ist. Lebe ich nicht in einer Welt der Dualität? Dann ist der Schmerz die Kehrseite der Freude und gehört genauso zum Leben dazu. Versuche ich, ihn draußen zu halten, bleibt bald auch die Freude vor der geschlossenen Tür.

Dieser verdammte Schmerz. Immerhin fürchte ich ihn nicht mehr so sehr wie früher. Ob ich ihn jedoch, wie in vielen

spirituellen Büchern aufs Wärmste empfohlen, irgendwann sogar willkommen heißen kann wie einen guten Freund, das erscheint mir noch sehr fraglich. Dass er nicht grundlos auftaucht, dessen bin ich mir hingegen sicher. Zurzeit hat er die Aufgabe, mich zu „wecken".
„Wo bist du gerade?" fragt er. „Denkst du heimlich wieder an vergangene Geschichten? Komm zurück. Hier findet das Leben statt. Hier und jetzt."
Sobald ich wieder da und bei mir bin, geht er leise wieder.
Ja, tatsächlich. Der Schmerz ist gegangen. Eine stille, aber tiefe Freude steigt auf. Etwas ganz und gar Sanftes breitet sich aus. Zärtlichkeit wird fühlbar. Und da erscheint mir das Leben im Augenblick so lebenswert, so vollkommen und so wunderbar.
Mein Blick fällt auf die neu bepflanzten Balkonkästen. Ich habe sie ganz bunt bepflanzt. Das Leben ist bunt. Wunderbar bunt. All diese Farben! Ich schaue die Blumen an und bewundere sie. Jede einzelne. Und mit einem Mal ist mir, als würde etwas in mir gerade erst aufwachen. Hey Lena, es ist Frühling.
Ein Impuls taucht auf. Wird immer deutlicher. Rausgehen. Nicht nur bis zum Antiquariat um die Ecke. Nein, bis in die Fußgängerzone mit ihren Geschäften und Cafés. Menschen treffen, sie anschauen, ihren Geschichten zuhören. Wer sind sie? Wie sind sie? Es interessiert mich. Keine Lust mehr, hier allein für mich zu sitzen.

Ja, ich war in den letzten Wochen viel unterwegs, anfangs mit Ella, später auch allein, saß nach meinen Spaziergängen oft noch eine Weile vor dem Stadtcafé und beobachtete das Hin und Her in der Fußgängerzone. Das tat mir gut. Fühlte sich an wie Aufbruch.
Vor wenigen Tagen fand dann der nächste Aufbruch statt. Das Buch über die sogenannten Erleuchteten ging mir nicht

aus dem Sinn und die Lust, einem solchen einmal leibhaftig zu begegnen, nahm immer mehr zu. „Satsang" las ich letzte Woche auf einem Plakat in der Nachbarstadt und war sofort elektrisiert. So waren in Ellas Buch manchmal die Treffen genannt worden, bei denen man spirituellen Lehrern mit meist indischen Meistern begegnen konnte.
Ich brauchte nur an Satsang zu denken, dann schlug mir das Herz schon bis zum Hals. Angst. Aber die Neugier siegte und so war ich denn tatsächlich in der Nachbarstadt beim Satsang, dem „Zusammensein in Wahrheit oder Stille", wie Mike, der Lehrer, das indische Wort übersetzte.
Stille. Stillwerden. Wie lange sehne ich mich schon danach. Gelegentlich war es an diesem Satsangabend für ein kleines Weilchen wirklich ganz wunderbar still in mir, meist aber überschlugen sich die inneren Stimmen förmlich und mehr als einmal bescheinigten sie mir, komplett verrückt zu sein. Ich war geneigt, ihnen zu glauben. Was wollte ich hier? In diesem bunt zusammengewürfelten Haufen meist jüngerer Menschen auf der Suche nach Erleuchtung. Mehrmals war ich nahe daran, aufzustehen und zu gehen. Doch je länger ich blieb, desto mehr faszinierten mich die Augen des „Erleuchteten". Sie schauten einen an und schauten einen doch nicht an. Ich musste immer wieder hinsehen.
  Auf einem Tischchen neben Mikes Stuhl stand das Foto eines weißhaarigen Inders. Ramana Maharshi heißt der Mann, wie ich im Laufe des Abends erfuhr. Er ist längst tot und gehört zu einer „Advaita-Linie", der sich auch Mike zurechnet. Übersetzt bedeutet Advaita „Nicht-Zwei". Die wirkliche Realität ist nicht dual. In Wahrheit ist alles eins.
Mike verehrt Ramana Maharshi sehr. Der Weise hat die meiste Zeit seines Lebens geschwiegen und wenn er doch sprach, seine Schüler mit der scheinbar so simplen Frage „Wer bin ich?" zur Selbsterforschung angeleitet. So fragte denn auch Mike so manches Mal, wer das sei, der jetzt gerade neben ihm sitze und leide oder aber glücklich sei.
Wäre dieser Mike ein „normaler" Seminarleiter auf einem „normalen" Seminar gewesen, dann hätte er keine besonders guten Karten gehabt bei mir. Da saß kein wortgewaltiger

Publikumsmagnet, sondern ein zwar sehr freundlicher, aber eher zögerlich und umständlich reagierender Mensch. Doch irgendwie machte mir das nichts. Der Mann strahlte Ruhe, Offenheit und Verständnis aus, lachte gern und schaute manchmal sehr sanft und liebevoll drein. Langsam verloren sich meine Fluchttendenzen.

Was er sagte, war mir natürlich alles längst bekannt. Ich hatte es bereits gelesen oder dachte ähnlich. Doch mir wurde schnell klar, dass es hier nicht ums Denken, Reden oder um eine geschliffene Wortwahl ging. Es ging ums Hinschauen und Hinhören. Wer wollte, konnte nach vorne gehen und sich zum „Erleuchteten" setzen, Fragen stellen oder sich Fragen stellen lassen. Und natürlich in die Augen des Meisters schauen.

Das verlangt schon einiges an Mut. Finde ich. Ich habe mir das am ersten Abend alles nur angesehen und verwundert festgestellt, wie es die Leute reihenweise auf diesen Stuhl da vorne zog. Am zweiten Abend, ja, ich ging wieder hin, überlegte ich dann schon, ob ich nicht auch einmal nach vorne gehen sollte. „Kein Druck, bitte", sagte ich mir, wie in der Therapie gelernt. „Ich gehe nur, wenn sich eine Lücke auftut. Wenn es sich so ergibt."

Es ergab sich nur zu bald eine Pause, in der keiner nach vorne ging. Mir blieb beinahe das Herz stehen. Oh Gott, war ich jetzt etwa dran?

Nein. Da ging bereits jemand. Große Erleichterung. Doch dann entstand schon wieder eine Pause und die nutzte mein Körper, um ohne Befehl einfach aufzustehen und nun mich zu diesem „Erleuchteten" zu befördern. Mein Herzschlag wummerte bis unter die Schädeldecke. Ich hätte keinen Ton rausbringen können und so schaute ich dem Mann einfach nur in die Augen.

Die Augen der Erleuchteten seien wie Spiegel der eigenen Seele, hatte ich gelesen. Doch in Mikes Augen war nicht viel zu sehen. Kein Wunder eigentlich. Ich war derart gehemmt und blockiert, dass ich bis auf meinen überlauten Herzschlag kaum noch etwas mitbekam.

Schließlich ging ich auf meinen Platz zurück. Kaum saß ich wieder in sicherer Entfernung, löste sich die Hemmung und die Augen vorne wurden erneut höchst anziehend. Aus ihnen sprach Liebe. Ganz eindeutig.

Und bei mir ging es ab jetzt ganz eindeutig wieder einmal um Selbstliebe, um die Annahme auch meiner verhassten Schattenseiten. Ich fand den Mann, der dauernd nach vorne rannte, aufdringlich und penetrant. Sein ständiges Lachen ging mir fürchterlich auf die Nerven. Das Zusammensein mit einem „Erleuchteten" machte mich zu meinem Leidwesen keineswegs automatisch zu einer Heiligen. Zumindest dieser Satsang fand nicht im Himmel statt, sondern auf der Erde.

Auf der Erde ging das Leben denn auch ganz normal weiter nach den beiden Satsang-Abenden. Ich tat meine Arbeit im Seniorenheim, machte Ausflüge mit Ella oder allein und setzte mich auch immer mal wieder zum Leutegucken vors Stadtcafé oder in die Fußgängerzone. Den Antiquar sah ich nicht mehr. Ich wollte ihn auch nicht mehr sehen, gab dem Zufall zu verstehen, er möge sich bitte zurückhalten. Etwas hat sich grundlegend geändert. Kommt ein Gedanke an diesen Mann, so löst er nicht mehr Schmerz aus, sondern fühlbar Selbstliebe.

Ich bin nicht mehr fixiert auf den Antiquar. Doch leider immer noch ganz allgemein auf den Wunsch nach einem Partner. Und das trotz der weisen Erkenntnis, dass mich auch ein Partner nicht dauerhaft glücklich machen kann, wenn ich es nicht tief in mir drin selber bin.

Und? Bin ich es tief in mir drin? Eher nicht. Wieso sonst die Fixierung? Aber vielleicht macht die ja trotzdem Sinn? Mit einem Partner könnte ich immerhin einmal testen, wie tief das Glück schon in mich eingesunken ist.

Aber leider, leider, weit und breit kein Partner in Sicht. Und auch sonst ist nichts los. Hin und wieder ist mir regelrecht langweilig und plötzlich verstehe ich sogar die Frau im Nachbarhaus, die so oft im Fenster liegt, um nur ja alles mitzukriegen und dann darüber tratschen zu können, und auf diese Weise wenigstens ein klein wenig Abwechslung in ihrem gleichförmigen Alltag zu haben.

Nichts los. Rein gar nichts. Nun gut. Nicht wie ich es will, sondern wie der liebe Gott es will. Will er sich durch mich langweilen? Bitte sehr!

Verdammt. Er ist wieder aufgetaucht. Gestern. Stand auf dem Bürgersteig, sah mich aber nicht. Trotzdem schlug mein Herz sofort los. Was mich sofort maßlos ärgerte.
Die kurze Episode mit ihm erscheint mir in der Rückschau wie eine kluge, ja, geradezu listige Inszenierung des Schicksals. Was hat mich letztendlich dazu gebracht, seinen Laden zu betreten? Der beabsichtigte Ladenverkauf meiner Kusine. Doch was ist? Der Antiquar hat sich ihren Laden zwar angesehen, sich dann aber nie wieder gemeldet. Und die Kusine will ihn auch längst nicht mehr verkaufen. Sieht doch ganz aus nach einer „Fallgrube" nur für mich.
Wieder einmal tat ich etwas, was ich nie mehr tun wollte, kümmerte mich um anderer Leute Angelegenheiten, tat es in Wahrheit aber aus sehr eigennützigen Interessen heraus und plumps, schon ging es hinunter.
In Ordnung. Ich bin wieder raus aus der Grube und um wertvolle Erkenntnisse reicher. Hoffentlich bleiben sie mir erhalten. Ich hege den Verdacht, das Schicksal fädelt gerade die nächste Lektion ein. Eben sah ich den Mann nämlich schon wieder auf dem Bürgersteig. Und diesmal sah er mich auch. Wir strahlten uns an, während ich vorbeiging. Strahlt er jeden so an? Hat er sich gefreut, mich zu sehen?
Lieber nicht weiter darüber nachdenken. Bringt ja auch nichts. Lebe im Jetzt, lautet die Devise, die ich meiner spirituellen Lektüre entnommen habe. Lebe im Jetzt, nicht in der Vergangenheit und nicht in der Zukunft. Erwarte nichts und warte auf nichts.
Gern. Wenn ich es schaffe. Aber irgendetwas grummelt in mir. Von Minute zu Minute mehr. Ich glaube, ich brauche

Bewegung. Ich mache eine Radtour am Fluss entlang. Am besten gleich nach dem Essen.

Ich stehe mit dem Fahrrad vor der Haustür, als ein fremder Mann vorbeikommt und fröhlich sagt, jetzt sei es ja doch noch Sommer und warm geworden.
„Zu dem, der warten kann, kommt alles mit der Zeit", zitiere ich einen bekannten Spruch.
Der Fremde lacht: „Zu dem, der nicht warten kann, auch."
Ich schaue ihm verblüfft nach. Wie Recht er hat. Zumindest was das Wetter angeht. Aber auch über mich selbst bin ich verblüfft. Was habe ich da gesagt? Ich will doch nicht mehr warten. Schon steigt wieder Unruhe auf und da fahre ich endgültig hinunter zum Fluss und Kilometer um Kilometer am Ufer entlang.
Ich fahre schnell und schneller, vergesse darüber glatt zu denken, fühle mich endlich wieder frei und leicht. Das Leben macht Spaß. Und ist im Grunde ein einziges großes Abenteuer.
„I am the world", singe ich laut den Text im Walkman mit und brause an den Fußgängern vorbei. Plötzlich bin ich der Marlboro-Cowboy, der auf seinem feurigen Mustang über die Weiden galoppiert. Und ich bin der Motorradfahrer, der mit Hochgeschwindigkeit über die Straßen donnert und sich verwegen in die Kurven legt. Ich bin... Ja, was bin ich denn noch alles?
Es denkt wieder. Wie im Akkord. Ich muss die nächste Bank ansteuern und eine Pause zum Denken einlegen.
Warten oder nicht warten? Vermutlich ist gleich, ob ich nun warte, nicht warte oder so tue, als ob ich nicht warte. Das Leben macht sowieso, was es will, und es macht es genau dann, wann es das will, und nicht dann, wenn ich genug gewartet habe. Etwas geschieht, weil es jetzt stimmig ist und ins Gesamt passt.
Ist es also stimmig, dass der Antiquar ein weiteres Mal die Bühne meines kleinen „Welttheaters" betreten hat? Wenn ja, wozu dann aber? Ich jedenfalls werde nicht noch einmal auf ihn zugehen. Er ist dran.

Ja, will ich denn immer noch was von dem? Eher nein. Aber vielleicht doch. Oh, verdammt.
Loslassen, loslassen, loslassen… alle alten Muster und alle Erwartungen ans Leben, speziell an diesen Mann. Loslassen, loslassen, loslassen…
Es klappt nicht.
„Nichts tun gegen die Fixierung auf den Typen und nun auch noch aufs Warten", sage ich mir also immer wieder aufs Neue. „Nichts tun. Weder dafür noch dagegen. Und nicht grübeln, wie du da wieder raus kommen könntest. Das ist völlig unnötig. Schau nur hin. Fühle hin. Hör dir selber zu."
Da warte ich also wieder. Weniger auf den Antiquar als auf das, was sich tun wird in und mit mir. Ja, ich bin echt interessiert, gespannt sogar, was sich tun wird, wenn ich nichts tue.

In den Träumen der letzten Wochen war ich viel mit der Vergangenheit beschäftigt und habe oft geweint. Einmal war ich in meinem Elternhaus, in dem nun jemand anders lebte und rief nach der Mutter, die plötzlich verschwunden war, genauso wie alle anderen Familienmitglieder auch. Beim Aufwachen wusste ich genau, dass ich trauere um etwas, was zu Ende ist. Außen wie innen. Das Haus ist verkauft, die Eltern sind tot und die, die ich einmal war, die bin ich fast schon nicht mehr.
Ich war sehr niedergedrückt in diesen Wochen, völlig antriebslos, fühlte mich oft todmüde, doch nun sitze ich endlich einmal wieder vor dem Café in der Fußgängerzone und bin überrascht von dem Wohlgefühl, das sich einstellt, sobald ich nur still hier sitze und schaue.
Und dann, es dauert gar nicht lange, denkt es wieder los und denkt und denkt und hört gar nicht mehr auf zu denken…

Was sagte Mike über Gedanken? Sie seien weder gut noch schlecht, weder nützlich noch schädlich. Gedanken seien einfach nur Gedanken. Zu allem Überfluss würden wir noch nicht einmal selbst bestimmen, welche Gedanken uns wann durch den Kopf gingen. „Nicht ihr denkt", sagte er. „Da sind einfach Gedanken."

Ein Sprichwort sagt: „Der Mensch denkt, Gott lenkt." Doch vielleicht denkt der Mensch nur, er denke. Möglicherweise ist er nur das Radio, das empfängt und wiedergibt, was im Äther herumschwirrt. So ähnlich hat Mike es uns jedenfalls zu erklären versucht.

Ist mein Gehirn also nur der Behälter, die Struktur, durch die etwas anschaulich, fühlbar und denkbar gemacht wird? Aber für wen? Für mich? Oder eher fürs Göttliche, das den Sender an- und einstellt und so bestimmt, wann ich was empfange? Es denkt und denkt und denkt unaufhörlich weiter…

Wie ist das mit der Verantwortung, wenn ich gar nicht selbst bestimme, was ich denke? Bin ich dann nur „pro forma", also nur als Form, verantwortlich? Habe ich in Wahrheit gar nichts zu tun mit dem, was das Allumfassende Bewusstsein ausdrückt mit Hilfe der Form, die ich in dieser Welt der Materie bin?

Mike zufolge sind auch unsere Handlungen längst im Gange, wenn wir daran denken, sie in Angriff zu nehmen. Er sagte, die moderne Hirnforschung unterstütze diese Behauptung, denn sie habe anhand von Messungen herausgefunden, dass im Gehirn bereits Impulse zu einer Tätigkeit auftauchen, bevor der Mensch sie in Angriff nehme.

Zu glauben, dass in Wahrheit alles ohne meine bewusste Entscheidung abläuft, ist mir unheimlich. Bedeutet es doch, keinerlei Kontrolle zu haben über das, was geschieht. Das ist in anderer Hinsicht allerdings auch sehr entlastend. Es gibt dann keine Schuld mehr und kein Versagen. Es gibt nur noch Ereignisse und Erfahrungen.

Hey, da kommt ja wer, den ich kenne. „Hedi, he, hallo".

Ich springe auf und winke heftig in Richtung der Bekannten, die inmitten des Menschenstroms vorbeigeht, mich jedoch weder hört noch sieht. Beschämt setze ich mich wieder. Wie nötig ich es immer noch habe, gesehen zu werden. Wie sehr allein ich mich plötzlich fühle inmitten der vielen Menschen um mich herum.

Mike ist wieder in der Nachbarstadt. Gut präpariert durch weitere erleuchtete Lektüre und eigenes Nach-Denken fuhr ich gestern Abend zu seinem zweistündigen Satsang, saß die ganze Zeit nur still da und genoss diese köstliche Ruhe innen drin. Da war kein Impuls, nach vorne zu gehen. Lieber nahm ich entspannt aus sicherer Entfernung Mikes wohltuende Ausstrahlung auf.
Ich weiß noch nicht einmal mehr, worüber gesprochen wurde. Ich weiß allerdings noch, dass es mich ziemlich einschüchterte, dass so viele der Anwesenden indische Namen hatten. Die waren alle schon bei indischen Meistern gewesen. Wie mutig. Ich hatte immer nur zu Hause gehockt und Bücher gelesen über Menschen, die auf der Suche nach Wahrheit bis nach Indien reisen.
Wieder war ich fasziniert von Mikes Gesicht, das sich fortwährend zu verändern schien. Manchmal schloss er plötzlich seine Augen und - verflixt, schon die Erinnerung treibt mir die Tränen in meine - Stille und Frieden waren so deutlich wahrnehmbar, dass ich mich bis in die Tiefe angerührt fühlte. Manchmal schwieg er lange und schaute den Menschen vor ihm der Reihe nach in die Augen. Auch mir.
Da saß ich also, ich, die zeitlebens gesehen werden wollte, und wurde wirklich gesehen. Immer wieder musste ich Mike anschauen, konnte mich nicht satt sehen an seinen Augen, an diesem ruhigen, liebevollen oder strahlenden Ausdruck, den seine Gesichtszüge manchmal annahmen. Ich glaube, ich liebe den Mann bereits. Nein, nicht den Menschen Mike. Ich liebe das, was er verkörpert und ausstrahlt, seine hundert Gesichter, sein Schweigen, sein Dasein. Und deshalb bin ich

sogar bereit, nahezu das gesamte Wochenende mit ihm zu verbringen. Heute und morgen geht das „Zusammensein in Wahrheit" von mittags bis abends. Oh, höchste Zeit, zum Zug zu gehen.

Entspannt, jedenfalls einigermaßen, sitze ich im Raum, den „Erleuchteten" fest im Blick, und höre zu, was bei ihm vorne gesprochen wird. Nach zwei Stunden ist Pause. Ich setze mich draußen auf eine Bank und esse mein Brot. Plötzlich wird mir bewusst, dass der größte Teil der Gruppe mit Mike auf einer nahe gelegenen Restaurantterrasse sitzt. Lachen und Fetzen der lebhaften Unterhaltungen wehen vorbei. Ich bin eindeutig nicht dabei. Bin „draußen". Das tut weh.
Eine Frau kommt heran, bleibt vor mir stehen, setzt sich dann zu mir und erzählt vom Hexenschuss, der sie soeben erwischt hat. Dankbar für ihre Gesellschaft fühle ich mich nicht mehr gar so allein.
Dann geht der Satsang weiter. Ich sitze still da und höre zu, bis die nächste Pause angekündigt wird. Anderthalb Stunden soll sie diesmal dauern.
Was? Anderthalb Stunden herumsitzen und mich noch mal so allein fühlen?
Aber ich könnte mich doch zu jemandem dazusetzen?
Nein, das traue ich mich nicht. Ich fahre nach Hause.
Ich nehme meinen Rucksack hoch und gehe zur Tür. Im Hinausgehen trifft mein Blick den der Frau, die sich in der Pause neben mich gesetzt hatte. Ihre Augen sind voller Schmerz. Automatisch bleibe ich stehen und frage, ob sie ein paar Notfall-Tropfen wolle. Sie will. Ich sage, ich sei Physiotherapeutin und frage, ob ich in der Pause versuchen solle, den Schmerz ein wenig zu mildern. Ich soll. Die Frau legt sich auf den Boden, ich knie mich neben sie und behandle sie im nunmehr leeren Raum.
Und bin ziemlich fassungslos. Wenn es nach mir gegangen wäre, wäre ich jetzt auf dem Weg zur Bahn. Stattdessen „darf" ich hier bleiben und jemandem helfen, zu entspannen. Ist das etwa eine der Wirkungen, die „Erleuchtete" auslösen können? Mike arbeitet als Körpertherapeut und Heiler, wenn

er nicht gerade Satsang gibt. Jetzt sitze ich selbst hier und spiele diese Rolle.
Nach der Behandlung essen wir beiden gemeinsam unsere Brote, reden miteinander und schweigen miteinander. Am Ende der Pause bedanken wir uns beieinander und als die nächste Satsangrunde beginnt, bin ich immer noch da und bleibe auch da. Bis zum Schluss.
Mike steht auf. „Bis nachher", sagt er.
Was soll denn das heißen? Ich befrage meinen Nebenmann und erfahre, dass Mike nach dem Satsang gewöhnlich mit denen, die noch Lust und Zeit haben, in eine Kneipe oder ein Restaurant geht.
„Ich will auch mit, ich würde so gern mitgehen", wünscht es sich in mir und gleichzeitig weiß ich, dass ich mich ohne eine Einladung wieder nicht trauen werde. Ich höre es mich förmlich im Geiste sagen. „Ich brauche eine Einladung".
Wieder nehme ich meinen Rucksack und verabschiede mich von dem jungen Mann neben mir. „Es war richtig nett, neben Ihnen zu sitzen", sage ich zu ihm und höre erfreut, dass auch er es schön fand neben mir. Im Weggehen höre ich dann noch etwas.
„Kommst du noch mit?"
Habe ich mich verhört? Nein. Er meint es ernst. Spricht die dringend benötigte Einladung gleich noch einmal aus.
„Kommst du mit?"
Ja. Natürlich. Gern.
Kurz darauf finde ich mich an Mikes Seite wieder. Schon schlägt mir das Herz wieder bis zum Hals und ich bin höchst erleichtert, dass ihn die Frau an seiner anderen Seite in eine lange Unterhaltung verwickelt. Obwohl der Mann aus der Nähe einen ganz normalen Eindruck macht, habe ich einen enormen Respekt vor ihm.
An meiner anderen Seite sitzt ein mir sehr sympathischer junger Mann und hat zum Glück Lust, sich mit mir zu unterhalten. Ein wenig sieht er aus wie Dustin Hoffmann, mein Lieblingsschauspieler, ist aber Uniprofessor und heißt Arne. Auch ich scheine ihn an jemanden zu erinnern.
„Kennen wir uns nicht irgendwoher?"

Nein. Ich muss ihn enttäuschen.
Doch dann, von jetzt auf sofort, werde ich fürchterlich müde und sitze bald darauf im Zug, reichlich verwirrt von den vielen Eindrücken und den unerwarteten Wendungen, die der Tag genommen hat. Tiefe Erschöpfung wird fühlbar. Ob ich morgen wirklich noch einmal hinfahren soll? Ob mir das nicht alles zu viel wird?

Sonntag. Ich wache auf, bin fit und munter, erinnere mich an den gestrigen Satsang und jäh schießt Vorfreude hoch. Ich kenne mich selbst nicht wieder, doch ich freue mich auf den heutigen Satsang wie ein Kind auf Weihnachten.
Dann sitze ich wieder im Satsang. Sehr aufmerksam, den „Erleuchteten" nicht aus den Augen lassend.
„Ihr habt Angst vor Erleuchtung", sagt Mike zum Auftakt, „weil ihr fürchtet, euch dann nicht mehr die normalen menschlichen Wünsche und Bedürfnisse erfüllen zu dürfen. Aber ihr dürft weiterhin euer Bier trinken, ins Kino gehen, einen Freund oder eine Freundin haben."
Na Gott sei Dank. Tut echt gut, das zu hören.
Ach. Will ich etwa erleuchtet werden? Himmel hilf!
Vorerst ist von Erleuchtung nichts zu bemerken. Ich bin weiterhin die, die ich bin, fühle mich in der ersten Pause wieder sehr unsicher, gehe aber trotzdem mit ins Restaurant und tue einfach so, als gehörte ich bereits dazu. Die anderen kennen sich zum größten Teil tatsächlich, treffen sich schon länger regelmäßig bei ihrem „Guru", wie eine ihn nennt.
Tapfer, aber sehr angespannt, sitze ich auf der Terrasse. Welche Sorte Mensch geht zu einem „Erleuchteten"? Dass ich nicht mehr ganz „normal" bin, ist mir inzwischen klar, doch wie „verrückt" sind die anderen?
Weniger als ich befürchtet habe und so sitze ich nach der Pause etwas beruhigter auf meinem Platz im Satsangraum. Ich sitze wie in einem Theater, schaue zu, was sich auf der

„Bühne" abspielt und bekomme ein absolut faszinierendes Stück vorgeführt. „I am the world" heißt es.

Erstaunt muss ich feststellen, dass nahezu alles, was vorne gesprochen wird, auch von mir hätte gesagt werden können. Ich weiß meist genau, wovon die Menschen bei Mike reden und ahne, welche Gefühle sie bewegen.

Da spricht ein junger Mann ganz offen von den Schmerzen, die seine Beziehung ihm immer wieder bereitet, von seinen Ängsten auch. Wie mutig, das vor aller Ohren preiszugeben. Plötzlich fühle ich mich sehr verbunden mit dem Mann, den ich bis zu diesem Moment zwar mit großem Interesse, aber mit noch größerer Vorsicht und aus sicherer innerer Distanz heraus betrachtet habe. Im Verlauf seines Gesprächs mit Mike erfahre ich, dass der so ehrliche junge Mann mit dem ihm in Indien verliehenen Namen Shiva in den letzten Jahren reichlich Bekanntschaft gemacht hat mit Drogen und mit der Psychiatrie und jetzt arbeitslos ist. Und trotzdem mag ich ihn von Minute zu Minute mehr.

Unruhe kommt auf. Eine Frau rauscht herein und setzt sich auf die freie Matte mir zu Füßen. In einem fort bewegt sie ihre Hände, schwenkt sie graziös umher wie eine indische Tempeltänzerin, fährt sich mit ihnen durchs Haar, nestelt unüberhörbar an ihrer Kette und an ihrem Gürtel, verändert ständig ihre Sitzposition, beugt sich vor in eine Yogahaltung und wieder zurück und seufzt dabei immer wieder laut, fast wie ein Kind, das den Bauch voll hat mit guten Dingen und sich wohlfühlt.

Ich bin wie gebannt, finde das Ganze - ja, wie? - irgendwie unbeschreiblich und muss leise lachen. I am the world. Ganz eindeutig spiegelt mich diese Frau. Auch sie möchte so gern gesehen und gehört werden, tut allerdings im Gegensatz zu mir bedeutend mehr dafür.

Jetzt geht sie nach vorne zu Mike und setzt sich neben ihn, bewegt sich jedoch auch weiterhin so viel und spricht derart schnell und undeutlich, dass ich es nicht mehr mitansehen und mitanhören kann, die Augen schließe und mir inständig wünsche, dass sie bald fertig ist. Doch ich mag sie. Sehr sogar. Es verblüfft mich ganz außerordentlich.

Als sie die „Bühne" verlässt und die nächste Frau Platz nimmt, lasse ich die Augen gleich geschlossen. Viel zu hören gibt es auch nicht, die Frau vorne sagt nichts.
Es bleibt immer weiter still vorne und dann beginnen zu meiner Überraschung meine Tränen zu rollen. Es ist ein angenehmes Weinen. Ich weine, fühle mich ein wenig traurig und trotzdem sehr leicht. Als ich nach einer Weile die Augen öffne und wieder zur Bühne schaue, sehe ich erstaunt auch dort jemanden weinen.
Die nächste Frau geht nach vorn. Was sagt sie da? „Ich muss die ganze Zeit weinen, ich weiß nicht warum. Es ist so eine Trauer in mir, aber es tut gut, es ist so sanft."
Ich schlucke. Die sitzt statt meiner da. Genau das hätte ich jetzt wortwörtlich auch so sagen können. All die Männer und Frauen, die bis jetzt dort gesessen haben, haben mir praktisch den Gang nach vorne erspart. Sie haben ihn in gewisser Weise auch für mich getan. Ich bin ihnen allen sehr dankbar.
Dann ist die letzte Pause für heute. Die habe ich sogar nötig, merke ich, als ich aufstehe und hinausgehe. Seltsam. Ich bin total zittrig. Bin ich etwa aufgeregt? War doch bis eben noch völlig entspannt.
An der Tür begegne ich Kamala, der Frau, mit der ich gemeinsam geweint hatte. Sie spricht mich an: "Wir kennen uns doch. Aber woher?"
Ich sage auch ihr, dass wir uns nicht kennen, dass ich neu hier sei, und füge zu meiner Überraschung spontan hinzu, dass mich aber irgendetwas mächtig anziehe und mir sei, als gehörte ich hierher.
„Du bist aufgenommen", sagt Kamala liebevoll.
Es rührt mich. Und ja, trotz der immer noch spürbaren Unsicherheit fühle ich mich tatsächlich aufgenommen. „Endlich", sagt es in mir. Bis jetzt war ich von allen spirituellen Seminaren enttäuscht worden, hatte mich nie zugehörig fühlen können. Da ändert sich etwas.
Auf der Restaurantterrasse sitze ich neben dem mit großer Vorsicht beäugten Shiva, komme ins Gespräch mit ihm und kann es immer noch kaum glauben, dass ich diesen jungen

Mann trotz der ihn umgebenden Schwere so sehr mag. Er spielt auf der Satsang-Bühne oft den Clown, doch alles, was ich sehe, ist ein tieftrauriges, schwer verletztes Kind. Mein Blick fällt auf seine Unterarme. Was sind das für Narben? Wahrscheinlich ist es erst einmal besser für mich, nicht alles über ihn bis ins Detail zu wissen.
Die letzte Satsangrunde beginnt. Ich setze mich auf meinen Platz und sofort beginnt das Herz laut zu klopfen. Keine Ahnung wieso.
Eine junge Frau geht zu Mike und erzählt ihm von ihren Schwierigkeiten mit ihrem Exmann. Immer, wenn sie ihm begegne oder auch nur an ihn denke, habe sie Herzklopfen, obwohl sie nichts mehr von ihm wolle. Bindungen wären wohl doch nicht so einfach zu lösen.
So, so, da hat also noch jemand Herzklopfen, wenn er an den Verflossenen denkt.
Es gibt kein Vertun. I am the world. Ich bin all diese Männer und Frauen hier. Zumindest all die, die sich zu Mike nach vorne wagen.
„Ich habe Herzklopfen", höre ich jetzt einen Mann sagen und kann wieder kaum glauben, was ich höre. Meins klopft doch ebenfalls längst wie wild.
Dann höre ich bis auf meinen Herzschlag eine ganze Weile gar nichts. Kamala sitzt zum zweiten Mal neben Mike und schweigt sich mit ihm aus. Sehr, sehr lange. Schließlich macht sie doch noch den Mund auf. „Ich wollte mich nur ein wenig wichtig machen", sagt sie strahlend und geht zu ihrem Platz zurück.
Danach höre ich nicht mehr hin, bin vollauf beschäftigt mit mir selbst. Statt endlich schwächer zu werden, wird das Herzklopfen noch schlimmer und zu meinem Entsetzen wird mir bewusst, was das Herz jetzt damit sagen will. „Ich will auch nach vorne."
Oh Gott! Was will ich da? Was will ich denn fragen?
Nichts. Ich möchte nur erzählen, wie es mir heute ergangen ist, dass in meinem Erleben alle Anwesenden in gewisser Weise ich waren und ich sie, dass alle, die bisher vorne

gesessen haben, auch für mich dort gesessen und gesprochen haben.
Aber da ist noch etwas. Jetzt habe ich den lieben langen Tag andere angesehen. Nun will ich auch selbst einmal wieder gesehen werden.
Oh weh. Kaum ist dieser Gedanke durchs Bewusstsein gehuscht, da bricht ein Sturm los. Gesehen werden wollen? Gibt's nicht. Kommt gar nicht in Frage.
„Du willst dich doch auch nur wichtig machen", sagt eine strenge Stimme. „Und wer sich wichtig machen will, der hat es nötig. Hast du das etwa nötig?"
Natürlich nicht.
Plötzlich wird mir bewusst, dass niemand mehr neben Mike sitzt. Ich könnte jetzt sofort nach vorne gehen. Wenn ich könnte.
Soll ich? Nein. Doch. Nein. Auf keinen Fall...
Da geht jemand anders.
Und da gehe auch ich. Fluchtartig verlasse ich den Raum, laufe zum Bahnhof, bekomme sofort einen Zug und lasse mich, mit einem Mal völlig erschöpft, auf einen Sitz fallen. Ehe ich mich dann aber völlig runtermachen kann, sagt eine freundliche Stimme in mir, dass ich meinen Auftritt vorne, wenn er denn doch noch einmal stattfinden sollte, lieber in ausgeruhtem und frischem Zustand angehen sollte, dann hätte ich bedeutend mehr davon, könne ihn möglicherweise sogar genießen.
Schlagartig ist der innere Sturm vorbei. Es wird ganz still. Gleich darauf verspüre ich einen gewaltigen Hunger und merke, dass ich völlig vergessen habe, die mitgenommenen Brote zu essen. Mit Heißhunger esse ich sie alle auf einmal und fühle mich wieder stabil.
Zu Hause angekommen verpufft die Stabilität wie Luft aus einem angepieksten Luftballon. Auf dem Display des Telefons leuchtet mir rot das Nachrichtenzeichen entgegen.
Der Ehemalige hatte mich sprechen wollen.
Da habe ich selbst noch einmal das Herzklopfen, das die Frau heute Nachmittag so genau beschrieben hat. Außerdem

auch noch Herzklopfen, weil mir leicht unheimlich wird. Wie genau heute alles übereinstimmt.

Das Geschehen im Satsang ließ mich gestern Abend erst einmal nicht los. Jegliche Strenge mir gegenüber war fort und ich fassungslos. Wie oft ist in der Therapie über das innere Kind gesprochen worden, doch als es sich gestern bemerkbar machte, habe ich es erbarmungslos mundtot gemacht. Es hatte auch wieder einmal gesehen werden wollen. Ja und! Das will doch jedes Kind.
Den größten Teil der Nacht saß ich im Geiste neben Mike und das so schmählich im Stich gelassene innere Kind erzählte ihm immer wieder aufs Neue, was es tags zuvor nicht hatte erzählen dürfen.
Plötzlich schossen die Tränen hoch, als ich mich an die Szene erinnerte, die sich gestern Morgen vor dem Stadtcafé ereignet hatte, kurz bevor ich zum Zug ging, um in die Nachbarstadt zu fahren. Still hatte ich da gesessen und mich so ganz und gar wohl gefühlt, als ein kleines Mädchen am Nebentisch aufgesprungen und zu mir hergekommen war. Es hatte mir tief in die Augen gesehen, mir dann mit der Hand über den Arm gestrichen, sanft und federleicht, und war wieder davongesprungen. Ich war wie verzaubert gewesen und sehr gerührt.
Hatte sich das innere Kind auf diese Weise bereits vor dem Satsang gezeigt? Schau her. Ich bin auch da.
Dieses Mädchen hatte mich angeschaut. Aber es hatte auch von mir gesehen werden wollen, was ich voller Dankbarkeit und Wärme denn auch getan hatte. Das kleine Mädchen in mir hatte ich hingegen nicht anschauen wollen.
Ich gab ihm in der Nacht mehr als einmal die Erlaubnis, sich am nächsten Tag anschauen zu lassen. Doch plötzlich traute es sich nicht mehr.

Ja, ich traute mich nicht mehr. Die anderen hatten sich echt angestrengt auf ihrem spirituellen Weg, waren sogar bis nach Indien oder sonst wohin gereist. Ich hatte immer nur bequem zu Hause vor mich hin gelesen. Die anderen waren durch große Lebenskrisen und Abenteuer gegangen, ich hatte jahrzehntelang meinen Job gemacht und erst nach der Scheidung einen, im Vergleich mit den Geschichten anderer, eher mittelmäßigen Zusammenbruch bekommen.
Aber war mein Erleben deshalb weniger wert?
„I am the world", hörte ich es singen. War ich nicht alle die gewesen, die vorne gesessen hatten?
Oh. War ich etwa auch Mike? Schon allein der Gedanke ließ mich zusammenzucken. Welch eine Vermessenheit!
Ab da lief im Kopf erst einmal eine ganze Weile der Refrain „Ich bin nicht würdig". Den hatte ich in der Kirche oft genug mitgesprochen. Da saß ich nun in meinem Bett und wurde kleiner und kleiner.
Doch dann stieg eine Erinnerung auf. Beim „Nachsatsang" hatte Mike der Frau neben sich erzählt, er sei seinem Lehrer einmal förmlich zu Füßen gefallen. Ich hatte es von seiner anderen Seite her gut mithören können und war tief beeindruckt gewesen.
Und da war ich mit einem Mal doch würdig. Zwar nicht würdig, Mike zu sein, aber würdig genug, ihm innerlich zu Füßen zu liegen. Und nicht nur ihm. Ich spürte förmlich, dass ich der ganzen Gruppe, jedem einzelnen, ebenfalls zu Füßen lag. Es fühlte sich weder kitschig noch demütigend an, sondern sehr, sehr wohltuend.
Trotzdem arbeitete es auch den Rest der Nacht unaufhörlich weiter im Kopf. Manchmal hielt die Spule für Sekunden an, dann lief sie weiter ab. Ich bekam sie nicht gestoppt. Das ging auch den ganzen heutigen Tag so und ich fühlte mich Stunde um Stunde verspannter. Wegen der Angst vor meinem Auftritt heute Abend. Es wird einer werden. So viel Aufregung habe ich nicht wegen nichts.

Als der Satsang beginnt, bin ich aufs Äußerste angespannt. Mike kommt herein, setzt sich auf seinen Stuhl vorne, statt

jedoch wie sonst die Hintergrundmusik abzustellen und die einleitenden Worte zu sagen, sitzt er einfach nur schweigend da. Lange.
Oh Mann! Wann fängt er denn endlich an? Wenn jetzt auch noch wer anders sofort zu ihm will.
Schließlich halte ich es nicht mehr aus, stehe auf und setze mich zu ihm. Das Herz klopft rein zum Zerspringen.
Abwartend sitze ich da. Endlich steht Mike auf und stellt die Musik ab, doch aus seinem Mund kommen weiterhin weder begrüßende noch einleitende Worte. Irgendwann reicht es mir, Höflichkeit hin oder her.
„Kann ich jetzt was sagen oder möchtest du erst selbst was sagen", platze ich heraus. „Kannst du natürlich gern", füge ich hinzu und merke, dass die ersten in der Gruppe bereits amüsiert dreinschauen. Und Mike? Er nickt mir zu. Ich kann loslegen.
Sobald ich spreche, wird das Herzklopfen laufend weniger, fühle ich mich zunehmend mutiger und weiß genau, dass ich jetzt eine kleine Show hinlege. Es muss einfach sein. Das bin ich dem inneren Kind schuldig.
Obwohl ich vielfach gelesen und aus Mikes eigenem Mund auch schon mehrfach gehört habe, dass Geschichtenerzählen an diesem Platz unerwünscht ist, mache ich doch genau das. Ich erzähle die Geschichte eines kleinen Mädchens, das so gern auf diesem Stuhl hier gesessen hätte, das aber verboten bekam. Ich berichte, wie ich mich tags zuvor in allen vorne wiedergefunden und wie sehr ich es genossen hatte, nur still zuhören zu können, wie dankbar ich all denen gewesen war, die praktisch auch für mich nach vorne gegangen waren, dass ich dann aber auch selbst noch einmal hatte gesehen werden wollen, mich aber nicht wie Kamala hatte wichtig machen dürfen.
Als ich fertig bin mit meiner Geschichte, spüre ich deutlich Rührung im Publikum, doch Mike sagt immer noch nichts.
Da - was ich mich da traue, ich kenne mich wirklich nicht mehr wieder – setze ich mich aufrecht hin und setze noch eins drauf. „Ich habe alle angesehen, die hier vorne waren.

Jetzt will ich auch gesehen werden. Jetzt bin ich hier und ihr könnt mich alle anschauen".
Das Publikum lacht und dann klatscht es. Zu meiner großen Erleichterung. Sie haben es also gut aufgenommen. Mike hatte ich nicht gefürchtet, seiner Zustimmung zu meinem Auftritt war ich mir relativ sicher gewesen. Er hatte mir denn auch immer wieder lächelnd zugenickt. Doch immer noch sagt er nichts.
Da erzähle ich ihm, wie sehr es mich berührt hatte, mit anzuhören, dass er seinem Lehrer zu Füßen gelegen habe.
„Da bin ich gestolpert", sagt Mike.
Ich schnappe innerlich nach Luft, glaube ihm kein Wort und weiß, auch wenn er das Erlebnis jetzt herunterspielt, aus welchen Gründen auch immer, ich muss trotzdem sagen, was ich zu sagen habe. „Aber genau da, genau dir zu Füßen, liege ich", sage ich und der Herzschlag wummert wieder bis in die Haarspitzen, als ich hinzufüge: „Und ich liege nicht nur vor dir, ich liege vor allen hier. Ich bin allen hier sehr dankbar."
Ich sehe die Menschen vor mir an, dann Mike. Und endlich tut er doch den Mund auf. „Ich sagte, ich sei hingefallen, damit keiner auf die Idee kommt, jetzt vor mir auf die Knie zu gehen."
Meint er mit keinem etwa mich? „Keine Sorge", kann ich ihn beruhigen. „Das wäre Theater".
Theater ist das Ganze hier sowieso, aber dann würde es theatralisch werden. Und doch. Ich kann es nicht lassen, rede immer weiter, spreche von dem Gefühl, nicht würdig zu sein, weil noch lange nicht so weit wie Mike und die anderen hier, und werde, ich kann es selbst kaum glauben, doch theatralisch. Mit größtem Vergnügen sogar.
„Ich war noch nie in Indien, nie bei Osho in Poona und um sein Zentrum hier in der Stadt mache ich einen ähnlich großen Bogen wie um alle anderen Gurus auch. Und große spirituelle Anstrengungen unternehme ich auch nicht unbedingt."
Es klappt. Sie lachen.

Und Mike? „Ich war auch nicht bei Osho und spirituelle Anstrengungen sind auch nicht mein Fall", hilft er mir, die Gemeinsamkeiten mit ihm zu sehen.
Aber seine Worte verpuffen wirkungslos. Er ist einfach viel, viel weiter.
Er versucht es anders. „Wo fange ich an und wo hörst du auf?"
Diese Frage habe ich schon mehrfach von ihm gehört und sofort schaltet sich mein Verstand ein. „Natürlich gibt es keine wirklich Trennung zwischen uns", plappert er los, „unsere Auren überlappen sich, Energien fließen immerzu hin und her, die vom einen ausgeatmeten Partikel werden vom anderen eingeatmet."
Laut sage ich das nicht mehr. Die Show ist zu Ende, ich bin völlig erschöpft.
Mike hat es wohl gemerkt. „Es gibt keinen Grund, sich für etwas anzustrengen, auch nicht fürs Spirituelle. Du brauchst nichts zu tun dafür."
„Der hat gut reden", denke ich, „der hat hier einen klasse Job." Und überrascht höre ich mich antworten: „Es ist nicht einfach, noch nicht einmal etwas zu tun für die spirituelle Entwicklung, wenn man sowieso kaum noch Arbeit und somit im Außen wenig Nützliches vorzuweisen hat. Da würde ich nur zu gern wenigstens im Inneren etwas vorweisen und so einen Rest von Tüchtigkeit beweisen können."
Seufzend füge ich hinzu, dass ich derzeit nicht nur wenig zu tun hätte, sondern leider auch zunehmend weniger Lust hätte, überhaupt noch etwas zu tun, bedanke mich ein weiteres Mal bei allen, verlasse die „Bühne", halte aber noch einmal an, als mein Blick im Vorbeigehen auf Dieter fällt, einen bei seinen Auftritten manchmal recht heftigen jungen Mann. Von allein streckt sich ihm meine Hand entgegen. „Auch dir Danke", sage ich und kehre endgültig auf meinen Platz zurück.
Sofort sitze ich wieder im Theatersessel. „I am the world". Das Stück geht sofort weiter. Ein älterer Mann betritt die Bühne, salbungsvoll wie ein Priester spricht er dauernd von

„Präsenz" und es klingt glatt so, als wolle er uns mitteilen, er sei nahezu permanent präsent.
Dieser aufgeblasene Typ! Glaubt der das etwa selbst? Erschrocken halte ich inne. Heißt das Stück nicht „I am the world"? Bin ich etwa auch dieser Mann, der sich für so viel weiter hält, als ich ihn sehe? Ist er womöglich tatsächlich weiter und ich projiziere gerade aufs Heftigste?
Dieser Mann tritt ab, der nächste an. Es ist Dieter und er ist wie so oft in Rage. Er könne das nicht mehr hören, wie toll und super das bei so vielen laufe. Das sei bei ihm ganz anders. Immer noch könne er bestimmte Leute nicht leiden, vor allem hier im Satsang.
Ich staune. Er spricht aus, was ich fühle. Habe ich doch nicht nur projiziert?
Dieter berichtet ausführlich, wie sehr er die Menschen immer noch beurteile, oft ganz automatisch auf den ersten Blick. Manchmal revidiere er sein Urteil jedoch auch, wie bei Shanta, die mit ihrem Zuspätkommen, dem lauten Klimpern und Seufzen, dem ständigen Recken und Dehnen so viel tue, um aufzufallen. Die könne er inzwischen richtig gut leiden. Aber bei anderen sei eben nichts zu machen.
Das Urteilen. Offen liegt da, was uns beide verbindet und mit einem Mal mag ich ihn. Ich habe einen Gefährten. Da ist noch einer, der ständig automatisch urteilt.
Sehr seltsam und sehr interessant, was hier so vor sich geht.

Für heute ist der Satsang zu Ende und ich gehe aus dem Raum. An der Tür spricht mich Kamala an. „Es hat mich sehr berührt, was du gesagt hast, besonders das, was du über das Nichtstun gesagt hast."
Da kommt Dieter, der zornige junge Mann, auf mich zu. „Hast du das ernst gemeint oder ironisch?", fragt er.
Was meint er nur? Ach so, das mit dem Danke. „Ernst natürlich".
Auch er scheint berührt und möchte wissen, ob ich zum Nachsatsang mitkomme.
Bedauernd verneine ich, bin viel zu erschöpft nach dieser durchwachten Nacht. Auch Dieter scheint es zu bedauern.

„Morgen komme ich wieder mit", biete ich an, „dann kannst du mir ein wenig aus deinem Leben erzählen."
„Pass gut auf", sagt Arne, sein Freund, der neben ihm steht, „er verschweigt gewöhnlich eine Menge."
„Ich werde aufpassen", verspreche ich, „so wie andere mit dem dritten Auge sehen, werde ich mit meinem dritten Ohr zuhören."
Zack. Plötzlich werde ich fest und warm umarmt. Der so streng urteilende junge Mann hält mich eine ganze Weile an sich gedrückt. Und nun bin wiederum ich berührt. Hat er nicht eben noch betont, wie genau er unterscheidet zwischen denen, die er mag und denen, die er nicht mag? Er scheint mich zu mögen. Wie gut das tut. Und wie schön, zumindest für ihn jetzt gerade jemand Besonderes zu sein. Es bleibt weiterhin sehr wichtig.
Ich wende mich zum Gehen, als ich Mike durch die Tür kommen sehe. „Um Mike schleiche ich herum wie die Katze um den heißen Brei" höre ich mich zu Arne sagen. Und dann sage ich den Satz gleich noch einmal. Diesmal zu Mike selbst.
Und Mike? Der legt den Arm um mich und sagt lächelnd: „Du brauchst keine Angst zu haben. Ich will etwas wecken in dir. Etwas Wunderschönes."
Wow! Wow! Wow! Eigentlich müsste ich nun zur Bahn schweben. Doch bei allem Staunen über das Geschehene heute, über die zwei unverhofften Umarmungen, über so viel Zuneigung und Nähe, spüre ich auch deutlich Angst. Wo führt das hin? Ist alles nur eine Seifenblase, die irgendwann zerplatzen und mich desillusioniert zurücklassen wird?
Ach was.

Der letzte Satsangabend ist angebrochen. Wie immer in dieser Session setze ich mich in die erste Reihe und bald darauf sitzt Dieter neben mir. Und so wie ich ihm am Vortag

im Vorbeigehen die Hand hingestreckt habe, so streckt er mir nun seine entgegen. Wieder kann ich es kaum fassen. Ein junger Mann, der meine Nähe sucht. Ich genieße es.
Mike betritt den Raum, setzt sich auf seinen Stuhl und wie gestern schweigt er erst einmal lange. Und wie gestern hält es jemand nicht mehr aus bis zu seinen einleitenden Worten. Ein dunkelhäutiger Mann in phantasievoll farbiger Kleidung und mit Rasta-Locken bis auf den Po setzt sich neben ihn und liefert uns eine Show, da war meine nichts dagegen. Theatralisch, er ist es wirklich, spricht er zu uns, seinem Publikum, springt zwischendurch immer wieder auf und ruft uns enthusiastisch ein „bless you" entgegen.
He, was will der da vorne? Dem Meister die Show stehlen? Sich selbst als Meister präsentieren? Ist der möglicherweise tatsächlich verrückt?
„Show me the way (zeig mir den Weg!)", ruft er schließlich Mike zu.
„Which way (welcher Weg)", antwortet Mike ruhig. „There is no way. (Es gibt keinen Weg)"
Ich finde die Antwort grandios, doch sie beeindruckt den Rasta-Typen überhaupt nicht. Der hört erst auf mit seinem Klamauk, als Mike ihm in aller Deutlichkeit sagt, er solle mit der Show aufhören und still sein. Da hält er endlich den Mund. Aber er bleibt weiter sitzen. Endlos lange.
Nach einer Weile schließe ich die Augen. Vorne bleibt es still. Eine gute Gelegenheit zu eigenen Erkenntnissen. I am the world. Da sitzt mein „Schatten", buchstäblich, sogar mit dunkler Haut. Und deshalb mag ich da jetzt auch gar nicht mehr hinsehen. Das geht mir nun doch etwas zu weit mit dem berühmten Spiegel im Außen. Aber ein wenig ähnlich könnte es durchaus werden, wenn ich das Spielchen von gestern, meinen noch relativ dezenten Auftritt, demnächst weiter ausbauen würde. Es hatte mir Spaß gemacht, neben Mike eine Show abzuziehen, die ihn für eine kurze Zeit ein wenig in den Schatten stellte. In meinen Schatten.
Mein „Schatten" verlässt den Stuhl auf der Bühne erst, als er dazu aufgefordert wird, und erst da öffne ich meine Augen wieder, gerade rechtzeitig, um mitzubekommen, wie eine

ältere Frau in den Raum huscht, nahe Mikes Stuhl eine Yogamatte ausbreitet, sich im Yogasitz niederlässt und nun ihrerseits die Augen schließt, um mit einem verzückten Lächeln in sich selbst zu versinken. Oder sonst wohin.
Schlagartig bin ich tief verunsichert. Wo bin ich gelandet?
Normal ist das doch alles nicht mehr.
Aber was ist schon normal?
Geräuschlos steht die Frau nach einer Weile wieder auf, klemmt sich die Yogamatte unter den Arm und huscht aus dem Raum. Und da wendet sich die Unbeschreibliche, die heute wieder direkt vor mir sitzt, zu mir um und schaut mich lange mit einem strahlenden Lächeln an. Ich bin mir nicht sicher, ob ihr Blick echt ist oder ob auch sie nur eine Show abzieht, halte ihrem Blick jedoch stand und lächle sogar zurück. Seltsamerweise tut der Gedanke, ihr Strahlen könne gemacht sein, meiner Zuneigung zu ihr keinen Abbruch. Schließlich winkt sie mir mit einem verschwörerischen Lächeln zu und als ich ihr den Kopf zuneige, flüstert sie leise: „Am besten fand ich gestern deinen Satz: Je weniger ich zu tun habe, desto weniger Lust habe ich, überhaupt noch etwas zu tun". Ein letztes strahlendes Lächeln und sie wendet mir wieder ihren Rücken zu.
Interessant, was ich während meines Auftritts alles so gesagt habe.
Vorne geht es inzwischen um recht knifflige, aber natürlich spirituelle Denkfragen, die ich gewöhnlich mit größtem Interesse verfolge und zu verstehen versuche, jetzt aber nicht mehr beachten kann. Das bisher Vorgefallene bietet längst Stoff genug für mein armes Hirn.

Heute Abend gehe ich wieder mit zur „Plauderrunde". Die Geschichte Dieters, des zornigen und doch so liebenswerten jungen Mannes bekomme ich leider nicht zu hören, da er weit entfernt von mir sitzt. Aber er hatte mein Herz längst zum Lächeln gebracht.
„Na Süße!", hatte er mich nach dem Satsang im Flur begrüßt und ich glaubte zunächst, mich verhört zu haben. Wie? Meinte der Bengel mich? Ich könnte seine Mutter sein.

Ja, er meinte mich. Ich schmolz dahin und schmelze immer wieder aufs Neue, sobald mir die Szene einfällt und ich im Geiste seine Stimme „Na Süße!" sagen höre.
Ich fühle mich wohl mit den Menschen um mich herum, bin aber, wie jedes Mal nach dem Satsang, ganz plötzlich völlig erschöpft und verabschiede mich bald von der Gruppe, die ich vermutlich erst in einigen Monaten wiedersehen werde. Es gibt zahlreiche lange und innige Umarmungen. Als ich mich schließlich auch von Mike verabschieden will, sehe ich ihn im Gespräch mit einer sehr attraktiven jungen Frau. Ob er ärgerlich wird, wenn ich ihn jetzt unterbreche? Er kennt mich doch kaum.
Ohne auf diese Gedanken zu achten, aber wieder einmal mit einer gehörigen Portion Herzklopfen, stelle ich mich neben die beiden, sage, ich wolle mich verabschieden und wie selbstverständlich nehmen wir uns in den Arm.
„Danke", sage ich noch ein letztes Mal und gehe verwundert zum Bahnhof. Alles war ganz einfach gewesen in dem Moment.

Diese letzte Satsangsession hat mich ziemlich ausgehebelt. Obwohl ich dank meiner umfangreichen Lektüre keineswegs unvorbereitet hingegangen war. Aber Bücher von und über „Erleuchtete" oder „Erwachte" zu lesen ist eine Sache. Das Zusammensein mit einem ist eine ganz andere.
Mike hat mir nichts wirklich Neues gesagt. Es sind auch nicht so sehr seine Worte, die mich immer noch bewegen. Es ist das, was er vermittelte durch sein Schweigen, vor allem aber durch seine Anwesenheit.
Klingt schwärmerisch. Doch ich sage das ganz nüchtern. Auch wenn ich mich zwischendurch völlig aus den Angeln gehoben fühle. Und total hochtourig. Aber manchmal auch sehr still.

Satsang. Sein in Wahrheit. Zusammensein mit einem Lehrer. So seltsam erscheint mir das heute. Ich habe plötzlich einen Lehrer. Einen, der immer wieder betonte, gar keiner sein zu wollen. Und den ich genau deshalb als Lehrer akzeptieren kann.
Der Lehrer taucht auf, wenn der Schüler bereit ist. Oft genug habe ich es gelesen. Offensichtlich war ich bereit. Nun ist dieser Lehrer wieder abgereist und ich fühle tatsächlich Abschiedsschmerz. Allerdings vermisse ich nicht nur ihn, sondern auch die Gruppe. So vielen liebenswerten und mir in kürzester Zeit ans Herz gewachsenen Menschen bin ich selten begegnet. Was allerdings auch an meinem derzeitigen Zustand liegen könnte. Ich finde gerade nahezu die gesamte Menschheit liebenswert. Ausnahmen bestätigen die Regel. Ein wenig Yin im Yang und Yang im Yin muss sein in dieser Welt.
Etwas beginnt im Hirn zu stören. Zu sticheln geradezu. Was ist, wenn ich auf einen Schwindler hereingefallen bin?
Ja, was wäre schlimm daran?
Eigentlich nichts. Wenn er ein „falscher" Lehrer ist, dann ist die Zeit eben reif gewesen für einen „falschen" Lehrer. Auch als „falscher" Lehrer hat er das Richtige gesagt, getan und bewirkt. Ich war und bin zutiefst bewegt. Nur darum geht es. Nicht darum, von wem und wodurch es bewirkt wurde. Es geht nicht um Mike. Es geht um mich.
Da sitze ich nun also wieder einmal in der Fußgängerzone und beobachte die Welt um mich herum. Und denke und denke...
I am the world. Ich bin all die Menschen im Satsang. Ich bin auch all die Menschen hier in der Fußgängerzone ... Bin ich folglich nicht auch Mike? Der ist letzten Endes doch auch nur ein Mensch ... Aber einer, der viel weiter ist. Und Erleuchtetsein ist ganz besonders weit. Ist überhaupt etwas ganz und gar Besonderes. Wäre ich ja auch gern, bin ich aber leider nicht. Jedenfalls nicht, solange da noch ein Ego ist, das etwas sein möchte, weiter z.B....
Schluss mit dieser blöden Herumdenkerei! Wie lautet Mikes Spruch?

„Kein Gedanke - kein Ich - kein Problem."
Absolut einsichtig. Aber wie bekomme ich diese Denkorgien nur für länger gestoppt?
Mike antwortet auf Fragen wie diese gewöhnlich mit einer ganz bestimmten Gegenfrage. Also versuche ich es auch mal mit ihr. „Wer denkt?"
Tatsächlich hält der Verstand sofort die Luft an. Für einen Moment ist absolute Stille. Für einen Moment. Dann redet er munter weiter und ich Irre höre ihm auch sofort wieder zu.
Bis eine ältere Frau an meinem Tisch stehen bleibt. Sie wohnt in der Nachbarschaft und lebt ähnlich zurückgezogen wie ich. Auf meine einladende Geste hin setzt sie sich zu mir.
Es dauert keine fünf Minuten und wir sind in einem intensiven Gespräch über Gott und die Welt. Die Nachbarin spricht viel über Religion und wiederholt mehrfach, dass sie über dieses Thema mit anderen nur sehr wenig Austausch habe, dass es ihr sehr gut tue, sich endlich einmal darüber äußern zu können. Sichtlich leichten Schrittes geht sie nach einer Stunde weiter.
Und ich sitze nicht mehr auf einem besonderen, sondern nur wieder auf meinem einfachen Caféstuhl. Kaum merkte ich, wie wichtig das Sprechen über religiöse Fragen für sie war und unter welch innerem Druck sie stand, da war ich „weiter" und bildete mir doch glatt einen Moment lang ein, Mike zu sein, der auf seinem rotgepolsterten Stuhl sitzt, den Menschen zuhört und sie lehrt.
Ich bin Mike? Nein. Mike ist ein Lehrer, der gar keiner sein will. Ich hingegen bin nur eine Belehrerin, die unbedingt eine Lehrerin sein will. Mike fühlt sich nicht als jemand Besonderes, ich hingegen wäre nur zu gern die Auserwählte, die den Menschen um sich herum die Augen öffnet für das Licht der Wahrheit.
I am the world. Ich war gerade nicht Mike, sondern der Dunkelhäutige neben ihm. Nein, ich habe die Nachbarin nicht überschüttet mit Segenssprüchen, doch ich kam mir wichtig und großartig vor. Im Satsang half es noch, die Augen zu schließen, um meinen leibhaftig erschienenen

„Schatten" nicht mehr sehen zu müssen. Hier hilft das nicht mehr. Mein „Schatten" hat mich eingeholt. Ich saß auf meinem Caféstuhl und bildete mir ein, ich sei Mike. Ich wollte die Frau neben mir beeindrucken und habe eine Show abgezogen.
Beschämend! Dass ich das immer noch brauche!
Ich kann mich wieder einmal absolut nicht leiden. Ich will nicht überheblich sein. Und fast noch mehr hasse ich es, wie ich mich gerade wieder selbst fertig mache. Mich von meinem selbstgebastelten Podest auf den harten Stuhl der Mickrigkeit zurückstoße. Da ist die nächste Selbsterhöhung doch schon vorprogrammiert.
Aber wie ist so einer wie mir zu helfen?
Durch Wertschätzung. Wäre gut, mich beim nächsten Mal *vor* der Degradierung daran zu erinnern.
Ich spiele die Lehrerin? Weil ich so gern besonders wäre? Ja und! Hört sich gar nicht mehr so schlimm an. Ich will gesehen werden? Ist voll in Ordnung.
Ich mag mich wieder besser leiden. Ich mag mich sogar wieder richtig gut leiden. Und jetzt geht es auf dem kürzesten Weg nach Hause.

Beschwingt öffne ich die Wohnungstür und erstarre. Da sitzt ja schon wieder dieser dunkle Falter. Gruselig sieht er aus mit den dunklen „Augen" auf den graubraunen Flügeln. Vorgestern flatterte er auf dem Balkon umher, gestern saß er außen an der Haustür und jetzt ist er in der Küche. Was soll das? Zufall?
Auf der Stelle setzt sich mein Gehirn in Gang und zieht Parallelen zwischen Innen und Außen. Vorgestern flog ein Kohlweißling an mir vorbei und mir ging durch den Kopf, wenn ich ein Schmetterling sein müsste, wäre ich am liebsten ein Kohlweißling, weiß, mit nur wenigen kleinen schwarzen Flecken. Nun ja. Das Leben präsentiert mir gerade einige ziemlich große schwarze Flecken auf der Seele und auf dem Gemüt.
Aber was mache ich nun mit dem Falter? Der gruselt mich echt. Am besten setze ich ihn vor die Tür. Ein Wasserglas

drüber, eine Karte drunter und raus mit ihm. Und nun muss ich mir noch einmal ganz klar machen, dass ich, wenn ich die Welt bin, nicht nur ein Kohlweißling, sondern auch ein dunkler Gruselfalter bin. Also noch einmal hinschauen auf das, was mir das Gemüt verdunkelt hat. Möglichst sachlich und freundlich.

Es wird immer schwieriger, die eigenen unerwünschten Motive oder Charakterzüge vor mir selbst geheim zu halten. Immer schneller tauchen sie auf im Bewusstsein. Vielleicht, weil das „Licht der Wahrheit" immer barmherziger wird? Woraufhin sich die „dunklen" Seiten immer näher heran trauen ans Licht? Sie anzuschauen ist so lange unangenehm, als ich sie für schlecht halte. Entdecke ich, wie normal und menschlich sie sind, verlieren sie ihren Schrecken und ich meine Abneigung vor ihnen.

Vor meinen inneren Augen taucht noch einmal mein personifizierter Schatten mit den Rastalocken auf. Er spielte sein Theaterstück, ich meins. Ich spielte meins gut. Mike hatte eine Weile nicht mehr viel zu sagen. Wenn ich will, kann ich richtig gut mit Worten umgehen. Vielleicht sogar besser als Mike.

Himmel! Da bin ich doch glatt in Konkurrenz zu meinem frisch erkorenen Lehrer! Dabei geht es gar nicht um Worte. Erleuchtung kann nicht wirklich verbal vermittelt werden. Es geht um Stille. Mike kann wunderbar still sein. Das dringt sogar bis zu mir durch. Das fühle sogar ich.

Heute Mittag fühle ich mich nach der Arbeit völlig geschafft. Zu viele Erschütterungen gab es in letzter Zeit. Satsang mit Mike war wie Reifeprüfung und Weihnachten zugleich. Es gab viele Geschenke, erwünschte, doch auch einige unerwünschte, und all das Erlebte arbeitet jetzt unaufhörlich weiter in mir. Innerlich geht es zu wie auf der Achterbahn. Da gehe ich gar nicht erst nach Hause, sondern

lieber gleich zum Café in der Fußgängerzone, sitze wie im Satsang auch hier im Kinosessel und schaue mir an, was sich vor meinen Augen abspielt.
Ziemlich schräge Typen laufen manchmal hier herum. Ich versuche, mir nichts dabei zu denken, wenn ich sie sehe. Höchstwahrscheinlich hat sich das Göttliche auch nichts dabei gedacht, als es sie entstehen und wachsen ließ.
Oh. Der Antiquar. Sah ich den nicht aus den Augenwinkeln auch gestern hier vorbeigehen, als ich mit der Nachbarin über Gott und die Welt sprach?
Bloß nicht nachdenken über ihn. Auch andere Menschen sind interessant und sind es wert, gesehen zu werden. Dazu sitze ich ja nun hier.
Ein feiner Schmerz macht sich bemerkbar. Er erinnert mich. An meine „Geschichte", wie es „erleuchtete" Leute nennen. „Wer bist du ohne deine Geschichte?" fragen sie gern.
Wenn ich das nur wüsste! Wirklich wüsste, ohne dauernd zu denken, ich wüsste es.
„Schau auf den Schmerz", sage ich mir wie von Mike gelernt, „schau nicht auf den, der ihn auslöste und längst nicht mehr sichtbar, also Vergangenheit ist."
Sofort ist die nächste erleuchtende Frage im Kopf. „Was ist jetzt?"
Jetzt ist Schmerz. Einfach nur Schmerz. Er hat keine Ursache und keinen Grund. Er ist ein grundloser Schmerz. Und für einen Moment ist das wirklich so.
Eine Frau geht vorbei, mit schmerzlich verzogenem Gesicht und tieftraurigen Augen drückt sie sichtbar aus, was ich gerade fühle. Kaum sehe ich sie, da nimmt ein neues Gefühl den Platz des Schmerzes ein. Erbarmen. Mit ihr und mit mir.
Und dann kommt Lachen. Da sitze ich also in meiner Seelenlandschaft wie in einem Kino auf einem Stuhl und betrachte die Gefühle, die kommen und gehen, während ich gleichzeitig ganz real in der Fußgängerzone auf einem Stuhl vor einem Café sitze und die Menschen betrachte, die vorübergehen. Und rein zufällig fällt mein Blick ganz oft auf ausgerechnet die Menschen, die durch ihre Haltung oder Mimik ausdrücken, was ich gerade empfinde. Ich bin zum

Zuschauer geworden, zum Voyeur. Zu einem Voyeur aus Leidenschaft.
Schmerz und Erbarmen sind dem Wohlbefinden gewichen, als sich eine neue Emotion bemerkbar macht. Aufregung. Ich fühle mich total aufgeregt.
Oh Gott! Ich bin aufgewacht. Nicht erleuchtet, nein, nein, so weit ist es denn doch noch nicht. Einfach nur wach geworden. Fürs Menschsein. Fürs Leben. Es benimmt mir fast den Atem.
Ich muss tief Luft holen. Angst steigt auf. Aber wovor?
Vor dem Leben, dem ungebremsten, dem vollen Leben. Das Herz klopft laut und wild. Das Kind ist aufgeregt. Dies gerade aufgewachte und so aufgeweckte Kind, das nun seine nächste Umgebung zu erforschen beginnt und staunt, was es alles zu sehen gibt.
Ein Schwarm schwarz verhüllter Araberinnen taucht auf und als sie vorbei sind, entdecke ich hinten auf Mantel oder Schleier aufgestickte bunte Schmetterlinge. Als letztes geht ein kleines Mädchen, das wirklich und wahrhaftig zwei duftige, bunte Flügel auf dem Rücken trägt.
Ein märchenhafter Anblick. Ein sprechender auch.
Im Außen lesen wie in einem Tagebuch. Das innere Kind erscheint derzeit nicht als schlichter Kohlweißling, sondern als Schmetterling mit bunt schillernden Flügeln. Und die innere Frau? Die ist noch dunkel verhüllt. Aber es gibt Hoffnung für sie. So viele aufgestickte, leuchtend bunte Schmetterlinge auf dem dunklen Tuch.
Schnell wegschauen! Ein wenig kenne ich sie von früher, diese etwas verrückte Frau. Die mag ich jetzt keinesfalls neben mir sitzen haben, muss gerade mit der eigenen Verrücktheit klar kommen.
Wie schön. Geigenspiel ganz in der Nähe. Geigentöne haben etwas Schmelzendes an sich. Auch in mir schmilzt jetzt etwas. Nichts Bestimmtes. Etwas schmilzt einfach dahin und löst sich auf in Fließendes, Schwingendes, Schwebendes. Das Leben ist wunderbar. Absolut göttlich. Ich liebe es so sehr.

Heiß steigen mir die Tränen in die Augen, doch ehe ich in aller Öffentlichkeit zu weinen anfange, mache ich mich lieber auf den Weg zu Ella, der ich versprochen habe, heute Nachmittag mit ihr einkaufen zu gehen.

Das Zusammensein mit der Freundin bringt mich der irdischen Realität wieder näher, doch gleichzeitig bleibe ich weiterhin seltsam „abgehoben". Als ich Ella in ihr Zimmer zurückgebracht habe und wieder gehen will, steht im Flur ein alter Mann so ganz und gar verloren herum. Er erinnert mich ein wenig an meinen Vater und ich lächle ihn an im Vorübergehen.
„Nehmen Sie mich mit", ruft er hinter mir her.
Ich gehe zurück und frage ihn, wo er hinwill.
„Wo Sie hingehen", sagt er und scheint mir reichlich verwirrt zu sein. Erbarmen schießt hoch.
„Ich gehe zu mir nach Hause", erkläre ich.
„Ach so", sagt er und schaut sehr traurig drein.
„Ich nehme Sie ein Stück mit bis in die Eingangshalle", schlage ich ihm vor und gehe dann langsam Schrittchen für Schrittchen mit ihm durch den Flur.
Draußen vor der Tür fühlt sich das Leben mit einem Schlag völlig unwirklich an. Ich fühle mich verwirrt. In welchem Film bin ich gerade? Was war mit dem alten Mann? Liegt in der Begegnung mit ihm eine Botschaft verborgen? Außen spiegelt innen?
Ich konnte den Mann nicht mitnehmen zu mir nach Hause. Wie nennt Mike den Zustand, in dem er meist ist? Er nennt ihn „Zuhausesein". Blitzschnell läuft ein Dialog ab in mir.
„Mike, bitte bring mich nach Hause."
„Ich kann dich nicht hinbringen. Aber ich nehme dich ein Stückchen mit. Ich gehe ein paar Schritte neben dir."
Ich fühle mich aufgeputscht und wirr. Irgendetwas vibriert und ist total aufgeladen, ich höre es fast schon knistern im Hirn, und eine Stimme in mir kommentiert unaufhörlich und aufs Eindringlichste das Geschehen und die auftauchenden Gefühle. Drehe ich jetzt völlig durch?

Dann höre ich den Donner. Ich schaue zum Himmel hoch. Dunkel. Sehr dunkel. Und jetzt ein Blitz und lautes Grollen hinterher.
„Achtung", sagt die Stimme. „Pass bloß auf. Pass vor allem jetzt an der Kreuzung auf. Du fährst nur bei Grün rüber, verstanden? Auch in dir ist gerade Gewitterluft. Zwei Welten prallen aufeinander."
Ich komme nach Hause und nein! Da ist der dunkle Falter mit den Gruselaugen auf den Flügeln doch tatsächlich schon wieder in der Wohnung. Was soll er mir denn jetzt noch sagen?
Ich setze ihn ein zweites Mal vor die Tür und schon kommt eine Antwort.
„Das Dunkle bleibt auf der Erde für immer ein Teil von dir. Es gehört zu dir. Es gibt bunte Schmetterlinge auf schwarzem Tuch, es gibt duftige, zarte Flügel, und es gibt graubraune, dunkle Falter ohne jedweden hellen Anstrich. Liebe auch das Dunkle."
Hm. Na gut. So gut man lieben kann, was einen gruselt. Und jetzt muss ich dringend etwas essen.
Das tut gut. Bringt wieder Festigkeit in den Körper. Wo bleibt nur das Gewitter? Hat sich offenbar still verdrückt.
Hundemüde bin ich, gehe ins Schlafzimmer und lege mich aufs Bett. Und Schock! Direkt neben mir fliegt der dunkle Falter auf. Er wird mir immer unheimlicher. Was will der von mir? Wie findet der immer wieder den Weg herein?
Ich beschließe, ihn in der Wohnung zu lassen. Vielleicht soll ich mit ihm einen Crashkurs absolvieren. „Wie lerne ich, mir das Gruseln abzugewöhnen". Er wird seinen Weg schon finden, wenn er wieder raus will.
Er findet den Weg leider nicht und ich so also auch keine Ruhe. Wie verrückt flattert das Tier an der Scheibe herum, gerade so, als wolle es gewaltsam mit dem Kopf hindurch. Auf Dauer kann ich mir dieses Geflattere weder ansehen noch anhören, der Falter tut mir Leid und so setze ich ihn doch wieder vor die Tür, lege mich aufs Bett zurück und trotz der Erschöpfung denkt es sofort wieder los.

Erleuchtung. Die findet in meiner Vorstellung statt wie ein Gewitter. Als eine heftige Erschütterung mit Blitz und Donner. Vor der habe ich regelrecht Angst, merke ich. Wahrscheinlich würde Mike mir sagen, ich solle schleunigst alles vergessen, was ich je über Erleuchtung gehört oder gelesen hätte. Doch das ist leichter gesagt als getan.
Aber, nun mal ganz ehrlich, habe ich überhaupt den Wunsch nach Erleuchtung?
Aber warum sollte ich denn sonst zum Satsang gehen?
Es geht mir wie vor Monaten beim Antiquar. Dieselben Fragen tauchen auf. Will ich da was? Wenn ja, was denn? Warum zieht es mich so zum Satsang? Obwohl ich da doch eigentlich gar nichts will. Oder etwa doch?
Das hier ist wohl die Geschichte von einer, die sich nicht traut, zuzugeben, dass sie auch gerne erleuchtet wäre, damit sie nicht so blöd dasteht, wenn es in diesem Leben nicht mehr klappt.
Da ist fühlbar eine große Sehnsucht nach Erleuchtung und Freiheit. Aber zurzeit bin ich eher wie der dunkle Falter. Ich renne gegen Wände, stoße wieder und wieder gegen die für meine Falteraugen unsichtbare Glasscheibe, durch die ich unbedingt hindurch will, weil ich hinter ihr die Freiheit zu sehen glaube.
Die Freiheit ist tatsächlich da draußen. Doch sie ist genauso hier drinnen. Sie ist überall und die Glasscheibe existiert nur in meinem Denken. Meine Vorstellung von Erleuchtung ist die Scheibe, durch die ich unbedingt hindurch will. Mit dem Kopf voran. Immerzu vergessend, dass das Denken die Scheibe ist.
Wer weiß, vielleicht bin ich ja längst erleuchtet und merke es nur nicht.

Ich sitze und sitze. Täglich viele Stunden. Nicht wie ein Mönch auf einem Meditationskissen. Ich sitze ganz ohne

Kissen auf der Couch, auf Bänken am Fluss und in der Fußgängerzone und jetzt wieder auf einem Stuhl vor dem Stadtcafé.

Auf dem Weg hierher kam ich an einer Kinoreklame vorbei und mir wurde bewusst, dass ich überhaupt keine Lust mehr habe auf Kino, große Lust hingegen auf Live-Show im Freien. Das geht auch nicht immer ohne innere Bewegung ab. Es gibt so viele Menschen mit traurigen Augen, so viele geschlagene, besiegte Ritter und Helden, so viele enttäuschte Prinzessinnen und so viele Hänsel und Gretel im finsteren Wald, verloren in einer Welt voll verlorener und nur mit sich selbst beschäftigter Menschen. Direkt neben mir sitzt so ein kleiner Hänsel von ungefähr 15 Jahren und raucht eine Zigarette nach der anderen.

Doch es gibt auch die anderen. Es gibt das glückliche Paar, das Hand in Hand und mit seligem Lächeln vorüberschwebt. Es gibt den alten Mann, der so aussieht, als sei er zufrieden mit dem, was er gelebt hat. Es gibt den Schüler, der pfeifend auf seinem Rad vorbeifährt, obwohl Radfahren hier absolut verboten ist. Und es gibt den kleinen Knirps, der auf seinen krummen Beinchen angewackelt kommt, stehenbleibt, mich mit großen Kulleraugen anschaut und dann das Gesichtchen zu einem umwerfenden Babylächeln verzieht.

Ich sitze und schaue. Wieder taucht Wohlgefühl auf, dann ein Gefühl von Festigkeit und Kompaktheit, fast so, als wolle der Körper in meinem Bewusstsein „sein Revier" abstecken. Fühl mal. Das bin ich und so weit reiche ich. Außerhalb dieser Körperform ist noch etwas zu fühlen. Es ist nicht fest. Und eigentlich auch nicht körperlich zu fühlen. Ist es das mich umgebende Energiefeld, von dem der Körper durch seine Dichte abgegrenzt scheint?

Eine Frage taucht auf und unterbricht meine anatomischen Untersuchungen. Kein Schmerz heute?

Ach, der war doch schon da. Morgens beim Aufwachen kam auch der Schmerz, der Schmerz um Ehemaliges, um den Ehemaligen. Ich hatte doch geträumt von ihm. Und nun ist Schluss mit dem Thema. Der Ehemalige ist Vergangenheit. Her mit der Erleuchtungsfrage. „Was ist jetzt?"

Eine Frau am Nebentisch gibt die Antwort. „Dolce vita, süßes Leben", übersetzt sie ihrer Begleiterin den Namen des Eisbechers, den sie sich bestellen möchte. „Ich hätte süßes Leben, wenn ich jetzt am Meer wäre", höre ich sie noch hinzufügen.
Etwas strahlt auf in mir. Ich hätte? Ach wo, ich habe dolce vita. Genau jetzt und genau da, wo ich gerade bin. Schon spüre ich wieder dieses köstliche Fließen. Es tauchte in den letzten Tagen oft auf, wenn ich still saß, die Hände im Schoß gefaltet, oder, wie in einem Entspannungskurs gelernt, jeden Finger einzeln der Reihe nach über längere Zeit haltend.
Das Fließen und Strömen zieht durch den gesamten Körper und voller Wonne lasse ich mich förmlich hineingleiten in den Energiefluss. Erneut breitet sich das Wohlgefühl aus und einen Moment lang ist es völlig still. Doch sofort rattert es wieder los im Gehirn.
Ob ich mir das alles nicht nur einbilde?
Nein, da bin ich mir recht sicher. Nicht so sicher bin ich mir jedoch, ob nicht die ganze Welt nur eine einzige flüchtige Einbildung ist, jeden Augenblick neu entstehend aus einem unendlichen Meer von Wahrscheinlichkeiten. Viele Physiker deuten etwas dergleichen an.
Ich schaue nach oben. Über mir wölbt sich ein strahlend blauer Himmel. Über mir ist Luft. Leere. Oder was auch immer. Alles aufgehoben im Allumfassenden Bewusstsein.
Mein Gott. Schon wieder diese Rührung. Wieder muss ich tief Luft holen.
Dann schaue ich weiter auf das Treiben vor meinen Augen. All diese Menschen.
Plötzlich steigt der Wunsch auf, auch selbst wieder einmal gesehen zu werden. Doch statt mich dafür zu verurteilen, fühle ich mich gleich wieder gerührt.
Ich möchte gesehen werden? Nein, daran ist nichts Unrechtes. Bin ich mit diesem Wunsch nicht ein Spiegel des Göttlichen, das gleichfalls gesehen und entdeckt werden möchte? In mir und durch mich? Sind wir nicht alle einzigartige Verdichtungen göttlicher Energie? Drückt nicht jeder einen ganz besonderen Aspekt des Allumfassenden

Bewusstseins aus? Es ist richtig und gut, das Besondere, das ich bin, wertzuschätzen und es gern auch anderen zu zeigen. Wie ein Kind, das stolz ist darauf, was es alles kann.

Zeit zu gehen. Ich stehe auf und mein Blick fällt in den Blick eines älteren Mannes, der wie ich still da sitzt und schaut. Er lächelt mich an. Auf der Stelle springt das eingefleischte Muster an, doch mein automatisches Antwortlächeln erstirbt mir auf den Lippen. Der nächste Automatismus hat es sofort gelöscht. Männer sind gefährlich. Ausländer wie der hier sind noch gefährlicher. Am besten schaut man abweisend oder, noch besser, sofort weg. Schon geschehen.
Verrückt. Ich weiß doch gar nichts von diesem Mann. Er hat mich nur angeschaut, wie ich es mir gerade eben noch gewünscht habe, und dann auch noch gelächelt. Das ist alles. Jetzt habe ich mich selbst um den Genuss seines und meines Lächelns gebracht und genauso um die Freude, gesehen worden zu sein.
Mein Wohlgefühl ist weg. Schade. Aber nun ja. Das Leben ist wie eine Schaukel. Nicht jammern. Nicht nachdenken. Weitergehen und erneut eintauchen ins Jetzt.
Eine weiße Feder segelt vorbei. Danke. Verstanden. Nicht schimpfen mit mir. Mich möglichst auch mit den immer noch auftauchenden Automatismen lieben. Hin und wieder machen sie womöglich sogar Sinn. Wer weiß, wozu mein Zurückweichen gut war.
Eine „Verrückte" kommt mir entgegen. Sie redet laut mit sich selbst, deklamiert wie eine Schauspielerin. Einen Satz verstehe ich deutlich. „Was war das für ein Mensch?"
Ich denke sofort an den Ausländer. Was ist das für ein Mensch? Ich wüsste es schon gerne. Aber ich habe ihn ja sofort in die Schublade „Gefährlich" gesteckt. Außerdem kam er als Traumprinz auch nicht in Frage. Zu alt. Zu klein. Und schon schaute ich weg. Dabei war er in diesem Moment ich. Wie ich saß er da und schaute sich die Menschen an. Auch mich.
Wer mich wohl gerade nicht anschauen mag, das ist Klara, eine meiner ehemaligen Freundinnen, die schnellen Schrittes

die Straße herabkommt und jetzt in einem Geschäft verschwindet. Nachdem ich mich einigermaßen von meinem Zusammenbruch erholt hatte, hat sie den Kontakt zu mir abgebrochen. Weil ich so anders geworden sei. Und man ja auch noch befreundet sei mit meinem Ehemaligen.
Tut`s weh? Seltsamerweise nicht. Stattdessen breitet sich zu meiner Überraschung wieder dieses Wohlgefühl aus.

Das Leben ist fließend geworden. Fast nahtlos geht eins ins andere über. Ich stehe auf, ziehe mich an, mache das Bett, dann meine Gymnastikübungen, frühstücke, erledige die anstehenden Hausarbeiten, tue meinen Job im Seniorenheim, sitze vor dem Café oder in der Fußgängerzone, kaufe ein, besuche Ella, schiebe sie zum Fluss, unterhalte mich mit ihr über hochspirituelle oder aber ganz banale Fragen, schiebe sie in ihr Zimmer zurück ... und empfinde bei all dem weder Gleichförmigkeit noch Langeweile. Mal taucht Freude auf, mal atmet es unvermittelt tief und bewusst, mal bin ich völlig in Gedanken, kann mich nachher oft an keinen einzigen mehr erinnern. Mal bin ich müde und mal hellwach. Mal sind die Gefühle ganz intensiv, mal kaum zu spüren. Doch immer ist da ein ganz bestimmtes Grundgefühl. So wie es jetzt ist, ist es vollkommen. Ich bade förmlich in diesem Gefühl...
... bis draußen ein mir wohlbekanntes Motorgeräusch zu hören ist. Das wird doch wohl nicht der Rasenmäher sein? Die wird doch nicht jetzt...?
Doch. Meine Vermieterin mäht bei 36 Grad im Schatten ihren kurzgeschorenen und auch schon leicht bräunlichen Rasen. Ja, ist die denn komplett verrückt?
Da fließt jetzt nichts mehr. Etwas hält mich fest. Ich weiß nur zu gut, dass mich nichts angeht, was sie macht. Und höchstwahrscheinlich habe ich nur deshalb ein Problem mit dem, was sie tut, weil ich heute noch nichts getan habe, noch

nicht einmal die Fenster habe ich geputzt, obwohl ich mir das Fensterleder vor zwei Stunden schon gut sichtbar mitten auf den Küchentisch gelegt habe. Diese Frau ist der „Stachel in meinem Fleisch".
Kein Grund zur Aufregung. Entspannen. Hinsetzen. Am besten aufs innere Sofa. Diese Frau ist arbeitssüchtig. Ich bin vergnügungssüchtig. Jedem seins.
Eigentlich erstaunlich, wie fit die Frau noch ist mit ihren 84 Jahren. Wenn ich dann auch noch so gut beieinander bin, kann ich mich freuen. Dankbar sein könnte ich allerdings jetzt schon. Dankbar über die Lektionen, die sie mir immer wieder aufs Neue verpasst. Ihr zwanghaftes Arbeiten steht in deutlichem Kontrast zu meinem derzeitigen Faulenzerleben, macht es mir so aber noch einmal lieb und teuer. Ich war ja auch einmal wie sie.
Jetzt fließt es endlich wieder. Deutlich fließt es aber nicht in Richtung Fensterputzen. Zum Glück gibt es kein Gesetz, das einen zwingt, einmal getroffene Vorsätze auch tatsächlich auszuführen. Ich lege das Fensterleder wieder fort und mache mir etwas Gutes zu essen. Rollstuhlschieben macht hungrig. Aber auch zufrieden. „Wenigstens irgendetwas Sinnvolles getan heute", sagt leise die Stimme des immer noch in einem Winkel versteckten, schlechten Gewissens, das ich längst nicht mehr haben möchte, das sich aber viel Zeit nimmt, um ganz von der Bühne abzutreten. Auch gut. Dann bleibt es eben. Dann brauche ich es wohl noch ein Weilchen.
Da ist noch eine zweite Stimme, die ich ebenfalls nicht hören mag, die sich nichtsdestotrotz ebenfalls immer wieder zu Gehör meldet, um mir meine gute Laune zu vermiesen. „Pass bloß auf", sagt sie, „das kommt nur vom Satsang, das es dir jetzt so oft so gut geht. Sobald die Wirkung nachlässt, ist der Höhenrausch vorbei."
„Rede du nur", denke ich, „du redest fast wie meine Eltern früher. Doch die haben keineswegs immer Recht behalten mit solcher Art Prophezeiung. Zudem ist mir im Augenblick völlig gleich, wie es morgen oder nächste Woche sein wird. Allerdings ist mir bewusst, dass diese Stimme mich warnt,

weil sie es gut meint mit mir. Sie kennt das Leben in der Polarität. Und sie kennt mich.

Der Nachmittag vergeht, es wird Abend und da mache auch ich mich an die Arbeit, habe Nachbarn versprochen, in ihrer Abwesenheit den frisch eingesäten Rasen zu wässern, und weil Handarbeit auch richtig Spaß machen kann, kehre ich zusätzlich noch den Bürgersteig. Aber da sind es nur noch 30 Grad im Schatten.
Nach der Arbeit dann das Spiel. Im kühlen Hausflur des verwaisten Hauses steht eine große Trommel und lädt förmlich dazu ein, sie in die Hände zu nehmen.
Ich trommle drauflos, aber mit zunehmender Begeisterung. Es macht solch eine Freude, Rhythmen auszuprobieren und zu variieren und ich kenne mich selbst kaum wieder. Als ich die Trommel schließlich doch an ihren Platz zurückstelle, fällt mein Blick auf etwas Dunkles und ich pralle zurück. Schon wieder einer dieser Gruselfalter mit den unheimlichen Augen auf den Flügeln. Ich hocke mich hin, um ihn mir einmal gründlich anzusehen.
Langsam schwindet das Gruselgefühl. Er ist ein dunkler Falter mit hellen Flecken auf den Flügeln. Sonst nichts.

Habe diese Nacht schon wieder vom Ehemaligen geträumt. Wir gingen freundschaftlich einen Weg miteinander. Prompt fällt mir jetzt das Aufstehen schwer. Wozu auch aufstehen? Es gibt nichts Dringendes zu tun. Und warum jetzt auch schon wieder ein Traum mit dem Ehemaligen? Der ist doch, wie das Wort deutlich genug sagt, ein Ehemaliger und damit Vergangenheit.
Eine Erinnerung taucht auf. Was sagte Mike im letzten Satsang? Die Stille ermögliche das Auftauchen dessen, was zur Bearbeitung anstehe. War es während meiner Meditation gestern Abend nicht wunderbar still in mir?

Es dauert eine Weile, bis mich die fürs Aufstehen nötige Energie durchströmt, doch zu viel mehr reicht es denn auch nicht. Jedenfalls nicht zu meiner Morgengymnastik. Ich beschließe, sie heute ausfallen zu lassen, finde mich jedoch sofort nach diesem Entschluss auf der Erde wieder, um sie zu machen. Um den Kreislauf dann endgültig auf Touren zu bringen, nehme ich mir nach dem Frühstück vor, eine kleine Radtour zu machen, kehre jedoch, bereits umgezogen, an der Tür wieder um. Keine Lust mehr. Lieber still auf der Couch sitzen. Etwas verwundert bin ich nun allerdings schon. Wer bestimmt hier? Ich?
Nach einer Stunde stillen Nichtstuns gehe ich zum Stadtcafé, bin dort verabredet mit Agnete, einer Frau, die erst vor kurzem in meine Nachbarschaft gezogen ist. Sofort sind wir im Gespräch. Seit einiger Zeit lebe sie völlig zurückgezogen, erfahre ich, und das sei jetzt das erste Mal, dass sie wieder ausgehe. Es tue ihr gut, sagt sie.
Mir tut es auch gut, dazusitzen und ihr zuzuhören. Nur selten habe ich es nötig, die Lehrerin zu spielen, obwohl sie mir mehrmals bescheinigt, schon viel weiter zu sein als sie, Worte, die normalerweise sofort mein Überlegenheitsgefühl anschwellen lassen. Ich gebe kaum Ratschläge von mir, sehe nur selten in ihr die Frau, die es dringend nötig hat, aus der Wohnung gelockt zu werden, und die demnächst wegen ihrer schweren Depression in eine Klinik geht. Meist sehe ich in ihr einfach nur den Menschen. Als sie geht, bedankt sie sich für die Stunde, die ich ihr geschenkt hätte und ich bin sehr zufrieden mit mir.
Kaum ist Agnete fort, kommt Iris vorbei, eine Frau, die ich vor einigen Jahren auf einem Seminar über Mütter und Töchter kennengelernt habe. Sie setzt sich zu mir, erzählt ausführlich vom kürzlich erfolgten Tod ihrer Mutter, von der Beerdigung, von ihrer Trauer, aber auch von ihrer Wut auf die Mutter. Ich sage fast nichts, höre nur zu, und, sich für dieses Zuhören wortreich bedankend geht auch diese Frau schließlich davon.
Ich bleibe noch eine Weile sitzen. Ebenfalls dankbar, vor allem für die Rolle, die ich gerade spielen darf. Ich habe es

so gut. Ich denke an Agnete, die depressive Nachbarin, an die leidende Iris, dann an die vom Schlaganfall in den Rollstuhl beförderte Ella und sehe dem Spastiker zu, der vorbeigeht. Ja, ich habe allen Grund zur Dankbarkeit.

An meiner eigenen „Geschichte" bin ich zurzeit nicht sehr interessiert. Viel wichtiger ist mir gerade das Verstehen der Menschen um mich herum. Das Verstehen aus dem Herzen heraus. Es geht ums Mitfühlen. Ohne allerdings darüber die eigenen Gefühle zu ignorieren, wenn sie sich melden. Diese Trauer jetzt. Sie fühlen. Ohne mir eine „Geschichte" dazu zu denken.

„Wer ist traurig?", taucht eine Frage der „Erleuchteten" auf und mich überkommt die Lust am Experimentieren. Denke ich mir bewusst ein kräftiges „Ich", so fühlt sich die Trauer entschieden leidvoller an, als wenn ich den Fokus auf die Suche richte, Ausschau halte nach einer Person, einem Ich. Es lässt sich dann jedoch nichts Ichhaftes finden. Da ist nur das Gefühl Trauer. Falls es überhaupt noch da ist.

Interessant. Aber möglicherweise pure Einbildung. Zu viel gelesen in den Werken von und über „Erleuchtete" und zu viel nachgedacht. Satsang bei Mike bleibt natürlich auch nicht ohne Einfluss.

Die Trauer ist verschwunden, ihre Stelle nimmt ruckzuck ein gut bekannter und nicht unbedingt willkommener Wunsch ein. Statt immerzu andere anzusehen möchte ich jetzt auch endlich selbst wieder gesehen werden.

Sie stellt sich sofort, die Frage der „Erleuchteten": „Wer will gesehen werden?"

Wäre ich erleuchtet, würde ich jetzt ehrlich sagen können: „Niemand". Doch ich bin es nicht und das Experiment von eben ist längst vergessen. „Ich", schreit es laut in mir. „Ich, die Persönlichkeit, die ich bin, die will ganz dringend noch einmal gesehen werden." Und es tut, verdammt, auch wieder weh und ich komme leider gerade nicht auf die Idee, mich noch einmal auf die Suche zu machen nach diesem Ich, das unbedingt gesehen werden will.

Oh Gott, da kommt der Ausländer. Unsere Blicke treffen sich. Schon zieht er die Augenbrauen fragend hoch. Und

schon senke ich den Blick. Hebe ihn aber bald wieder, um nicht zu viel Freiluftkino zu verpassen. Kann dann aber doch kaum hinschauen auf die Frau mit dem vernarbten Gesicht. Wie wäre mir, wenn ich unter einer solchen Narbenhaut stecken würde? Würde ich dann noch so dringend gesehen werden wollen?
Was höre ich den Knirps am Nebentisch zu seiner Mutter sagen? „Weißt du immer, wer ich bin?"
Eine gute Frage. Weiß ich denn, wer ich bin?
Nein. Ich weiß es nicht. Ich denke es mir nur. Doch im Moment ist mir gleich, wer ich bin. Ich fühle. Ich denke. Ich lebe. Das reicht.
Etwas verschiebt sich. Leicht fühle ich mich mit einem Mal. Habe das Gefühl, auf Wolken zu schweben. Und das, ohne verliebt zu sein. Oder bin ich es? Na klar bin ich es. Ich bin verliebt ins Leben.
Still sitze ich da. Schaue. Ohne zu denken. Und immer neu überkommt mich das Schwebegefühl. Sicher auch dank des ständigen Fingerhaltens. Es scheint mein „Rauschmittel" zu sein.

Das Wetter ist gut und so sitze ich täglich mehrere Stunden vor dem Café, vollkommen beschäftigt mit dem Geschehen in mir und um mich herum.
Stop and go. Denken – Stille – Denken. Anders als früher bedeutet Denken „Stop" und Stille „Go". Denken bringt Anspannung und Festhalten, Stille beschert Entspannung und Fließen. Ich wehre mich nicht mehr gegen das ständige Benennen, Kommentieren und Beurteilen dessen, was sich vor meinen Augen abspielt. Ich beobachte es nur. Immer wieder aufs Neue wird mit einem Mal bewusst, dass ich angespannt bin, seit Minuten schon im Denken gefangen, doch sobald das bemerkt wird, richtet sich der Körper auf und es wird wieder kurz still. Weiterhin tauchen Wünsche

auf, immer wieder auch Gefühle von Trauer, Enttäuschung, Hoffnung und Freude. Solange ich sie nur beobachte, ohne von ihnen davongetragen zu werden, bin ich ganz und gar einverstanden mit ihnen allen.
„Ja, ja, ja", sagt es zeitweilig unaufgefordert und ein Gefühl von Sanftheit breitet sich aus. „Ja, ich gebe auf. Ja, ich nehme an. Ja, ich lasse los. Ja, ja, ja."
Es macht Freude, ja zu sagen. Auch zu Mitgefühl, Trauer und Schmerz. Ja macht alles erträglich und fließend.
Eine vorübergehende Frau sieht zu mir her, bleibt stehen, kommt an meinen Tisch, setzt sich zu mir und beginnt sofort zu reden. Ich kenne sie kaum, habe sie einige Male bei einer früheren Freundin getroffen. Sie trug schon immer Schwarz, doch, wie ich höre, jetzt mit gutem Grund. Ihr Mann hat sich letzte Woche das Leben genommen. Sie kann es immer noch nicht fassen, steht unter einem enormen Druck, redet und redet. Ich höre zu, bin erschüttert, doch der Druck, den sie ausstrahlt, ist mir auf Dauer viel zu heftig, er bedrängt mich geradezu.
Ein Paar kommt heran. Ich kenne es nur flüchtig. Paul ist Maler, Regina Erzählerin. Mit Regina war ich eine Zeit lang gemeinsam im Yogakurs und so grüßen wir uns immerhin. Ich grüße auch jetzt. Aber zu meiner Überraschung diesmal strahlend. Das Strahlen bricht einfach aus mir heraus. Aus den Augenwinkeln sehe ich, dass die Erzählerin sich noch einmal zu mir umdreht und dann strahlt auch sie. Wir sehen uns an. Wir sehen uns. Begegnung findet statt.
„Bewusstsein trifft auf Bewusstsein" schießt es mir durch den Kopf und sofort folgt der Gedanke: „Aber in Wahrheit gibt es nur ein einziges Bewusstsein. We all are one."
Das Paar setzt sich an den Nebentisch und kaum ist die Witwe aufgebrochen, zieht es mich mit Macht zum Paar am Nebentisch. Ich gehe hin und frage, ob ich mich dazusetzen könne. Ich kann und es dauert keine zwei Minuten, dann sind wir bei meinem derzeitigen Thema.
„Es gibt kein Ich", sagt Paul bestimmt und schon sprechen wir über Spiritualität, Buddhismus und Erleuchtung. In meinem Bauch beginnt es zu flattern und dieses Flattern

breitet sich blitzschnell im ganzen Körper aus. Was, um Himmels willen, geht hier vor? Ich fühle mich magnetisch angezogen von den beiden und spüre große Nähe.
Regina verabschiedet sich bald, um zu einem buddhistischen Treffen zu gehen. Ich unterhalte mich noch eine Weile mit Paul, was zur Folge hat, dass sich das seltsame Flattern noch verstärkt und ich schließlich völlig erschöpft bin, als ich mich auf den Heimweg mache.
Was für eine interessante Begegnung. Doch da war auch ein kleiner Misston. Manchmal hatte ich deutlich den Eindruck, die beiden hielten mich für einen blutigen Anfänger auf der spirituellen Schiene, der nun ermutigt und bestärkt werden musste und den man auch ein wenig belehren sollte, wo denn der rechte Weg lang geht. Ich finde sie trotzdem sehr sympathisch.

Kaum lag ich gestern Abend im Bett, setzte das Flattern wieder ein. Der Körper vibrierte. Deutlich spürte ich das schnelle Tack-tack-tack, das keineswegs vom Herzschlag herrührte. Es war mir unheimlich.
„Bitte", wandte ich mich an den Himmel, „ich hätte gern einen Traum, der mir sagt, was los ist, ach, schon gut, nicht nötig. Ist alles okay."
Die Angst verging, ich schlief ein und wachte mitten in der Nacht auf aus einem Traum, an den ich mich gut erinnerte.
Ich lag allein in einem Therapieraum. Plötzlich kam eine Therapeutin herein. Sie tanzte und sang, war angetan mit Theaterkleidern, wie sie möglicherweise auch die Erzählerin tragen würde.
Noch halb im Traum spürte ich mich ein wenig erwachen, lag wie im Halbschlaf da und sah wieder einmal das sanfte Licht, das ich nach meinem Zusammenbruch manchmal nachts beim Aufwachen gesehen habe. Dann schien etwas in meinem Kopf zu explodieren, ein Stoß erschütterte meinen

Körper. Ich konnte es physisch spüren. Und doch geschah das alles ganz sanft. Auf einmal blies ein heftiger Wind über mich hinweg. Ich bekam Angst, blieb aber ruhig liegen und die Angst verschwand. Schließlich hörten Windblasen und Erschütterung auf, ich spürte mich ganz wach werden und sah zur gleichen Zeit im Kopf ein labyrinthartig angelegtes Grundstück. „Garten Eden", dachte es sofort. Das Bild verschwand und es wurde kurz völlig still.
Da ist etwas geschehen. Doch was?
Ein beeindruckender Traum. Deutlich spüre ich nun aber leider wieder einmal zwei Seelen in meiner Brust. Die eine sagt: „Das war ein ganz besonderer Traum, du bist eben etwas Besonderes." Die andere sagt: „Bilde dir das ruhig ein, wenn du das brauchst, aber im Grunde ist es eine Erfahrung wie jede andere auch."
Was haben buddhistischen Meditationslehrer zu sagen zum Thema? Besondere Erfahrungen versuchen nur abzulenken vom Wesentlichen. Man sollte sie nicht beachten.
Und schon wieder kommen Zweifel auf. Bilde ich mir alles nur ein? Dies Pulsieren, Flackern und Flattern?
Nein. Es ist physisch. Doch wodurch es verursacht wird, das könnte durchaus Ansichtssache sein. Ich denke, es ist das Werk strömender und manchmal etwas überschießender Energie. Und nun ist erst einmal wieder genug gedacht.
Ich werfe einen Blick aus dem Fenster. Fein, es regnet nicht mehr. Schon zieht es mich nach draußen und zum Café. Ob heute wieder jemand vorbeikommt, den ich kenne?
Wie sehr ich mich verändert habe in letzter Zeit. Früher trank ich monatelang nicht einmal einen einzigen Kaffee im Café, jetzt sind es manchmal gleich zwei an einem Tag. Jahrelang habe ich völlig zurückgezogen gelebt, manchmal tagelang kein Wort gesprochen, nun vergeht kaum ein Tag ohne Gespräch oder sogar mehrere Gespräche. Ich genieße es sehr. Aber es hilft mir auch sehr, dies Herumsitzen in der Fußgängerzone. Die vielen Stimmen und Schwingungen, das unaufhörliche Gesumme rundum, machen die gelegentlich eintretende Stille umso deutlicher wahrnehmbar. Menschen

und Stimmen kommen und gehen. Stille ist einfach da. Ganz plötzlich. So wie jetzt.

Ein Mann kommt heran, erkennt mich und setzt sich kurz zu mir. Er hat früher im Bioladen gearbeitet, wo wir uns oft ein wenig unterhalten haben. Wie geht es ihm?

Nicht so gut. Er war viele Monate in der Psychiatrie und ist auf Arbeitssuche. Und nun muss er weiter.

Wieder bin ich dankbar, wie gut ich es habe. Und wenn jetzt trotzdem der Wunsch bewusst wird, es möge anders sein als es ist, wenn ich jetzt trotzdem Sehnsucht spüre, dann kann ich das im Augenblick gut so nehmen. Es ist genau das, was das Göttliche gerade jetzt durch mich erfahren möchte.

Dieser letzte Gedanke tröstet mich. Ein Gefühl von Einverständnis steigt auf. Ich überlasse mich dem, was durch mich gelebt werden möchte. Ich leiere nichts an, ich dränge auf nichts. Ich höre auf die inneren Impulse, lausche meinen Gefühlen. Ich brauche nichts zu tun. Nur still zu sein. Aber genau das ist die größte Schwierigkeit. Gemessen an der Vergangenheit ist das Leben leicht geworden und hält dennoch weiterhin so einiges an Herausforderungen bereit. Damit es nicht zu langweilig wird. Weder mir noch dem Göttlichen.

Da zumindest mir das Sitzen vor dem Café nun doch etwas langweilig wird, stehe ich auf und im Fortgehen fällt mein Blick auf den Ausländer. Herausfordernd lächelt er mich an. Ich lächle zurück. Leicht amüsiert und zugegebenermaßen ziemlich hochnäsig. Der alte Kerl!

Er antwortet mit einem Hochziehen seiner Augenbrauen. In seinen Händen hält er eine Gebetskette. Ein Araber. Ein Moslem. Achtung!

Herumsitzen kann zur Sucht werden. Heute Morgen saß ich bereits mit der Witwe in einem Café und hörte ihr zu, bis mir der Druck, der von ihr ausging, zu viel wurde, jetzt sitze ich

auf einer Bank in der Fußgängerzone. Eine Musiktruppe aus Peru hat mich mit ihren Flöten- und Trommelklängen hierher gezogen. Sie haben Mikro und Verstärker aufgebaut und Klang und Rhythmus gehen tief in mich rein. In der Herzgegend geht etwas mit den Melodien mit, gleitet und schwebt auf ihnen dahin. Etwas anderes trommelt mit.
Mit viel gutem Willen könnte man mein Herumsitzen in der Fußgängerzone inzwischen auch sehen als das Pflegen von Außenkontakten. In einer Konzertpause bleibt ein Paar bei mir stehen. Früher waren sie befreundet mit mir und meinem Ehemaligen, jetzt sind sie nur noch beste Freunde des Ehemaligen. Wir unterhalten uns eine Weile.
„Du siehst so friedlich aus", sagt die Frau. Ja, so fühle ich mich auch, sogar in ihrer Gegenwart. Eine Weile lag ich ziemlich über Kreuz mit ihnen. Nach der Scheidung haben sie mich nie mehr eingeladen.
„Komm uns doch mal besuchen", sagen sie, ehe sie ihren Weg fortsetzen.
Danke. Lieb von ihnen. Aber ich mag nicht. Lieber treffe ich sie zufällig.
Ich gehe ebenfalls bald weiter, aber nur bis zum Stadtcafé, von wo aus ich die samstägliche Betriebsamkeit beobachte. Viele Familien und Paare sind unterwegs, treffen Freunde und Bekannte, stehen in Grüppchen und plaudern.
Ah, heute geht der ausländische Leutegucker zum ersten Mal vor mir weg und wieder schaut er zu mir her. Heute sieht er richtig traurig aus, finde ich und lächle ihn an. Ganz ohne Hintergedanken. Ich schaue ihm lange nach. Er schiebt sein Fahrrad, geht langsam, gebeugt, macht plötzlich einen völlig resignierten Eindruck auf mich. Ein kleiner, alter, trauriger Mann.
Plötzlich ist es mir in der Fußgängerzone zu voll und zu laut. Ich gehe nach Hause, hole das Rad aus dem Keller und fahre zum Fluss. Doch auf der nächsten Bank sitze ich bereits wieder und schaue wie verzaubert in die Wolken. Große weiße Formationen, manche im Sonnenlicht blendend hell aufleuchtend, ziehen gemächlich dahin.

Dieses langsame Dahinziehen macht etwas mit mir. Ich kann die Augen gar nicht mehr abwenden. Diese gleichmäßige Bewegung, die tut mir gut. Die erinnert mich. Keine Ahnung woran. Etwas innen drin wird ebenfalls ganz langsam und ich kann fühlen, wie sich erst der Körper, dann auch Geist und Gemüt entspannen.
Eine Frau kommt angeradelt, stoppt, sobald sie mich sieht, stellt das Rad ab und setzt sich unaufgefordert neben mich auf die Bank. Es ist Iris. Wieder erzählt sie von ihrem Leid um die tote Mutter, von der Beerdigung, vom Streit der Geschwister ums Erbe. Keine Frage nach mir. Sie sieht mich nicht. Ist völlig abgetaucht im eigenen Film.
Als sie weiterfährt, taucht in meinem Film kurz die Frage auf, ob ich mich jetzt als Mülleimer fühlen soll, doch dann fühle ich mich lieber gebraucht als jemand, der anderen durch Zuhören vorübergehend ein wenig Erleichterung verschafft. Natürlich erinnert mich das derzeitige Geschehen auch an Mikes Satsangs. Ich bin offensichtlich in seinem „Fahrwasser" unterwegs.

Sonntagmorgen. Diesmal hat es geklappt mit der Radtour am Fluss entlang. Ehe ich zurückfahre, mache ich Pause auf einer Bank mit Blick auf ein kleines Städtchen am Ufer gegenüber. Erstaunlich, wie weit ich gefahren bin. Obwohl ich heute Morgen so schlapp und müde war. Ich könnte das Wetter als Ausrede nehmen. Bewölkt und trüb ist es. Schwülwarm. Aber in Wahrheit bin ich eher müde vom vielen Schauen und all den Begegnungen. Sie nehmen mich überraschenderweise mehr mit, als ich gedacht hätte.
Da! Die Sonne. An einer Stelle ist die Wolkendecke so dünn geworden, dass ihre Strahlen durchbrechen können. Ich schaue ins graue Gewölk, sehe wohl zum ersten Mal richtig hin, und entdecke überrascht im vermeintlichen Einheitsgrau

die unterschiedlichsten Schattierungen von hellgrau über eisengrau bis zu bleigrau und dunkelgrau. Wunderschön.
Ich schaue und schaue... Leise plätschern die Wellen zu meinen Füßen. Möwen kreischen. Eine ganze Kolonie sitzt in der Nähe. Hin und wieder kommt ein Radfahrer vorbei. Frieden.
Frieden? Ja. Trotz dieses Blicks aus den Augen eines Vorübergehenden, an den ich nur zu denken brauche, um den Schmerz wieder zu fühlen. Sah ich seinen Schmerz? Meinen? „We all are one", lautet der Refrain eines der Lieder im Walkman. Ich habe es eben noch gehört.
Und da denkt es auch schon wieder und denkt und denkt... Jeder fremde Schmerz kann den eigenen auslösen. Die „Erleuchteten" raten, keine „Geschichten" zu weben um ihn. Keine groß angelegte Ursachenforschung zu betreiben. Aber wenn ich nicht weiß, was den Schmerz verursacht hat, kann ich nichts tun, um ihn in Zukunft zu verhindern. Ursachen, die ich nicht kenne, kann ich auch nicht ausschalten. Der Schmerz kann also immer wieder kommen. Tut er aber ja sowieso. Ohne inneren Widerstand gefühlt ist er allerdings besser zu ertragen. Er fühlt sich auch jetzt nicht schlimm an, auf seltsame Weise eher sogar wohltuend. Sanft ist er gerade. Sehr sanft. Er „flüstert" sozusagen. Schreien ist nicht nötig. Ich kann gut „hören" zurzeit.
Und wieder brechen Sonnenstrahlen durch und die Wellen glitzern silbrig auf, flimmern und funkeln im Licht. Ich vergesse zu denken, sitze und schaue...

Und dann zieht es mich auch heute wieder zum Café. In der Fußgängerzone kommt mir der Ausländer entgegen. Da ich nicht mit ihm gerechnet habe, reagiere ich, als unsere Blicke sich treffen, völlig spontan und natürlich und wieder lächle ich ihn freundlich an. Wieder zieht er die Augenbrauen hoch und lächelt zurück. Ein wenig schüchtern, wie mir scheint. Gleichzeitig hebt er die Hand zum Gruß. Mit einer Zigarette zwischen den Fingern. Aha, er raucht also.
Was interessiert mich bloß an diesem Mann? Vielleicht das Menschliche? Regelrecht spannend finde ich inzwischen,

was bei diesen Begegnungen geschieht, was ich wahrnehme und welche Reaktionen es in mir hervorruft.
In der Fußgängerzone ist es recht leer. Es gibt nicht viel zu sehen. Ein Spastiker geht vorbei, schleifend und langsam, die Füße einwärts gebogen, die Finger der einen Hand um seinen Stock gekrallt, die Finger der anderen Hand sich immer wieder unwillkürlich spreizend. Gehen ist sichtlich mühsam für ihn. Aber er geht. Er geht seinen Weg.
Ein paar Kinder tollen über die Straße, eine alte Frau schiebt ihren Rollator vorbei. Ein Paar schlendert Hand in Hand an den Schaufenstern vorbei. Dann ist die Straße leer und bleibt es auch erst einmal. Da gehe ich nach Hause zurück und setze mich auf die Couch.
Sonntagnachmittag. Allein. Ich könnte mich jetzt erinnern an zahllose andere Sonntagnachmittage im Elternhaus, mit dem Ehemaligen, mit Freunden oder allein. Ich könnte. Wenn ich wollte. Wenn es nötig wäre. Hin und wieder weht eine Erinnerung vorbei. Wehmut folgt ihr auf dem Fuße. Dann verschwindet beides wieder. Jetzt ist jetzt. Die Einsamkeit jetzt ist nicht die von früher. Es ist die von jetzt.

Frau Franzen, meine Vermieterin. Im Allgemeinen mag ich sie ja, in der Praxis des Alltags darf ich bei Begegnungen mit ihr jedoch häufig sowohl die Selbst-, als auch die Nächstenliebe üben. Vorhin traf ich sie auf dem Bürgersteig. Der Rücken schmerzt wieder sehr. „Vor lauter Verspannung und Zwanghaftigkeit", dachte ich, sagte ich aber natürlich nicht. Geht mich ja auch nichts an. Genauso wenig, wie es sie angeht, wie viel oder wie wenig ich arbeite. Doch auch sie kann sich nicht raushalten.
„Haben Sie was gefunden?"
Gefunden? Was sollte ich bloß finden?
„Na, noch eine Arbeit."

Habe ich natürlich nicht gefunden, da ich ja auch nicht gesucht habe.
„Ich könnte das nicht aushalten. So wenig zu tun. Man kann doch nicht immer nur Radtouren machen."
Ihre Stimme klang aggressiv, entsprach deutlich hörbar der angespannten Gemütslage, in der sie sich befand und die ihr Körper sehr sprechend zum Ausdruck brachte.
Sollte ich mich ärgern? Keine Lust. Ich wünschte ihr noch einen schönen Tag und ging. Wenn sie wüsste, dass ich auch kaum noch Rad fahre, sondern fast nur noch herumsitze. Ich kann mir denken, was sie sich dann denkt.
Was sie nur immer mit mir hat? Und was ich nur immer mit ihr habe? Leider ahne ich es. Bei Sonnenschein, hier am Cafétisch betrachtet, ist sie wohl auch nichts anderes als eine aus dem Außen zu mir sprechende innere Stimme. Ist sie einfach nur ein Aspekt meiner selbst.
Zur Belohnung für diese grandiose Erkenntnis gibt es jetzt wieder einmal einen zweiten Kaffee. Ich wende mich dem Kellner zu und mein Blick fällt auf den Ausländer, der seine Gebetskette in den Händen hält und genau wie ich auf die Vorübergehenden schaut. Ohne jeden Zweifel ist auch er ein Aspekt meiner selbst. Nur eben älter.
Mir fällt auf, wie oft alte Menschen in letzter Zeit meinen Blick auf sich ziehen. Werde ich das Alter akzeptieren können? Wird es mich sehr einschränken?
Halt. Hiergeblieben. Nicht in Gedanken abwandern in eine ungewisse Zukunft. Lieber mich nun selbst fragen, was Mike uns so oft fragt, wenn wir uns sorgen.
„Was ist jetzt?"
Jetzt geht ein alter, vom Leben gebeugter Mann mit Buckel vorbei, mühsam geht er, an der Hand eines anderen alten Mannes. Und dort geht mit Trippelschritten eine alte Frau. Sie hat Parkinson. Wie meine Mutter.
Plötzlich mag ich nicht mehr schauen. Ich zahle meinen Kaffee und gehe.
Ich gehe ganze 30 Meter, dann sitze ich schon wieder auf einer Bank. Und bekomme einen ziemlichen Schreck. Aus den Augenwinkeln sehe ich den Ausländer sein Rad dicht an

mir vorbeischieben. Der saß doch gerade noch auf seinem Platz vor dem Café. Oh Gott! Ist er mir etwa nachgegangen? Ich schaue nicht zu ihm hin, sondern ziellos in die Gegend. Nutzt nichts. Er kehrt um und geht ein zweites Mal dicht an mir vorbei. Doch ich schaue weiterhin blicklos ins Weite. Keine Anmache! Bitte! Hilfe! Ausländer, besonders ältere Herren aus der arabischen Welt, könnten das Lächeln einer europäischen Frau womöglich missverstanden haben. Ich will absolut keine „Belästigung", das gebe ich jetzt laut und deutlich ab ins Universum.

Und da ist der Schmerz plötzlich wieder da. Aufs Heftigste. Oh Mann, der Typ tut mir leid. Was, wenn er nur jemanden sucht, mit dem er mal reden kann? Einsamkeit umweht ihn. Aber wer tut mir in Wirklichkeit leid? Tu ich mir nicht gerade selber leid?

Jetzt scheint er doch fort zu sein. Aber er hat etwas zurückgelassen. Das Gefühl von Einsamkeit umweht nun mich. Trotz all der Menschen um mich her. Doch die sehen mich nicht an. Sie grüßen einander, stehen beieinander, reden miteinander oder hasten aneinander vorbei. Plötzlich erscheinen sie mir alle völlig fremd. Plötzlich ist mir die ganze Fußgängerzone fremd.

Durch die offene Tür der Buchhandlung nahebei sehe ich Rosa, den weiblichen Teil eines Paares, das mich ebenfalls, seitdem ich solo bin, nie wieder eingeladen hat. Macht es mich traurig? Nicht mehr. Und das Weh in der Herzgegend war ja auch schon vorher da.

Deutlich höre ich jetzt Mikes Stimme. „Schau nicht auf das, was wehtun könnte, schau auf den, der das Weh fühlt."

Wer fühlt es?

Niemand. Es ist einfach da.

Ich brauche gewöhnlich tatsächlich nur „Wer..." zu denken, und schon bin ich raus aus dem Leiden am Schmerz. Warum nur denke ich manchmal an diese Frage, meistens aber nicht? Wer oder was entscheidet, wann ich das Wörtchen „wer" denke und sich alles wandelt?

Ist es wirklich wichtig, zu wissen, wer entscheidet?

Nein.

Still sitze ich weiter auf der Bank, beobachte weiterhin die Vorübergehenden und beobachte gleichzeitig mich selbst dabei, wie ich die Menschen beobachte. Eine neue Variante des Kreisens um den eigenen Bauchnabel.
Es ist ein wenig wie im Kino. In einem holografischen Kino. Ich sitze im Sessel und sehe den Film meines Lebens. Ich sehe in diesem Film eine Frau auf einer Bank, die sich den Film ihres Lebens ansieht, während sie gleichzeitig mitten drin steckt.

Es regnet, ich sitze auf dem Sofa, kam heute früh kaum aus dem Bett und kann mich noch immer zu keinerlei Tätigkeit aufraffen. Gern würde ich, wie Frau Franzen eben, sagen, ich sei derart müde, ich verstünde es einfach nicht, es müsse am Wetter liegen. „Ich bin kaum aus dem Bett gekommen", berichtete sie.
Ach, sie auch nicht? „Warum bleibt sie nicht mal liegen", fragte eine aufmüpfige Stimme in mir und fügte hinzu, „so wie ich". Als ich heute Morgen aufstand, hatte sie längst das Frühstücksgeschirr abgeräumt, wie ich mit einem schnellen Blick durchs Fenster ihres Esszimmers, schräg unter meinem Küchenfenster gelegen, feststellen konnte. Sie stand bereits im Garten und hing die erste Waschmaschinenladung auf. Was sie macht, das macht sie gründlich. So wäscht sie auch gründlich. Im Flur stinkt es immer noch penetrant nach einem ätzenden, äußerst reinigenden Waschmittel.
Sonderbar. Ich fühle mich so zittrig. Habe so ein hohles Gefühl im Bauch. Oder im Herzen? Was braucht das Herz? Liebe natürlich. Wo krieg ich die jetzt her?
An Liebe denken. An Ella denken, an Mike, Dieter, Shiva, an Shanta, die Unbeschreibliche.
Es funktioniert. Sobald ich an diese Menschen nur denke, liebe ich sie auch schon. Der Ausländer fällt mir ein und

seltsamerweise liebe ich auch ihn. Aus der Ferne geht das ganz wunderbar.
Und jetzt bin ich dran. Ich habe es ziemlich nötig heute.
Doch kaum will ich mich selbst mit liebevollen Gefühlen bedenken, da schwinden sie. Ich lege mich aufs Bett und zu meiner Verwunderung sehe ich vor meinen inneren Augen in einem fort den Ausländer, den ich gestern nicht anschauen wollte. Aha, was ich ablehne, hält mich fest. Da habe ich die Bescherung. Wie einsam er ausschaut. Mitleid steigt auf.
Wie seltsam „gereizt" sich die Herzgegend anfühlt. Jetzt wird sie ganz heiß. Tiefe Sehnsucht nach Stille taucht auf. Doch je größer der Wunsch nach Stille wird, desto lauter und anhaltender wird nun das innere Gerede, wächst sich aus zu einem wahren Gehirnkrampf.
Der Kampf gegen meine Gedankenflut erscheint mir bald wie ein Kampf gegen Windmühlenflügel. Widerstand ist völlig zwecklos. Da ich meine Gedanken nicht beherrschen kann, kann ich sie genauso gut auch da sein lassen.
Und wieder kommt mir der Ausländer in den Sinn. Ich verstehe es nicht. Was habe ich mit diesem alten Mann zu tun? Da rollt auch schon die nächste Mitleidwelle an. Dieser arme alte Mann. Er sitzt ähnlich allein da wie mein Vater nach dem Tod der Mutter.
Eine Hitzewelle überschwemmt mich, löst im Herzen ein krampfhaft schmerzliches Gefühl aus und mir wird bewusst, dass mich der Ausländer unbemerkt schon die ganze Zeit an den Vater erinnert hat.
Vergangenheit ist noch einmal hochgekommen, ausgelöst durch Gegenwärtiges. Sie noch einmal annehmen. Sie entspannt durch mich hindurchfließen lassen, ohne ihr einen Aufhänger zu bieten durch meinen Widerstand. Sie achten und würdigen als Vergangenheit.
Und jetzt? Was ist jetzt?
Nicht denken, mir nicht einbilden, die Einsamkeit, die jetzt zu fühlen ist, sei eine von meinem Vater oder vom Ausländer übernommene. Auch nicht denken, es sei meine eigene.
Wer fühlt Einsamkeit?

Niemand. Da ist einfach nur das Gefühl von Einsamkeit. Aus dem Äther aufgefangen durch meine Persönlichkeit, dann durch meinen „Gefühlsapparat" ausgedrückt, kann so mit Hilfe meines kleinen Bewusstseins gleichzeitig „Gott", dem Allumfassenden Bewusstsein, bewusst werden.
Du lieber Himmel! Glaube ich etwa selbst, was ich da denke? Oder denke ich nur irgendwelchen „Erleuchteten" nach dem Mund? Ich gehöre eindeutig nicht zur Spezies „Erwachte", da helfen auch noch so viele Tassen Kaffee nicht.
Aber wird es nach der Frage „Wer fühlt?" nicht still?
Doch.
Ist da noch ein Ich zu fühlen?
Nein. Aber nur ganz, ganz kurz nicht. Dann bin ich wieder im gewohnten Zustand und denke gleich wieder an den Ausländer. Sofort verstärkt sich der Schmerz im Herzen, fühlt sich nun an wie Abschiedsschmerz. Habe ich je schmerzlich getrauert um den Vater?
Ein Bild taucht auf, das mit einem Schlag allergrößtes Mitleid hochschießen lässt. Der todkranke Vater auf dem Balkon, von wo aus er mir nachschaute, als ich nach einem Besuch wieder fortging. Er stand so allein da. Es schnitt mir das Herz auf und trieb mir die Tränen in die Augen. Doch Vaters Tochter heult nicht auf der Straße und so würgte ich die Tränen hinunter. Dieses Bild jetzt! Schnell wegsehen.
Nein, halt. Nicht wieder weglaufen. Hinsehen. Fühlen.
Die Angst vor dem Schmerz schwindet und ich konzentriere mich auf das Gefühl. Es sitzt mitten im Herzen. Nach einer Weile schwindet das Bild, das schneidende Mitleid bleibt. Doch ist der Schmerz durchaus erträglich.
Nach einer Weile schwindet auch das Mitleid. Etwas dehnt sich innen aus und da kommen zu meiner Überraschung die liebevollen Gefühle wieder. Nichts krampft mehr. Das Herz ist wieder offen und weit. Freude und Dankbarkeit werden fühlbar.

Es hat mich auch heute zum Café gezogen. Obwohl ich, wie so oft, heute Morgen erst einmal nicht aufstehen mochte. „Verkappte Depression" kommentierte mein psychologisch geschulter Verstand den Zustand. Am liebsten hätte ich mir die Bettdecke übers Gesicht gezogen und einfach nur weiter vor mich hingedämmert.
Dann fiel mir meine Mutter ein. Die Hälfte ihres Lebens war sie depressiv gewesen und ich hatte als Jugendliche nicht verstehen können, wieso sie sich so „hängen" ließ. Eine Therapie hatte sie immer abgelehnt, den Rest ihres Lebens schließlich stumpf und freudlos erst auf dem Sofa und dann im Bett verbracht.
Nein, so möchte ich keinesfalls enden. Sitze allerdings nun trotz eigener jahrelanger Therapie verdächtig oft ebenfalls auf dem Sofa. Oder in der Fußgängerzone. Dort allerdings mit Freuden.
Heute ist Stadtfest und der Platz vor dem Café voller Menschen. Mein Blick fällt bevorzugt auf Familien und Paare und mir wird bewusst, wie allein ich mich wieder einmal fühle. Täglich neu gilt es, sich anzufreunden mit der Einsamkeit.
Da fällt mir der Ausländer ein. Vorsichtig wende ich den Kopf. Er ist nicht da. Ich bin erleichtert.
Ein Mann kommt vorbei, erkennt mich, setzt sich zu mir und sofort bin ich mit Paul, dem Maler, in einem intensiven Gespräch über Trennung, Alleinsein und das Bedürfnis, für irgendjemanden von Nutzen zu sein. Das Gespräch landet beim Denken und auch da sind wir uns schnell einig, dass man auch bei der spirituellen Suche Gehirn und Gedanken nicht missachten, sondern vielmehr wertschätzen und nutzen sollte.
Als es zu tropfen beginnt, brechen wir unser interessantes Freiluftgespräch ab und verabschieden uns. „Mein Gott, hast du eine Power", sagt Paul, als wir uns umarmen. „Ich spüre es hier ganz deutlich." Er zeigt auf seinen Solarplexus.
Ach. Er spürt es auch? Bei mir flattert es längst wieder. Es ist keine Sache der physischen Anziehung. Zumindest nicht bei mir. Was aber dann?

Power. So schnell kann das wechseln. Eben noch die Antriebslose und dann die Powerfrau. Doch fühlt sich die Powerfrau bereits wieder ziemlich zittrig. Hunger. Sofort nach Hause. Essen.
Und danach sofort wieder raus. An den Fluss.
Der Regenschauer ist längst vorbei und der Himmel hat ein geradezu malerisches Aussehen. Auf der einen Seite ist er bedeckt von einer dichten grauen Wolkenmasse, auf der anderen ist er voller weißer Wolkenberge, durchzogen von hellgrauen Schleiern. Zwischen diesen Wolkenbergen schimmern kleine und große Seen aus leuchtendem Blau in den unterschiedlichsten Tönen. Staunend sitze ich angesichts so viel Schönheit und mir ist, als sähe ich das Himmelsblau zum ersten Mal wirklich.
Ein Satz des Malers fällt mir ein. „Es gibt für jeden nur seine subjektive Welt", sagte er. Schon fällt mir auch der Satz ein, den er bisher bei jedem unserer Gespräche sagte. „Es gibt kein Ich". Für meine Ohren hörte sich das jedes Mal ähnlich theoretisch an, wie wenn ich die Erleuchtetenfrage „Wer bin ich?" stelle, und sein „Gut", als ich von Mike als meinem Lehrer sprach, klang genauso lehrerhaft ermunternd wie mein eigenes „Gut", wenn Menschen mir erzählen, sie wollten mehr für ihre Entspannung oder ihr Seelenheil tun, und ich finde, dass sie das auch dringend nötig hätten.
Gleiches zieht eben Gleiches an. Oder projiziere ich auf den Mann mein eigenes belehrendes Verhalten und meine eigene Unerfahrenheit? Von den erleuchteten Sprüchen, die ich in letzter Zeit drauf habe, sind die wenigsten aus meiner Erfahrung heraus entstanden. Ich habe sie gelesen oder von Mike gehört. Noch plappere ich sie nach wie ein Kind, allerdings in der Hoffnung, dass ich das, was ich da sage, irgendwann einmal wirklich weiß.
Etwas in mir sprüht vor Energie. Oder vor was sonst? Ich werde schon wieder so zittrig, so aufgedreht. Das Wetter. Das muss das Wetter sein. Es ist total schwül. Finde ich.
Und es vibriert wieder so seltsam in Bauch und Brust.

Stillsitzen. In die blauen Himmelsseen schauen. Den Flug der Vögel mit den Augen verfolgen. Den Wind spüren auf der Haut und im Haar.
Es klappt nicht. Nahezu ununterbrochen übertönt das Getöse des Wortwasserfalls im Hirn die ersehnte Stille. Nicht eine einzige Minute kann ich schweigend den schönen Himmel bewundern, permanent wird das Geschaute beschrieben und kommentiert: „Ich schaue und schaue. In den Himmel. In ein Meer aus Blau. In die Unendlichkeit. Für meine Augen hat die Unendlichkeit die Farbe Blau. Weiße Wolkenberge umgeben blaue Himmelsseen und täuschen so Endlichkeit vor, wo in Wahrheit Unendlichkeit ist. Das weiß ich natürlich nicht, das denke ich mir so. Genauso wie ich nicht weiß, sondern nur denke, dass hier auf der Bank ein Körper sitzt und materielle Festigkeit vortäuscht, wo in Wahrheit einfach nur Energie im Fluss ist…"
Es plappert unaufhörlich vor sich hin, doch plötzlich ist es mucksmäuschenstill.
Ein Körper sitzt still auf einer Bank, die Augen schauen ins Blau. Energie wird bewusst gefühlt. Etwas sagt „ja, ja, ja". Und alles ist gut.

Zweiter Tag des Stadtfestes. Mitten in der gerammelt vollen Fußgängerzone treffe ich Frau Franzen. „Sie haben ja Farbe ins Gesicht bekommen, Sie waren wohl viel draußen", sagt sie, als ich an ihr vorbeigehe, wozu ich beinahe zwanzig Minuten brauche, was sie sofort ausnutzt. Sie gehört zu den Menschen, die reden können ohne Luft zu holen, und so fehlen die Pausen, in die hinein man sein „Tschüss, ich muss jetzt gehen" sagen könnte. Wie kann man nur so viel reden!
Nun ja, wenn ich so an meine Selbstgespräche denke. Oder an manche Telefonate mit Ella.
Im Vorbeigehen erspähe ich eine Bank, auf der noch ein Platz frei ist, und setze mich zu den drei alten Frauen, die

auch Leute gucken. Ganz in der Nähe spielt eine Band. Das Schlagzeug geht sofort voll rein und mitten ins Herz. Und jetzt spielen sie ein Lied, das ich von früher kenne, eins, das mich sofort fließen und schweben lässt.
Ich fließe und schwebe und schaue und fühle mich total lebendig, aber seltsamerweise irgendwie auch nicht ganz da.
Ein Kind wird im Rollstuhl vorbeigeschoben. Seine Hände fallen mir auf. Es sind die schönsten Kinderhände, die ich je gesehen habe. Sein Blick begegnet dem meinen. Ein unschuldiger, neugieriger und schließlich, als ich immer weiter in seine Augen schaue, ein geradezu strahlender Blick. Spiegel unserer Seelen.
Gefährlich kann es sein, Menschen in die Augen zu schauen. Man könnte sich verlieben. Oder aber unversehens von bohrendem Mitleid erfüllt werden. Diese Trauer in den Augen der alten Frau vor mir! Wie hält sie die aus? Ob sie sie überhaupt spürt?
Ununterbrochen fließt der Strom der Fußgänger vorbei. Ununterbrochen branden die über Lautsprecher verstärkten Schlagzeugwellen an und rütteln mich förmlich durch. Wie halten die Babys und Kleinkinder diese heftigen Vibrationen aus?
Wo wohl der Ausländer steckt? Ich habe ihn weder gestern noch heute gesehen. Ist aber gut so.
Plötzlich überschwemmt mich eine Welle von Sehnsucht. Sehnsucht nach einem Partner. Nach Geborgenheit. Ich mag nicht länger hier sitzen, kehre Gewimmel und Lärm den Rücken, um nach Hause zu gehen.
Und da sehe ich ihn. Den Antiquar. Im Vorübergehen grüßen wir uns und lächeln uns an.
Ich verstehe das nicht. Wieso taucht der immer noch im Außen auf, wo ich doch im Innen fertig bin mit ihm?
Eine etwas naive Weltsicht, ich gebe es zu. Natürlich verschwinden Leute, mit denen ich fertig zu sein glaube, deswegen nicht vom Erdboden. Aber ich habe ihn früher, vor meiner Fast-Geschichte mit ihm, auch nur alle paar Monate mal gesehen. Und das würde mir ab jetzt auch

wieder völlig reichen. Oder bin ich etwa immer noch nicht fertig mit ihm? Egal. Ist mir völlig egal.
Wieder zu Hause hole ich das Rad aus dem Keller, fahre an den Fluss, sitze nur zu bald auch hier wieder auf einer Bank, schaue erst lange aufs Wasser und dann zum Himmel hoch. Wolken, wohin das Auge blickt. Nein halt, dort tut sich eine Lücke auf, die den Blick freigibt auf ein unendlich zartes, helles Blau. Und dort hinten ist jetzt eine weitere Lücke entstanden. Ich schaue in einen türkisfarbenen Himmelssee, in diesen malerischen Ausblick in die Unendlichkeit, und meine Vorstellungskraft lässt mich vollständig im Stich. Ich kann mir Unbegrenztheit nicht vorstellen. Ich versuche es gar nicht erst.
Gedankensplitter ziehen durch meinen Kopf. „Nichts als verdichtete Energie… Wolkenschleier… Maya… Verstellen den Blick auf das unendliche Nichts…"
Eine Einleitung zur Entspannung fällt mir ein. „Gedanken ziehen vorbei wie Wolken am Himmel." Und wie Wolken am Himmel die Unendlichkeit zwar verbergen, doch nicht zerstören können, so überdecken auch Gedanken die Stille nur, ohne sie zunichte zu machen.
Ich bin schon wieder so zittrig. Das Wetter. Diese Schwüle. Hin und wieder fallen ein paar Tropfen, doch gelegentlich kommt auch die Sonne durch. Oh, jetzt. Ganz zauberhaft sind die Wolkenberge nun angeleuchtet und immer mehr blaue Himmelsseen tun sich auf in den unterschiedlichsten Farbschattierungen.
Sie ist so schön, die Erde, auf der ich lebe. So wunderschön.

Ich kenne mich kaum noch wieder, sitze wirklich und wahrhaftig nur noch herum und so saß ich nach dem Ausflug zum Fluss den Rest des gestrigen Tages auf meinem Balkon. Frau Franzen hat es natürlich bemerkt. Als ich heute Mittag von der Arbeit nach Hause kam, sprach sie mich darauf an.

„Kein Wunder, dass die Männer nicht mehr heiraten wollen, wenn sie anschließend Unterhalt zahlen müssen an Frauen, die auf dem Balkon sitzen und in die Wolken gucken."
Das saß. Flammend schoss die Wut hoch. Diese Frau! Sie hatte sich richtiggehend aufgebaut vor mir. Grimmigen Blickes, die Hände schützend auf den Bauch gelegt. Sie hat es neuerdings auch am Magen.
Auf der Stelle erlosch meine Wut. Deutlich fühlte ich ihre. Über einen Mann, von dem sie nicht getrennt lebt wie ich von meinem. „Mit dem kann man nicht reden, der sagt doch immer nur ja, ja, will nichts als nur seine Ruhe. Nie hilft er mir. Immer muss ich alles allein machen", hatte sie mir kurz nach meinem Einzug bei einer Tasse Tee erzählt. Sie war sich auch gar nicht mehr sicher gewesen, ob mit seinem Kopf noch alles stimmte. Immerhin war auch er weit über achtzig.
Böse war ich ihr nicht mehr, sie tat mir nur noch Leid. Aber gesagt werden musste es dennoch, dass sie sich lieber um ihre eigenen Angelegenheiten kümmern möge als um meine. Ein reines Vergnügen sei das Alleinleben darüber hinaus auch nicht immer.
Sofort lenkte sie ein, hätte sich, wer weiß, möglicherweise sogar entschuldigt, doch da war ich schon auf dem Weg in meine Wohnung.
Dort blinkte mir der AB entgegen. Gleich zwei Nachrichten waren drauf. Meine Kusine wollte mich am Abend zu einer Lesung mitnehmen, Ella war mehr für die leiblichen Genüsse und wollte heute Nachmittag mit mir Eis essen gehen. Das Kind in mir hüpfte vor Freude. Juchhu. Ich war gefragt. Super.
Da ging die Klingel. Regina, die Erzählerin, stand vor der Tür. Ob ich mit zum Café komme? Na klar kam ich mit.
Jetzt bin ich zurück. Leider wieder zittrig. Bin heute noch gar nicht zum Essen gekommen. Schwül ist es auch immer noch. Und ziemlich „hochtourig" fühle ich mich auch schon wieder. Das Leben ist gerade so herrlich aufregend. Nach jahrelangem Rückzug ergeben sich mit einem Mal Kontakte und Begegnungen am laufenden Band. Ein Geschenk nach

dem anderen. Und wieder war ich gerade mit jemandem zusammen, mit dem ich sogar über das Geschehen im Satsang reden konnte.
Seit diesem Gespräch ist sie aber wieder deutlich da. Die Sehnsucht nach Frieden und Stille, wie ich sie im Satsang manchmal habe fühlen können, die Sehnsucht auch nach den Menschen, denen ich dort begegnet bin. Und schon steigt die nächste Sehnsucht auf. Eine allzu profane Sehnsucht. Sie ist einfach nicht wegzukriegen. Zu überfühlen auch nicht. Ein Glück für mich, dass ich fest daran glaube, alles sei spirituell, diese äußerst menschliche Sehnsuchtsvariante also auch. Vielleicht ist auch gleich, worauf sich die Sehnsucht richtet. Vielleicht geht es nur darum, sie zu fühlen. Was ich brav mache. Allerdings bleibt mir auch nichts anderes übrig. Sie geht einfach nicht wieder.
Ab aufs Sofa. Still sitzen. Fühlen.
Ich fühle und nach einiger Zeit kann ich dann auch fühlen, wie sich die Sehnsucht löst. Sich auflöst in Weichheit und Zuneigung zu mir selbst. Da ist es plötzlich wieder still. Sanftheit wird fühlbar, gepaart mit einem Gefühl von Festigkeit. Alles verlangsamt sich. Bewegungen und Atem. Ein Gefühl von Unwirklichkeit taucht auf und gleichzeitig das Gefühl großer Intensität. Ich bin deutlich da und bei mir. Und doch auch wieder nicht.

Ich bin auf dem Weg zur Verabredung mit einer früheren Kollegin, die ich vor einigen Tagen auf der Straße getroffen habe. Es ist weiterhin schwül, ich fühle mich matt und müde, doch zum Lächeln reicht es noch. Ich habe sogar große Lust auf Lächeln und manche der Entgegenkommenden lächeln sogar zurück.
In letzter Zeit habe ich mir angewöhnt, den Blick, wenn er den eines anderen trifft, nicht sofort wieder abzuwenden, sondern wie Mike im Satsang einfach weiter hinzuschauen.

Manchmal grüßt der andere automatisch, vermutlich, weil er denkt, wir würden uns kennen. Manche halten dann abrupt im Grüßen inne, wenn sie merken, dass ich ihnen unbekannt bin. Doch manche erwidern unbefangen Blickkontakt und Lächeln. Ich bin in meinem ganzen Leben noch nicht so oft an einem einzigen Tag gegrüßt und angelächelt worden wie in den letzten Wochen.

Trotz vielfachen Lächelns bin ich erschöpft, als ich am verabredeten Treffpunkt ankomme, sitze still neben der ehemaligen Kollegin und höre ihren Erzählungen über meine frühere Arbeitsstelle zu. Mit Macht zieht es mich plötzlich fort. Erstaunt über die Heftigkeit des Impulses breche ich denn auch bald auf. Ob ich noch jemand anderen treffen soll? Ach wo. Spinnerei. Ich vergesse den Gedanken. Er fällt mir erst wieder ein, als ich schon eine Zeit lang neben Madeleine, einer Nachbarin, hergehe. Als wir am Stadtcafé vorbeikommen, stelle ich meine Standardfrage: „Magst du einen Kaffee trinken mit mir?"

Sie mag, und schon sitze ich wieder zum zweiten Mal an einem Tag mit jemandem vor einem Café und genieße es in vollen Zügen. Madeleine ist eine sanfte Frau. Sie spricht viel übers Loslassen, über das Beachten der eigenen Wunden, und wie wichtig es sei, sich zunächst einmal um sich selbst zu kümmern. Die Möchtegernlehrerin in mir fühlt sich kein einziges Mal gerufen. Die Frau weiß alles selbst.

Kaum ist sie gegangen, kommt die nächste Nachbarin auf meinen Tisch zu und freut sich sichtlich, mich zu sehen. Sie ist eine vielbeschäftigte Frau aus meinem Bekanntenkreis, die Enkelkinder und Mutter betreut und so viel arbeitet, dass es mir früher häufig ein schlechtes Gewissen machte.

Will sie einen Kaffee mit mir trinken? Ja, gern sogar. Sie setzt sich zu mir und ich komme aus dem Staunen gar nicht mehr heraus. Ja, geht das jetzt wirklich immer so weiter? Ist ja wie im Märchen.

Als sie geht, umarme ich sie und werde voller Wärme an einen sich sehr mütterlich anfühlenden Busen gedrückt.

Ich schaue ihr lange nach. So gut geht es mir. Ich liebe es, zu umarmen und umarmt zu werden. Ich liebe es, zu lachen und

angelacht zu werden. Ich liebe es, die Freude in mir zu spüren und sie gespiegelt zu finden auf den Gesichtern der Menschen um mich herum.
Schließlich mache ich mich dann doch auf den Heimweg, gehe unterwegs aber noch kurz in den Bioladen. An der Kasse stehen zwei der Mitarbeiterinnen und ich kann nicht anders, ich muss sie anstrahlen und dann muss ich es sagen.
„Na, ihr Süßen?"
Wir schauen uns alle drei völlig überrascht an und prusten los wie Schulmädchen, können gar nicht mehr aufhören zu lachen.
Wie gut es mir geht.
Wieder wird mir eine leichte Sorge bewusst. Das kann doch nicht immer so weiter gehen. Irgendwann falle ich runter von Wolke Sieben.
Halt. Stopp. Was ist jetzt?
Jetzt? Jetzt ist alles gut.

Ich bin aus der Wohnung geflohen, um nicht weiter fühlen zu müssen, was aus dem Wohnzimmer unter mir durch die Decke hochdrang. Frau Franzen redete auf ihren Mann ein. „Lass mich in Ruhe", hörte ich ihn ein ums andere Mal abwehrend sagen. Doch genau das konnte sie nicht. Die Atmosphäre wurde immer angespannter und mir wurde immer ungemütlicher, denn gleichzeitig mit der dicken Luft von unten stiegen Erinnerungen hoch an meine Zeit im Elternhaus, wo die Rollen zwar vertauscht, die Atmosphäre aber oft ähnlich geladen war. Und meine Ehezeit war auch nicht ohne. Schweren Herzens muss ich es mir eingestehen, auch ich war einmal eine Unzufriedene, die fast permanent unter Spannung stand und an ihrem Mann viel auszusetzen hatte. Jetzt bekam ich genau das noch einmal vorgeführt und zog es schließlich vor, den Platz zu wechseln.

Bedeutend früher als sonst sitze ich vor meinem Stammcafé, wo ich mich oft schon fast wie im Satsang fühle. Mit gefalteten Händen sitze ich da, beobachte die Menschen um mich her, kann mich so ein Weilchen selbst vergessen und für Momente ist es immer mal wieder ganz wundersam still in mir.
Ich bleibe nicht lange allein, dann sitzt trotz der frühen Stunde wieder jemand neben mir. Ich kenne die Frau nur flüchtig und wir sprachen bisher nur über Belanglosigkeiten. Dazu habe ich jetzt aber keine Lust. Überrascht stelle ich fest, dass ich auf einmal ehrlich interessiert bin an ihr.
„Wie geht es Dir? Wie geht es dir wirklich?", frage ich sie nach wenigen Minuten lockeren Geplauders. Sie antwortet völlig offen und innerhalb kürzester Zeit sind wir in einem intensiven Gespräch. Sie erzählt von ihrer Lesesucht, einer Sorte Sucht, die ich gut kenne, da sie mich bis vor kurzem ebenfalls in ihren Fängen hatte. „Es gibt wohl keinen Menschen, der keine Sucht hat", sagt sie und ich gebe ihr Recht. Ich habe statt Lese- und Zigaretten- jetzt die Kaffee- und Vergnügungssucht.
Als die Frau geht, bedankt sie sich für das gute Gespräch, das ihr sehr geholfen habe, und ich freue mich. Wenigstens für einen Menschen auf der Welt konnte ich heute etwas Gutes tun. Und das sogar durch Nichtstun, meine derzeitige Lieblingsbeschäftigung. Vielleicht sollte ich deshalb schon so früh hier sein?
Wie im Satsang fühle ich mich jetzt wirklich. Fühlt sich so möglicherweise auch Mike, wenn einer nach dem anderen Platz nimmt neben ihm? I am the world. Bin ich womöglich auch Mike?
Halt! Sofort! Jetzt fehlt nur noch, dass ich mich selbst zur spirituellen Lehrerin deklariere. Lieber räume ich diesen Caféstuhl und fahre zum Wolkengucken an den Fluss. Da kommt so schnell keiner vorbei, dem die Lehrerin hilfreich zur Seite sitzen könnte.

Ich sitze am Fluss, erinnere mich an das Gespräch über Sucht heute Morgen und denke sofort an diese ganz spezielle

Form von Sucht, die mich inzwischen laufend heimsucht. Die Sehnsucht. Worauf sie im Moment ausgerichtet ist, ist nicht schwer zu merken. Ich ignoriere wieder einmal ganz auffällig sämtliche Singles, es sei denn, sie sind männlich, mittelalt und wenigstens einigermaßen attraktiv, erblicke ansonsten nur Paare. Sie fahren Rad, gehen händchenhaltend spazieren, sitzen knutschend auf Bänken herum.
Tut weh. Da schaue ich lieber wieder hoch in den Himmel. Plötzlich hat die Sehnsucht eine Farbe. Dieses zarte, helle, ganz und gar sanfte Türkisblau da hinten. Das ist sie, das ist die Farbe der Sehnsucht.
Eine Radfahrerin hält an. Agnete setzt sich einige Minuten zu mir, erzählt, wie es ihr in den letzten Tagen ergangen ist, und radelt weiter.
Ich finde richtig auffällig, dass ich neuerdings so viel im Gespräch bin mit so vielen Menschen. Noch nicht einmal am Fluss bin ich sicher vor ihnen. Ob ich doch auch Mike bin? Wenigstens ein klitzekleines bisschen?
Gerade als ich aufstehen will, hält die nächste Radfahrerin an. Mit Iris ergeht es mir ganz seltsam. Wir machen beide unsere Radtouren spontan und ungeplant, doch gleich, ob wir morgens, mittags oder abends unsere Touren machen, ganz ohne Verabredung treffen wir uns immer wieder auf dieser Strecke am Fluss. Wie magisch angezogen.
Iris setzt sich zu mir und erzählt zum wiederholten Mal, wie sehr die Erinnerungen an die Beerdigung ihrer Mutter immer noch in ihrem Kopf herumspuken. Iris hat lange in dem Ort gewohnt, in dem ich groß wurde, ihre Tochter in genau dem Krankenhaus zur Welt gebracht, in dem auch ich geboren wurde, um anschließend, wie das früher so üblich war, im Säuglingszimmer allein gelassen zu werden. Vermutlich wurde mein nächtliches Schreien ignoriert, jedenfalls schlief ich, den Erzählungen meiner Mutter zufolge, nachts bereits durch, als sie mit mir nach Hause kam. Möglicherweise stellte das bereits die Weichen zur Ausbildung des Gefühls, nicht gesehen und nicht beachtet zu werden.
Uns zwei Frauen scheint etwas zu verbinden. Hat es mit den Müttern zu tun? Iris wurde von ihrer Mutter nicht gut

behandelt, betrauert sie zu ihrer eigenen Überraschung nun aber sehr. Ich denke kaum an meine schon lange verstorbene Mutter, habe aber mit der Kusine verabredet, morgen mit ihr ans Grab ihrer und meiner Eltern zu fahren.
Iris redet lange und eindringlich auf mich ein und als sie endlich weiterfährt, fühle ich mich völlig erschöpft. „Bitte", sagt es innen, „Bitte ein wenig weniger. Ich liebe Kontakte und ich bedanke mich für sie, doch zwei Gespräche täglich würden mir ab jetzt reichen."

Der Besuch in der früheren Heimat gestern hat mich sehr berührt. Ein Bild geht mir immer noch nach. Auf dem Weg zum Friedhof sah ich eine alte Frau in einem weißen Kittel aus der Haustür treten. Und da war meine Mutter mir plötzlich ganz nah. Genauso wie diese Frau hatte auch Mutter am Sonntagmorgen ausgesehen. Aus der Messe kommend, hatte sie sich immer sofort den sonntäglich weißen Kittel übers Kleid gezogen.
Abends konnte ich lange nicht einschlafen, dachte an Iris' Erzählungen über den Tod ihrer Mutter, dachte an meine Eltern und die anderen Toten der Familie. Das ging nicht ohne Gefühle ab und ich bin mir nun sicher, dass ich Iris zurzeit nicht nur deshalb so oft treffe, weil sie jemanden braucht, mit dem sie über ihre Mutter reden kann, sondern auch, weil es für mich an der Zeit ist, mich noch einmal mit meiner zu beschäftigen.
Meine Mama. Das Bild von ihr im weißen Kittel brachte sie mir noch einmal ganz nahe. Die Grabstätte nicht. Ich stand da und nichts regte sich. Ehrlich gesagt, langweile ich mich. Was wollte ich hier?
Ich war auch noch einmal in der Kirche, in die ich als Kind sehr gerne gegangen war, in der ich vor Urzeiten getauft und später getraut worden war. Auch hier rührte sich nichts in mir. Vergangenheit. Lieber im Jetzt bleiben. Das Lotterleben

vor dem Café genießen. Hätte ich mir nie und nimmer erlaubt früher.
Ich hebe den Blick zum Himmel und schaue voll ins Sehnsuchtsblau. Die Sehnsucht. Die Sucht. Ich bin gerade völlig eingenebelt von ihr. Rechts und links rauchen Frauen wie die Schlote, stecken sich eine Zigarette nach der anderen an.
Die Sehnsucht. Eine der treuesten Begleiterinnen, die ich kenne. Im Augenblick schmerzt sie nicht wirklich. Da ist eher ein Ziehen. Na komm schon, scheint sie zu sagen.
Und wo soll es hingehen? In den Himmel? Aber ist das nicht gleich? Es geht rein ums Fühlen und nicht um ein mögliches Ziel. Ob die Sehnsucht weltlich oder spirituell ausgerichtet ist, spielt keine Rolle. Alles ist spirituell.
Alles ist spirituell. Dieser Satz ist einfach göttlich. Er rettet mich immer wieder aus sämtlichen inneren Zwickmühlen.
Was ist das? Ganz nah weint laut ein Kind. Jetzt sehe ich es. Es hängt im Fenster eines geparkten Autos. Nun beginnt es zu schreien. Herzzerreißend. Mama!!!!!
Es geht mir durch und durch. Das arme Kind. Ich armes Kind. Mama!!!!!!
Um das fremde Kind brauche ich mich nicht zu kümmern. Menschen bleiben stehen, um es zu beruhigen und da kommt auch schon die Mama angelaufen.
Und meine Mama? Immer noch weint es in mir. Wie kann ich das Kind in mir nur trösten?
Ja, wer kommt denn da! Eine Freundin von Ella, die ich letzte Woche bei ihr kennengelernt habe. Ich freue mich und schon habe ich ihr einen Kaffee spendiert.
Ich bin wirklich verrückt. Das mache ich bei fast allen so, die sich zu mir setzen. Ich ahne auch, warum ich neuerdings so freigiebig bin. Ich war so lange allein, dass ich jetzt jedem einzelnen, der mir Gesellschaft leistet, sehr dankbar bin.
„Ich habe mich total gefreut, dich jetzt hier zu treffen", sagt Ellas Freundin, als sie geht. Es geht mir runter wie Öl.
Ich trete den Heimweg an, doch kaum angekommen, mag ich nicht in der Wohnung bleiben, und schon mal gar nicht allein. Ein einziges Gespräch hatte ich heute auch erst. Eins

wäre noch drin. Ob ich bei Regina anrufe? Sie hat mich beim letzten Treffen ausdrücklich ermuntert dazu. Ich bin jedoch völlig unentschlossen und da lasse ich es lieber.
Das Telefon schellt. Die Erzählerin ist dran, aber nicht die, die ich anrufen wollte, sondern die „Konkurrenz". Nach einem ihrer Auftritte lernten wir uns etwas genauer kennen und treffen uns seitdem ein- oder zweimal im Jahr.
„Wie geht es dir?", fragt sie.
„Super" sage ich wie aus der Pistole geschossen. Anders kann ich trotz des ständigen Auf und Ab meinen derzeitigen Zustand nicht nennen. „Ich genieße das Leben, solange ich es noch habe", höre ich mich dann noch hinzufügen.
„Eine neue Beziehung?", kommt es fragend vom anderen Ende der Leitung.
Wie kommt sie denn darauf? Die wünsche ich mir zwar, gebe ich auch gleich ganz offen zu, doch dem ist leider nicht so.
„Es klingt aber so", sagt die Erzählerin. „Es klingt so verliebt. Du liebst dich jetzt wohl selbst".
Sie hat den Nagel auf den Kopf getroffen. Ich liebe mich zurzeit tatsächlich selbst, so gut ich kann, und scheine es auch schon hörbar gut zu können.
Die Erzählerin hat Lust auf Kaffee und Pflaumenkuchen, eine Lust, die sich schnell überträgt, und nur wenig später sitze ich in einem Bäckereicafé, höre wieder jemandem zu und frage mich wieder, ob ich nicht doch auch Mike bin. Zumindest mache ich ihm gerade echt Konkurrenz. Ob Mike es allerdings braucht, dazusitzen und Leuten zuzuhören, die von sich erzählen möchten? Ich brauche es zurzeit. Kann ihm zu meiner Erleichterung also gar keine Konkurrenz machen kann.

Von Wolke Sieben bin ich erst mal runter. Die Sehnsucht hat mich in den letzten Tagen arg gebeutet. Hinterrücks schlich sie sich ständig neu an. Es tat oft richtig weh. Und eins wird mir immer klarer. Wenn der Schmerz gefühlt werden will, dann ist ihm jeder Auslöser recht. Er nimmt, was gerade da ist. Ein Gedanke kann ihn auslösen. Das Bellen eines Hundes in der Ferne. Das Gurren einer Taube. Und jeder Mensch. Nur von weitem habe ich ihn gesehen, als er gerade in seinen Laden ging. Den Ausländer hingegen habe ich nie wieder gesehen.

Ein wenig Ablenkung vom Schmerz brachte die Arbeit. Jeden Morgen saß ich an der Pforte, um eine Kollegin zu vertreten, doch heute ist Samstag und ich bin schon früh zu meiner vermissten „Satsangsitzung" vor dem Café geeilt. Die Fußgängerzone ist mein Aufputschmittel, wenn jemand vorbeikommt, den ich kenne, und mein Beruhigungsmittel, wenn kein bekanntes Gesicht auftaucht.

Wie üblich sitze ich da und schaue und mein Blick fällt auf eine alte Frau. Ich kenne sie nicht und doch leuchtet bei ihrem Anblick endlich wieder einmal ein Schimmer von Liebe auf.

Für eine Frau, die ich noch nicht einmal kenne?

Ja. Für sie. Für mich. Für alle. Im Grunde allerdings für niemanden und für nichts. Für einen kurzen Moment ist da einfach nur Liebe.

Ganz in der Nähe beginnt ein Trommelkonzert. Wunderbar. Das kommt mir gerade recht. Musik ist eine hervorragende Methode zur Herzerweichung. Zehn Trommelschläge lang fühle ich das Wummern der Trommel in der Brust, dann sehe ich Madeleine vorübergehen. Madeleine. Ich liebe diesen Namen. Er zergeht mir förmlich auf der Zunge und hinterlässt einen weichen, angenehmen Nachgeschmack.

Madeleine sieht gequält drein. Unsere Blicke treffen sich, ich winke ihr und lade sie zum Kaffee ein. Sie setzte sich zu mir und strahlt. Es tue ihr so gut, eingeladen zu werden.

Super. Wieder eine gute Tat vollbracht.

Madeleine erzählt. Von der vielen Arbeit, den starken Rückenschmerzen, vom Korsett, das sie deshalb tragen muss, von der Tochter, um die sie sich große Sorgen macht. Ich höre ihr zu und höre dann auch mich erzählen. Von den

Minderwertigkeitsgefühlen, aus denen heraus ich mir früher immer zu viel aufgeladen habe, von den Sorgen, von denen ich mir zeitlebens viel zu viele gemacht habe, vom Burnout und von einigen der Entspannungsmethoden, die ich in der Kur kennengelernt habe.
Aha, die Lehrerin ist wieder da. Doch so spontan und so gar nicht belehrend, kann ich sie gut da sein lassen. Mag ich sie sogar.
Nach einiger Zeit wird Madeleine unruhig, steht schließlich auf, um zu gehen, weil sie vor Schmerzen nicht mehr sitzen kann. „Das hat mir jetzt sehr gut getan", sagt sie beim Abschied. „Auch, was du gesagt hast."
„Danke schön", antworte ich ihr und nehme sie vorsichtig in den Arm. „Das hat mir jetzt sehr gut getan, dass du das gesagt hast."
Kaum ist Madeleine gegangen, fühle ich mich miserabel. Erinnerungen schießen hoch. Der Zusammenbruch. Die Scheidung. Der Verlust vieler Menschen, die mir bis dahin nahe zu sein schienen.
Ich atme tief durch. Die Vergangenheit hat mich wieder einmal eingeholt. Was würde Mike jetzt sagen? Vermutlich würde er mir seine Standardfrage stellen.
„Was ist jetzt?"
Jetzt ist Schmerz. Jetzt ist Sehnsucht. Und jetzt ist da ein Gefühl großer Einsamkeit.
„Wer fühlt Einsamkeit?"
Niemand, merke ich sofort. Da ist einfach nur ein Gefühl von Einsamkeit.
Zack. Ist der Zweifel wieder da. Kein Ich mehr? Bilde ich mir das nicht nur ein?
Ich weiß es schon nicht mehr. Ich weiß gar nichts mehr. Ich weiß nur noch, dass ich so gerne so viel „weiter" wäre, als ich bin. Dass ich so gerne etwas Besonderes wäre. So wie die „Erleuchteten" etwas Besonderes sind. Ach, hört das denn nie auf?

Nach meinem Pfortendienst heute Morgen war ich noch eine Weile bei Ella. Wir sprachen über unsere spirituelle Lektüre der letzten Wochen und Ella zitierte aus einem Buch über den Buddhismus.
„Ohne Erwartung. Ohne Absicht. Ohne Ziel."
Das Zitat wühlte etwas auf in mir. Ein wahrer Wortschwall ging auf die arme Ella nieder. „Völlig absichtslos? Geht das denn überhaupt? Gibt es nicht bei allem, was wir tun, vordergründige und genauso hintergründige Absichten, teils bewusster, teils halbbewusster, teils unbewusster Natur? Verfolgt das Allumfassende Bewusstsein nicht ebenfalls Absichten? Will es sich durch uns nicht selbst erfahren? Meinem menschlichen Verständnis nach steckt da doch eine Absicht hinter."
Ella hörte lächelnd zu. Sagte aber nichts. Ich drehte immer mehr auf. „Ich hasse es. Ich will nicht mehr denken. Ich will nicht mehr alles hinterfragen müssen. Ich will einfach nur noch meine Ruhe."
Ella lächelte immer weiter, sagte aber jetzt wenigstens etwas. „Wer zwingt dich denn weiterzumachen?"
Wer? Ich hasse diese Fragerei. Wer? Ja wer?
„Oh, danke. Niemand. Da sind einfach Gedanken. Aber es sind so viele. Und es werden sekündlich mehr."
„Was ich ablehne, lässt mich nicht los", zitierte Ella den Satz, den ich in letzter Zeit selbst so oft auf der Zunge habe.
Etwas gab nach. Die Anspannung wich. „Also gut", gab auch ich nach, „dann sollen sie eben weiter kommen. Aber wenn das nie mal aufhört, dann wird es doch nie im Leben was mit der Erleuchtung. Für die muss es doch still sein."
Geradezu aufreizend lächelte Ella mich jetzt an: „Du weißt es doch. Das Einzige, was dich von der Erleuchtung trennt, sind deine Vorstellungen davon, was dich von ihr trennt. Auch „Erleuchtete" denken, doch sie haben nicht mehr die Vorstellung, das trenne sie von der Erleuchtung".
Verblüfft starrte ich die Freundin an. Sie redete schon wie Mike.
Ella sah meinen Blick und lachte: „Alles von dir. Hast du mir alles erzählt nach deinen Guru-Besuchen."

Sie schaute mich liebevoll an, etwas gab noch weiter nach und da konnte ich endlich auch wieder lachen. Ein wenig zumindest. Wie so oft im Leben hatte ich wieder einmal alles viel zu ernst genommen. Dabei lief hier gerade nur ein kleines Theaterstückchen, an dem das Göttliche seine helle Freude hatte. Es wurde gespielt. Zugegebenermaßen auch ein wenig mit mir.
Und Ella hatte sich nun ebenfalls als Lehrerin entpuppt. Aber sie machte es gut. Ich musste es neidvoll eingestehen.
Mich von ihr verabschiedend, sprang mich von neuem die Sehnsucht an. Wie gerne säße ich jetzt im Satsang. Aber es würde noch einige Monate dauern, bis Mike wieder in der Nachbarstadt war. Meine Stimmung, die heute sowieso nicht die stabilste war, geriet erneut ins Wanken. Höchste Zeit für meinen Solo-Satsang vor dem Café. Zwei Tage lang hatte es unaufhörlich geregnet und die ersten Entzugserscheinungen waren deutlich zu spüren.
Auf dem Weg zum Café kam der Impuls, in den Bioladen zu gehen. Ich kam durch die Tür, mein Blick traf den der jungen Angestellten und schon strahlten wir uns an. Als ich mit meinen Einkäufen zur Kasse kam, strahlten wir wieder und dann sagte sie: „Wenn ich Sie sehe, muss ich immer denken an Ihr „Na, Ihr Süßen!" Wir lachten und lachten und als ich vor dem Café ankam, hüpfte und sprang es in der Brust.
Ich nahm meinen gewohnten Platz ein und da, ich traute meinen Augen nicht, da kam doch wahrhaftig Kamala des Weges, sah mich, machte ebenfalls große Augen und kam zu mir an den Tisch.
Wie ich gleich darauf erfuhr, gehört auch Kamala zu den Indienfahrern. In aller Ausführlichkeit erzählte sie mir die Geschichte ihrer spirituellen Suche und ich hörte zu. Fast vollkommen gelassen. Erst als sie von den Tagen in purer Glückseligkeit zu Füßen des Meisters berichtete, verließ mich meine Selbstsicherheit. Sie hatte solch tiefgehende Erlebnisse. Und ich? Ich hatte allerhöchstens tiefgehende Gedanken. In der Geschichte meiner spirituellen Suche gab

es weder Tiefen noch Höhen. Zum Glück kam mir die rettende Frage ziemlich schnell in den Sinn.
Wer bin ich ohne meine „Geschichte"?
Niemand. Genau wie Kamala. Genau wie Mike.
Und da war es wieder gut. Ich sah Kamala an, hörte ihr weiter zu und plötzlich war in meinem Herzen das „Na Süße" wieder da. Weich wie Wachs fühlte ich mich. Auch mir selbst gegenüber.
Kamala ist längst schon weitergegangen, ich sitze wieder allein hier. Immer noch staunend. Welch ein Zufall! Ein Zufall im Sinne von Koinzidenz oder Synchronizität, wie gelehrte Menschen diese Sorte Zufall gern nennen. Oder war es doch keiner? Manche Erleuchtete behaupten, es gebe keine Bedeutung in dem, was geschieht.
Das verwirrt mich. Ich möchte genau wissen, was ist und wie es ist. Sollte es keine bedeutungsvollen Zufälle geben, dann wäre mein ganzes, in den letzten Jahren so sorgsam zurechtgebasteltes Weltbild futsch. Das würde mich schwer verunsichern.
Lieber Himmel, da geht die nächste Denkfontäne los. Wie unter Zwang muss ich immer weiter fragen. Gibt es nun Zufälle oder gibt es sie nicht? Ist alles, was geschieht, tatsächlich nur etwas, was uns zufällt? Ohne Bedeutung und ohne jegliche Steuerung durch irdische oder überirdische Instanzen? Ist mein Glaube an Zufälle nichts als ein Erklärungsmodell für Unerklärliches?
Natürlich versucht mein Verstand auf all diese Fragen eine Antwort zu finden, umkreist sie wie ein Raubvogel sein Jagdrevier, bis ihm die Schwingen lahm werden.
Doch erst als ich mich bereits völlig erschöpft fühle, kommt mir die erlösende Frage in den Sinn.
Ist es wichtig, das zu wissen?
Nein. Eigentlich nicht.
Entspannt lehne ich mich zurück und schaue in den Himmel. Blau. Reinstes Blau. Eine Krähe fliegt über mir dahin. In meinem ganzen Leben habe ich noch nie ein so tiefes Schwarz vor einem derart tiefen Blau gesehen.

Ein kleines Mädchen geht vorbei. Eifrig und täuschend echt spricht es in sein Spielzeughandy. Es ist sowohl die Anruferin als auch die Angerufene. Es spricht mit sich selbst. So wie ich mit mir selbst spreche. So wie auch das Allumfassende Bewusstsein durch mich mit sich selbst spricht.
Die Welt. Ein Spiegel des Göttlichen und jeder Mensch in ihr ein Spiegel göttlicher Aspekte. Jeder. Auch ich.

Es ist noch früh am Morgen, doch ich sitze bereits am Fluss, unruhig und erschöpft, obwohl ich eben erst aufgestanden bin.
Mit gefalteten Händen sitze ich still da, als mir warm wird. Unangenehm warm. Ein Gefühl taucht auf. Ich kenne es und mochte es noch nie, wusste auch nie, warum es hin und wieder wie aus dem Nichts auftauchte oder was es zu besagen hatte. Ich hatte keinen Namen dafür. Jetzt habe ich einen. Es ist mein Minderwertigkeitsgefühl, das sich durch dieses Unbehagen immer mal wieder bemerkbar machte, das ich aber mehr oder weniger erfolgreich zu ignorieren versuchte. Minderwertigkeitsgefühle schrieb ich lieber der Mutter zu.
Letzte Nacht habe ich geträumt von ihr. Und jetzt taucht ein Bild in mir auf. Ihr Gesichtsausdruck, als ich ihr sagte, es gebe keine Hölle. Sie war entsetzt über meine vermeintliche Ungläubigkeit. Voller Sorge, ihr Versagen in der religiösen Erziehung könne am Ende sie und mich den Himmel kosten. Zeitlebens hatte sie größte Angst, auch einmal andere als die im Elternhaus eingebläuten Pfade zu beschreiten. Mutig erschien sie mir nicht.
Inzwischen kenne ich ihre Angst vor neuen Wegen nur zu gut. Ich war beim Satsang auch vorne bei Mike, um mich mutig fühlen zu können. Ich hatte es nötig, hatte mich so oft als feige erlebt. Ein Leben lang habe ich mich heimlich mit

anderen verglichen und kam gewöhnlich nicht besonders gut weg dabei. Die anderen gingen so tapfer ihren Weg. Ich ging zwar auch meinen Weg, doch war es gewöhnlich der Weg des geringsten Widerstands.

Ich habe leider immer noch das Gefühl, nicht gut genug zu sein, hänge psychisch immer noch oft durch, weiß nicht, was ich will, kann mich nicht entscheiden und nicht aufraffen, habe immer wieder das Gefühl, ich sei nicht tüchtig genug, nicht nett genug oder aber viel zu nett und viel zu brav, war einst eine folgsame Tochter statt einer Rebellin, eine brave Auszubildende statt einer 68er-Revoluzzerin, anschließend eine biedere Physiotherapeutin statt einer Wahrheitssucherin in der Wüste. Aber gab es nicht längst genug Revoluzzer und Indienfahrer? Irgendwer musste doch auch noch ein ganz normales Leben führen.

Abrupt hört das Denken auf, ein Lächeln steigt hoch und ich weiß es plötzlich mit Sicherheit. Im Grunde ist alles ganz einfach. Ich war die, die ich war, und bin jetzt die, die ich jetzt bin.

Still sitze ich auf der Bank, schaue auf den Fluss und tauche mit einem Mal ein in eine Zauberwelt. Die Sonne gleißt auf dem Wasser, lässt die Wellen glitzern und funkeln, Dunst liegt auf den Uferhängen, langsam hebt er sich zu zarten duftigen Schleiern. Der Anblick geht mir förmlich ans Herz.

Was mir heute nicht alles ans Herz geht. Eben noch war es der Gang durch die raschelnden, gelben Lindenblätter auf dem Boden. Das klang so nach Herbst, nach Abschied.

Tatsächlich ist der Herbst nicht mehr fern. Deutlich kühler ist es geworden in den letzten Tagen. Zu kühl auch, um jetzt noch länger hier zu sitzen.

Ich trete die Rückfahrt an, komme am alten Kirchturm vorbei, sehe Menschen um ihn herumstehen und erinnere mich, dass heute „Tag des Offenen Denkmals" ist.

In diesen Kirchturm wollte ich doch immer schon mal rein. Ich halte an, gehe die Stufen hoch und renne dem Antiquar schon fast in die Arme. Er hat vor dem Turm seine zum Thema passenden Bücher ausgebreitet, sitzt in der Sonne und macht fleißig Werbung für seinen Laden.

„Sie sehen aus wie das blühende Leben", sagt er, als er mich sieht.
Was tun? Zum Weglaufen ist es zu spät. Da ihn meine Erscheinung aber ja zu erfreuen scheint, setze ich mich zu ihm. Und bekomme wieder das Filmgefühl. Sitze allerdings diesmal nicht völlig relaxed im Kinosessel, sondern springe munter auf der Bühne herum.
Zwei Stunden sitze ich neben dem Mann in der Sonne und wir unterhalten uns. Ich bin gut drauf, finde ich jedenfalls, brilliere geradezu, und es macht richtig Spaß, mir seine Komplimente anzuhören. „Das mag ich an einer Frau", sagt er, „klug und schlagfertig, so dass ich nichts mehr zu sagen weiß." Was sagte er noch? „Wir müssen uns mal treffen. Das interessiert mich."
Wirklich ernst nehme ich seine Worte nicht. Das Ganze ist eher wie ein Spiel.
Eine Nachbarin taucht auf und eine Weile unterhalten wir uns zu dritt. Plötzlich wendet sich die Frau an den Antiquar, zeigt auf mich und sagt bewundernd: „Sie fährt freihändig Fahrrad."
„Ja", sagt der Antiquar, „so fährt sie auch am Laden vorbei."
Ein Ruck geht durch mich hindurch. Er sieht mich wieder? Richtig, er hat mich heute die ganze Zeit angesehen und sich sichtlich erfreut mit mir unterhalten. Als die Nachbarin geht und eine potentielle Kundin an ihn herantritt, lässt er sich sogar zu dem Ausspruch hinreißen: "Bleiben Sie. Laufen Sie nicht weg."
Ich mache mich trotzdem auf den Heimweg. Es reicht. Er hat mich gesehen? Ja und! Es zieht mich nicht mehr zu ihm hin. Und es tut auch nichts mehr weh.

Es ist kaum zu glauben, aber eben sah ich den Mann doch tatsächlich schon wieder, als er durch die Tür seines Ladens ging. Kein Bremsimpuls. Zu meinem Erstaunen hörte ich

mich sogar denken: „Hoffentlich sieht er mich nicht." Ich hatte absolut keine Lust, mich schon wieder mit ihm zu unterhalten, fuhr haltlos weiter zum Café. Hier müssen sie denken, ich sei Krösus höchstpersönlich. Schon wieder habe ich jemanden eingeladen. Wen? Auch das kann ich kaum glauben.
Frau Franzen. Wir haben uns bestens verstanden und ich bekam meine heimliche Vermutung bestätigt, sie sei nur nach außen hin so stachelig, innen drin aber butterweich. Sie freute sich, dass es mir gut geht. „Da muss ich mir keine Sorgen machen um Sie", lächelte sie mich an und dann versicherten wir uns gegenseitig, was für ein Glück es sei, dass ich in ihrem Haus wohne. Ich habe sie zum Abschied in aller Öffentlichkeit umarmt und sie ließ es sich gern gefallen. Die Gute. Zurzeit herrscht Frieden. So wie ich zurzeit in Frieden bin mit meinem „Schatten". Den stellt sie immer wieder gern im Außen dar und das tat sie natürlich auch während unseres Beisammenseins.
Trotz des Gesprächs erspähten ihre flinken Augen alles, was sich um uns herum tat, hemmungslos kommentierte sie, was ihr nicht gefiel, unterbrach dafür jede noch so spannende Unterhaltung. „Nee, nun sehen Sie sich das mal an. Wie kann einer nur so rumlaufen." Ungeniert sprach sie aus, was auch nur zu denken ich mir jahrzehntelang verboten habe und wofür ich mich gelegentlich immer noch scharf tadle, wenn ich es doch tue. So streng ist meine Vermieterin wohl nicht mit sich.
Zu meinem Entzücken war ich es neben ihr auch nicht mehr. Ungerührt konnte ich mir ihre Kommentare über unsere Mitmenschen anhören, musste weder sie noch anschließend mich verurteilen fürs Verurteilen. Ein über die Jahrzehnte eingeschliffener Automatismus fiel komplett aus. Ich merkte es und ich genoss es.
Frau Franzen ist längst fort, ich sitze immer noch vor dem Café und lausche der Band in der Fußgängerzone. Nur hin und wieder zieht ein Gedanke durch. Und plötzlich ist es ganz still. Meine Bewegungen verlangsamen sich. Für einen Moment scheint die ganze Welt anzuhalten. Dabei halte nur

ich den Atem an, um diese Stille nicht zu zerstören. So zerbrechlich scheint sie mir. Taucht auf und verschwindet. Und ich kann nichts tun, um sie zu halten.
Eine kleine Weile atmet es noch tief und regelmäßig, bis es wie üblich munter weiter denkt. Schade. In Ordnung.
Es ist tatsächlich alles in Ordnung. Denken. Anspannen. Entspannen. Nachgeben. Aufgeben. Loslassen. Anspannen. Denken ...
Was spielt denn die Band da? Das geht voll rein. „Oh Donna Klara, ich hab dich tanzen geseh`n ..." Klara heißt doch meine Mutter. Und warum kommen mir jetzt die Tränen? Woran erinnere ich mich jetzt?
Ein Buchtitel fällt mir ein. „Auf der Suche nach der verlorenen Zeit." Ich habe den Eindruck, eher ist die verlorene Zeit auf der Suche nach mir. Bestimmte Bilder und Eindrücke möchten noch einmal bewusst werden, verschwinden aber sofort wieder, sobald ich sie bemerkt habe. Immer wieder werde ich blitzartig aus der Gegenwart in die Vergangenheit katapultiert. Gerade noch sitze ich auf meinem Balkon, höre die Geräusche von der Straße, und plötzlich sitze ich auf der Terrasse des Elternhauses und höre die Autos vorbeifahren. Jemand erzählt von seiner Lektüre und plötzlich sitze ich als Heranwachsende neben meiner Tante und blättere in ihren Heften und Büchern. Ein kleines Mädchen schiebt seinen Puppenwagen vorbei und ich sehe und fühle das kleine Mädchen, das ich einmal war.
Das Lied ist endlich zu Ende. Ein Glück. Tränen in der Öffentlichkeit. Mag ich gar nicht.

Unglaublich! Jetzt habe ich den Mann doch schon wieder getroffen. Wochenlang gehe oder fahre ich an dem Laden vorbei und sehe ihn nicht ein einziges Mal und diese Woche sehe ich ihn gleich dreimal. Wieder ging er zur Tür hin, drehte sich diesmal aber in genau dem Moment um, als ich

vorbeifuhr. Unsere Blicke trafen sich. Lächelnd grüßten wir uns.
Eigentlich war ich schon fast vorbei, als ich feststellen musste, dass der rechte Fuß sich selbständig gemacht und ungebeten den Rücktritt betätigt hatte. Und schon war er mir herausgerutscht, mein derzeitiger Standardsatz. „Haben Sie Lust, einen Kaffee mit mir zu trinken?"
Er sagte, er hätte große Lust, aber nicht jetzt, jetzt sei es zu spät, eine Stunde eher an einem anderen Tag sei günstiger. Wieso denn das? Es ist heller Vormittag und er macht den Laden doch erst nach Mittag auf? Aber geht mich ja nichts an. Klar ist nur, er kann nicht. Oder will nicht.
Leider war der nächste Satz bereits draußen und nicht mehr zurückzuholen. „Sie können mich ja mal anrufen, wenn Sie Zeit haben."
„Habe ich denn Ihre Telefonnummer?" Es klang aufrichtig interessiert, auch, als er sich noch einmal vergewisserte. „Ja? Sind Sie sicher?"
Ja, ich war sicher, hatte sie ihm bei einem meiner ersten Besuche im Laden persönlich in die Hand gedrückt.
Ist das jetzt alles nur Zufall? Dass ich diese Woche zwei Mal just in dem Moment am Laden vorbeirauschte, als er zur Tür ging? Ob er jemals anrufen wird?
Es bewegt mich bedeutend weniger als beim letzten Mal. Ich bin offen für alles. Es geht mir gut auch ohne Zuwendung seinerseits. Ich lebe das Jetzt. Zumindest in eben diesem Moment. Auf eben dieser Bank am Fluss.
Entspannt sitze ich da, schaue auf die Wellen und genieße das sanfte Schwebegefühl, ausgelöst vom stetigen Fließen des Wassers.
Loslassen. Alles. Ohne jegliche Erwartung, dafür belohnt zu werden. Und obwohl genau diese Erwartung natürlich doch da ist. Es annehmen und hinnehmen. Ich bin nicht Herrin des Geschehens. Ich bin noch nicht einmal die Herrin meiner Gedanken und Gefühle.
Ein sehr unangenehmes Gefühl steigt auf. Dieser Antiquar. Schon wieder muss ich an ihn denken. Dabei will ich doch nichts von ihm. Ich bin überhaupt nicht verliebt. Dennoch

fände ich es nett, wenn er anriefe. Wird er aber nicht. Dieser blöde Kerl.
Aber was kann er dafür, wenn ich ihn in meine „Geschichte" hineinwebe, um über ihn eine der wichtigsten Lektionen des Lebens zu meistern? Lebe den Augenblick. Ohne Absicht und ohne Erwartung, ohne Erinnerungen und vor allem ohne Projektionen.
Jedes Auftauchen dieses Mannes ist auch ein Test. Na, wie fühlt sich das jetzt an? Und jetzt? Und jetzt?
Es zulassen. Den Zwiespalt fühlen. Die Anziehung genauso wie die Ablehnung. Kommen lassen, anschauen und gehen lassen.
Leise rauschen die Wellen. Still sitze ich auf der Bank am Ufer. Gefühle kommen und gehen. Die Vergangenheit ist ganz nah. Erinnerungen stehen vor der Tür meines Gehirns. Ich brauche die Tür nur aufzumachen. Ich mag aber nicht. Lieber schaue ich den Vorübergehenden zu. Ein Mann mit einer riesigen Dogge kommt heran. Und geradezu magisch zieht die Dogge meinen Blick auf sich. Fasziniert beobachte ich sie. Wie sie geht. Federnd. Geschmeidig. Vollendete Harmonie ausstrahlend. Fühlbar ganz sie selbst.
Ich schaue ihr lange nach. Bin zutiefst berührt von ihrer Anmut und Schönheit. Mehr noch. Ich liebe sie.

Ein neuer Tag. Ein einzigartiger Tag. Ein Tag wie er so nie wieder sein wird. Ein Sonntag. Ich stehe am Fenster und schaue auf den kleinen Platz vor dem Haus, an dem gestern noch das Schützenfest stattfand. Buden und Karussells sind leer, teilweise mit Planen verhangen. Diesig ist es. Grau.
Nur bei der Bäckerei ist was los. Die Menschen stehen Schlange bis vor die Tür. Brötchen fürs Sonntagsfrühstück. In den Familien... Halt. Ich muss meine niedergedrückte Stimmung nicht noch mehr drücken. Aber wegdrücken ist auch nicht unbedingt heilsam.

Was mache ich jetzt? Zulassen, wegschieben, ich weiß nicht, am liebsten würde ich mich wieder ins Bett legen und mir die Decke über die Ohren ziehen. Aber dazu habe ich dann doch auch wieder keine Lust. Auch nicht zum Meditieren. Ich muss hier raus. Sofort.
Ich fahre zum Fluss, doch packt mich auch hier schon nach kurzer Zeit die Unruhe. Ich fühle mich derart allein, dass es weh tut. Müsste das Café nicht längst geöffnet haben?
Ja, es hat bereits geöffnet und nicht nur das, ganz in der Nähe spielt jemand Operettenmelodien auf seiner Geige. Zum Dahinschmelzen.
Etwas entspannt. Lässt los. Lässt mich los. Tränen. Ich lasse sie. Frage nicht nach warum und weshalb. Wieder einmal zur rechten Zeit am rechten Ort. Diese Geige. Schicht um Schicht werden Verhärtungen gelöst. Nach einer Weile erst erkenne ich die Melodie. „I do it my way."
Doch dann! Keine Geige mehr. Stattdessen ein in den höchsten Tönen schreiendes Kleinkind. Das schneidet wie Glasscherben durch die Brust. Muss das jetzt sein? Es war gerade so wundervoll friedlich.
Er ist wieder da, der Schmerz im Herzen. „Willkommen", sage ich ihm und meine es zu meiner eigenen Überraschung ernst. Da schweigt das Kind und die Geige setzt wieder ein. Auch dieses Lied kenne ich gut. „What a beautiful world."
Wie wahr. Die Welt ist wunderschön. Und ich habe es gut in ihr. Trotz der permanenten Gefühlsschwankungen. Ein Bild taucht auf. Im Geiste sehe ich mich am Ufer eines Flusses sitzen. Gerade ist eine Woge über mich hinweggeschwappt. Ich tauche wieder auf. Triefend nass. Aber vollkommen lebendig. Und es fließt wieder. Es fließt und fließt...
... und ich sitze und sitze und schaue die Vorübergehenden an und schaue mir dabei selber zu.
Ein zweites Bild taucht auf. Hoch oben auf dem Berg sitzt ein Adler und beobachtet einen Habicht, der auf einem Turm sitzt und die Bewegungen auf der Erde im Blick behält.
Was sagt der kleine Junge am Nebentisch? „Der Himmel ist doch eigentlich hier." Mit einer ausladenden Armbewegung zeigt er um sich herum.

Genauso wie Mike immer wieder fragt: „Wo fängst du an und wo höre ich auf?", könnte man fragen „Wo fängt die Erde an und wo hört der Himmel auf?"
Ist der Himmel tatsächlich auf Erden? Ist im Grunde alles Himmel? Bewusstsein?
So klein ist er noch, der Knabe nebenan und doch schon ein Lehrer. So wie im Grunde alle Menschen Lehrer sind.
Auch Frau Franzen. Ich fahre nach Hause, schiebe das Rad in den Keller und da steht sie vor mir wie ein Feuerdrache.
„Sie können in Ihrem Keller ja stapeln, was sie wollen. Aber warum haben Sie da drin den alten Badvorleger liegen? Warum schmeißen Sie den nicht weg? Nachher haben wir die Mäuse im Keller."
Ich sage nicht, dass er dort für den Sperrmüll liegt, ich sage in bestimmtem Ton, es gehe sie nichts an, was in meinem Keller liege, und lasse sie auf der Treppe stehen.
Und nun? Ich finde die Frau zwar wieder einmal nicht so hundertprozentig nett, doch wirklich ärgern kann ich mich nicht. Das Ganze ist mir zu blöd. Ich muss nur aufpassen, dass ich nicht ins Nachdenken gerate, warum die Frau so ist, wie sie ist, und ob es da nicht immer noch gewisse Ähnlichkeiten gibt. Bei ihr muss immer alles sofort erledigt werden. Jeder Aufschub macht ihr Druck. Kenne ich das nicht auch?
Frau Franzen hat`s übrigens gerade ganz schwer am Rücken und der Magen ist überhaupt nicht in Form, was ihr sicher auch die gute Laune verdirbt.
„Blöde Kuh", murmele ich vor mich hin. Es klingt ziemlich milde.
Mikes Superfrage taucht auf. „Was ist jetzt?"
Nun ja, ein Hauch von Ärger. Sonst aber nichts. Im Grunde bin ich unberührbar. Im Grunde ist da Frieden.
Lange bleibe ich nicht auf der Ebene der Unberührbaren. Ein Geräusch zieht mich zurück auf eine sehr menschliche Ebene. Ich kann leider nicht anders, ich muss zum Fenster gehen, es leise öffnen und hinausschauen.
Manchmal werden Erwartungen voll erfüllt. Ich sehe genau das, was zu sehen ich erwartet hatte. Die Vermieterin kehrt

die Hauswand und den Sims unter ihrem Fenster ab, gebückt, die linke Hand auf die schmerzende Stelle im Rücken gelegt. Ich weiß nicht, soll ich mich jetzt endgültig ärgern oder lieber Mitleid haben mit ihr. Ich habe zu beidem keine Lust.
Und dann schafft sie es doch, mich das Ärgern zu lehren. Wir treffen uns ein weiteres Mal im Flur und sie schneidet sofort wieder das Thema Badematte an. Erst lande nur die Badematte im Keller, dann liege schließlich der ganze Prüll unten, den ich nicht mehr haben wolle in der Wohnung. Beim nächsten Mal werde der Keller nicht mehr mitvermietet. Diesen Stress tue sie sich nicht mehr an.
Ja, jetzt fühle ich Ärger. Und dann gebe ich ihr wieder kontra, sage, dass sie sich nicht wundern brauche über Rückenschmerzen, wenn sie sich um anderer Leute Angelegenheiten kümmere und sich unnütze Sorgen mache um Lappalien. Schon fast lustvoll spüre ich meine Emotion und sie ist in meiner Stimme deutlich zu hören. Es geht einige Male hin und her, doch ich weiche keinen Zentimeter. Mein Kellerraum ist mein Kellerraum und eine Badematte lockt keine Mäuse herbei.
Wie ein Kind streckt sie plötzlich die Hand aus und sagt bittend „Frieden". Mein Ärger erlischt auf der Stelle, ich nehme ihre Hand, nehme dann die ganze Frau in den Arm, streiche ihr sanft über die schmerzende Stelle im Rücken und sage ihr, dass die Badematte für den Sperrmüll bestimmt sei.
Das habe sie sich gedacht, sagt sie daraufhin, aber sie könne den Anblick der Matte, die weg solle, einfach nicht mehr ertragen. Er mache sie total nervös.
Jetzt hat sie mein volles Mitgefühl. Ich kenne das nur zu gut, konnte während meiner Ehezeit ebenfalls eine Menge nicht ertragen. Noch einmal nehme ich sie in den Arm und dann geht jede in ihre Wohnung zurück.

Wunderschön ist es hier. Sachte und gleichmäßig schwappen die Wellen über die Ufersteine. Beruhigend wirkt das. Ich genieße es.

Ein wenig habe ich den Eindruck, mir auf einer „weiteren", „tieferen", „höheren", oder weiß der Himmel auf was für einer Schicht, etwas bewusster zu sein, was es bedeuten könnte, ganz bewusst zu sein. Einfach nur bewusst und sonst nichts. Kein Nein wäre zu sagen und kein Ja. Nichts anzunehmen und nichts loszulassen. Ich hätte nichts zu tun und wäre alles.

Ich muss es mir eingestehen, ich wäre schon gerne ganz bewusst, also „erwacht" oder „erleuchtet". Meine Gedanken wandern zur letzten Satsang-Session. Alles, was ich in den vergangenen Monaten erlebt habe im Umgang mit den vielen Menschen, denen ich begegnet bin, alles, was ich anzuschauen und anzunehmen hatte, war im Satsang bereits angetippt worden durch die, die sich zu Mike gesetzt hatten. Ganz naiv hatte ich angenommen, mit den angesprochenen Themen im Wesentlichen fertig zu sein, war mir sicher, dass sie sich nur noch einmal zeigten, um dann endgültig zu verschwinden.

Nun, ich wurde bald eines Besseren belehrt. Ihr Auftauchen war keineswegs das Ende ihres Wirkens in mir, sondern der Auftakt zu einer weiteren Bearbeitungsrunde, die Ouvertüre zum nachfolgenden Sommerkonzert, in denen sie noch einmal Gehör finden und gewürdigt werden wollten. Die Menschen beim Satsang stießen etwas an, weckten etwas, was die Menschen, denen ich anschließend begegnete, in voller Länge und in diversen Variationen noch einmal mit mir "durchspielten".

Und? Hat die Spielerei etwas gebracht?

Ich fühle, wie das Strahlen wieder durchbricht. Und ob. Da kann jetzt kommen wer will, da kann einer die ganze Welt umsegelt haben, zehn Jahre in einer Höhle zu Füßen eines Gurus oder allein in der Wüste verbracht haben, das kann mich nicht mehr klein kriegen. Eine tiefe Wertschätzung für meine Person und für meinen Werdegang ist jetzt zu fühlen.

Aber auch ein Gefühl, das mir noch relativ neu ist. Würde. Ich weiß jetzt, wie sich Würde anfühlt.
Ich habe sie. Jeder hat sie. Es ist nicht unbedingt meine Würde. Ich brauche sie deshalb auch nicht zu verteidigen. Weder vor anderen noch vor mir. Ich fühle Würde. Das ist alles. Und es ist so viel.
Steifgesessen in der kühlen Herbstluft stehe ich auf und ganz unerwartet entspannt der Körper beim Gehen wieder, fühlt sich einen Augenblick lang federleicht und geschmeidig an. Alles geschieht verlangsamt und in vollkommener Ruhe.
Auch der Kopf entspannt sich. Jegliche Lust zu denken, zu philosophieren, psychologisieren oder gar spiritualisieren schwindet. Das große Wohlgefühl ist plötzlich wieder da. Und dann wieder weg. Keine Ahnung, was es auslöst, und keine Ahnung, was es dann wieder verschwinden lässt.
Hundegebell und Stimmen klingen zu mir her. In der Ferne gehen Menschen mit ihren Hunden am Ufer entlang. Und da ist es wieder, das Filmgefühl. Ist wirklich real, was ich sehe?

Es wird täglich kühler, vor dem Café immer ungemütlicher, drinnen zu sitzen habe ich keine Lust, und so gehe ich immer seltener hin, schaue stattdessen nach der Arbeit öfter mal bei Ella rein. Ansonsten bin ich wieder viel allein in der Wohnung. Ist okay, doch immer öfter spüre ich Sehnsucht nach Satsang, Mike und den Menschen um ihn, mit denen ich so viel gemeinsam habe, vor allem die Sehnsucht nach der Bewusstwerdung dessen, was Mike bewusst ist. Die Sehnsucht des Tropfens nach dem Aufgehen im Ozean. Die Sehnsucht, „nach Hause zu kommen", wie Mike das nennt.
Mike. Er scheint so viel „weiter" zu sein als ich. Doch da, wo ich die ganze Welt bin, da bin ich auch Mike. Das wurde während meines Solo-Satsangs in der Fußgängerzone immer deutlicher. Ein Funke ist aufgeleuchtet vor Monaten. Er wird nie mehr verlöschen.

Gestern habe ich übrigens den Antiquar auf dem Bürgersteig gesehen. Im Vorbeifahren nahm ich wahr, dass er mich ebenfalls gesehen hatte und sein Schritt stockte. Doch niemand betätigte den Rücktritt, niemand öffnete den Mund zu einem „Hallo" und keine Macht der Welt zwang mich, zu fragen, ob er einen Kaffee mit mir trinken wolle. Ich konnte unbehelligt weiterfahren. Ihn gesehen zu haben machte mir nicht viel aus. Ich musste nur anschließend ziemlich schlecht gelaunt sein.
Heute bin ich wieder gut gelaunt und weil es nicht gar so kalt ist, fahre ich zum Fluss. Er ist jedoch nicht da. Scheint jedenfalls so. Eine dichte Nebelwand verhüllt ihn ganz und gar.
Ich setze mich auf meine gewohnte Bank, schaue in den Nebel und mir ist, als sähe ich ein Bild meiner derzeitigen Lebenssituation. Der Fluss meines Lebens ist meinen menschlichen Augen verborgen. Wo ich herkomme und wo ich hingehe, ist nicht zu sehen. Doch das Stück Pfad direkt vor mir, das ist klar zu sehen. Das Jetzt ist immer klar.
Ich schaue weiter in den Nebel, suche ihn mit meinen Augen zu durchdringen, und sehe doch immer weiter nichts. Kein Ufer, keine Steine, kein Wasser ...
Oder ist alles fort, wenn ich es nicht mehr sehe? Und wenn ich sterbe? Stirbt dann diese Welt mit mir?
Kalt ist es. Ein wenig Wärme täte mir jetzt gut. Ein wenig Sonne auch. Ich würde auch gern wieder mehr sehen als nur Nebel.
In der Ferne läuten Kirchenglocken. Es ist Sonntag. Wieder ein Sonntag allein. Vor wenigen Tagen saß ich hier mit der Frau, die ihren Mann durch Selbstmord verloren hat. Auch sie ist jetzt allein. War sie, wie sie sagte, im Grunde immer. Doch jetzt ist es grausam fühlbar.
Da! Der Nebel lichtet sich, ausgerechnet hier, wo ich sitze. Ringsum bleibt alles weiß verhüllt, doch direkt vor mir spielt sich Zauberhaftes ab. Stellenweise liegen noch duftig-zarte Schleier über dem Wasser, dünne Wolken ziehen die Berghänge entlang, geben jedoch nach und nach den Blick

frei auf die grünen Hänge. Jetzt kommt sogar die Sonne durch und es wird fühlbar wärmer.
Das war ja eine schnelle Wunscherfüllung. Warum nicht öfter so?
Plötzlich überfällt es mich. Ich bin es leid. Ich bin alles so sehr leid.
So wie die Witwe? Ich denke seit unserem letzten Gespräch sehr oft an sie. Wir sprachen über das Sterben durch eigene Hand, dem auch sie nicht völlig abgeneigt zu sein schien. Dass alles jederzeit von einer Sekunde zur anderen völlig anders sein könne, mache ihr große Angst, sagte sie und fügte hinzu, sie wolle sich ein Mittel besorgen, um jederzeit gehen zu können, wenn es zu schwierig werde.
Ich denke nicht an Selbstmord, aber manchmal erscheint mir Sterben doch als die einfachste Lösung, um endlich zur Ruhe kommen und alles hinter mir lassen zu können. Keine Anstrengung mehr. Kein Denken mehr. Denken ist nur zu oft Anstrengung pur. Wer tot ist, braucht nicht mehr zu denken. Denke ich jedenfalls.
Was wäre, wenn ich morgen erführe, ich sei unheilbar krank und hätte nur noch wenige Wochen Zeit? Würde ich gehen können im Wissen, gelebt zu haben? Wäre ich verzweifelt, so vieles nicht gelebt zu haben? Aber ist am Ende nicht viel wichtiger, wie ich gelebt habe, als was ich gelebt habe?
Nein, ich mag noch lange nicht sterben. So müde bin ich des Lebens noch nicht. Zum Glück erwischen mich meist nur kurze Durchhänger, Anflüge geistiger Erschöpfung, dann gehen Leben und Denken munter weiter.
So auch jetzt. Mein Gemüt hellt sich gerade genauso schnell wieder auf wie meine Umgebung. Die Sicht wird mit jeder Minute weiter. Doch mit jeder Minute kreuzen auch mehr Fußgänger und Radfahrer meinen Blick. Die ganze Stadt ist auf den Beinen, um einen Oktobertag zu genießen, der wahrhaft golden zu werden verspricht. Ich gönne es ihnen allen. Doch sie stören meinen Blick aufs Wasser. Und welch ein Krach herrscht jetzt hier am heiligen Sonntag, man versteht kaum noch die eigenen Gedanken. Hubschrauber fliegen das Flusstal entlang, ein Schwarm Möwen streitet

sich kreischend um die Brotkrumen, die ihnen hingeworfen werden.
Mir ist entschieden zu laut hier. Soll ich mir einen anderen Platz suchen? Nach Hause fahren? Oder doch erst einmal hierbleiben? Ich habe keine Lust aufzustehen, keine Lust, mich überhaupt zu bewegen. Das nervt. Andauernd diese Stimmungsschwankungen.
Da sitze ich nun also weiter am Fluss, als völlig unerwartet mit einem Mal eine geballte Ladung Energie hochschießt. Im Nu sitze ich auf dem Rad, fahre kraftvoll und schnell wie schon lange nicht mehr und genieße es in vollen Zügen.
Dank mangelnder Kondition und starken Gegenwindes sitze ich leider bald darauf mit wackligen Beinen auf der nächsten Bank. Doch das Gefühl von Kraft ist weiterhin da und ich freue mich. Wieder einen Schritt getan.
Einen Schritt wohin?
Nirgendwohin. So wie ich „absichtslos" Absichten haben kann, kann ich auch weitergehen, ohne deshalb „weiter" zu sein.
Und wieder geschieht es. Alles entspannt. Körper und Geist gleichermaßen. Es fühlt sich an wie das Entspannen in etwas hinein. Ich entspanne mich in die Hände Gottes und wie ein Boot tragen sie mich den Fluss meines Lebens hinunter. Geborgen und getragen. Ein köstliches Gefühl.

„Ich fühle mich gerade so sicher. So unternehmungslustig. Es könnte gerne wieder einmal etwas Neues im Außen passieren. Keine Ahnung was. Aber ich bin offen für alles."
Ella schaut mich lächelnd an. „Auch für den Antiquar?"
„Wie bitte?"
„Na, meine Liebe. Offen für alles, hast du gesagt. Alles ist alles. Da gehört er dann auch dazu."
„Aber..."
„Erinnerst du dich? Was ich ablehne, hält mich fest."

„Ich erinnere mich. Also gut. Sollte der Mann wider allen Erwartens und entgegen allen bisherigen Erfahrungen mit ihm doch einmal auf mich zukommen, wohlgemerkt, er auf mich, und würde er sich mir nähern aus echtem Interesse und nicht nur, um sich von mir mit klugen Reden mundtot machen zu lassen, so würde ich ihn mir vielleicht noch einmal anschauen."
Wieder lächelt Ella. Und wieder einmal ist es ein geradezu aufreizendes Lächeln. „Es geht vielleicht gar nicht darum, den Mann noch einmal anzuschauen, sondern anzuschauen, was er bei dir auslöst an widerstreitenden Empfindungen. Es geht nur um dich und nicht um ihn. Sei offen für dich selbst. Nimm dich selbst an, wie du bist."
Eine weise Frau, diese Ella. Nicht umsonst war sie früher Therapeutin. Wie gut, dass sie mich erinnert. Statt von einem anderen gesehen und angenommen werden zu wollen, mir genau das selber schenken. Mich selber lieben.
Das Wort Liebe hängt in der Luft, nimmt immer mehr Raum ein. Ja, es geht nur um Liebe. Bedingungslose Liebe. Liebe ohne Absicht und ohne Erwartung, ohne Ziel und ohne Grund. Liebe, die man sich nicht erarbeiten, nicht erwerben und nicht verdienen kann. Die einem geschenkt wird. Nicht, weil man so gut ist im Annehmen und Loslassen. Sondern einfach so.
„Und jetzt", sagt Ella, „jetzt gehen wir zur Vernissage".
Ich packe die Griffe ihres Rollstuhls und schiebe los. Zum Atelier des Malers, mit dem ich nun schon einige Male hochspirituelle Gespräche geführt habe und der uns zur Eröffnung seiner neuen Ausstellung eingeladen hat.
Paul und Regina freuen sich sichtlich über unser Kommen und schnell sind wir in einem lebhaften Gespräch. Dann ist nur noch Ella im Gespräch und ich stehe stumm daneben. Fühle mich mit einem Mal grottenallein. Niemand achtet mehr auf mich. Enttäuschung steigt auf.
Wie so oft wird mir schmerzlich bewusst, dass ich im Grunde allein bin und es immer sein werde. Kein Partner, keine Freundin kann mir wirklich so nah sein, wie ich mir

das zeitlebens gewünscht und vorgestellt habe. Niemand ist wie ich.

Ich gehe von der kleinen Gruppe fort, setze mich in einem Nebenraum in einen der Sessel dort und kaum habe ich Platz genommen, setzt unvermittelt wohltuend tiefes Atmen ein. „Willkommen im Jetzt", sagt es in mir, die Enttäuschung ist zu meiner Überraschung wie weggeblasen und ich habe den Eindruck, als sei sie die zunächst geschlossene, dann offene Tür gewesen, durch die hindurch ich ins Jetzt gelangt bin. Enttäuschung war Nicht-Annahme des Jetzt, doch ihre kurz darauf erfolgte Annahme katapultierte mich ins Jetzt.

Mein Denken katapultiert mich leider sofort weiter in die Zukunft. Nächste Woche werde ich wieder einmal dem Ehemaligen begegnen. Wieder einmal mit „leeren" Händen. Ohne beruflichen Neuanfang und ohne Partner werde ich einem sehr erfolgreichen und zudem auch noch frisch verheirateten Mann gegenüberstehen. Eigentlich in Ordnung. Eigentlich.

Der Maler schaut um die Ecke. „Ach, da bist du ja. Ich habe dich schon vermisst. Komm mit, ich möchte dir jemanden vorstellen."

Ich komme mit und bekomme jemanden vorgestellt, den ich bereits kenne und dessen Anblick mein Herz zu meinem großen Ärger sofort wieder zum Klopfen bringt. Ich schaue hinüber zu Ella, die sich das Grinsen nur mühsam verkneifen kann. In ihren Augen blitzt der Schalk. „Na? Offen?", scheinen sie zu sagen.

Offen? Keine Ahnung. Ich bin erst einmal erschrocken, wie schnell unser Gespräch von eben Folgen zeigt. Geht das wirklich noch mit rechten Dingen zu? Sieht eher aus wie ein abgekartetes Spiel. Das Schicksal hat es offenbar eilig, mich meine lauthals verkündete Offenheit unter Beweis stellen zu lassen.

Der Mann begrüßt mich artig, doch zu mehr kommt es nicht, es ergibt sich keine Gelegenheit zu einem Zweiergespräch und nach einer Weile möchte Ella nach Hause. Erleichtert verlasse ich den Ort des Geschehens und bringe sie zum

Heim und auf ihr Zimmer, wo wir uns stumm anblicken und schließlich in schallendes Gelächter ausbrechen.
Ich weiß es nur zu gut, Ella braucht nichts zu sagen. Was ich ablehne, ziehe ich an.
Aber was lehne ich überhaupt ab. Ihn selbst? Oder eher diese mysteriöse Anziehung?
Ich helfe Ella noch aus dem Rollstuhl, dann mache mich auf den Heimweg. Sehr nachdenklich.

So still ist es heute Morgen im Haus. So ganz seltsam still. Mir ist unheimlich. Ob doch etwas passiert ist?
Als ich gestern Abend die Haustür aufschließen wollte, war sie gar nicht abgeschlossen. Das war bis dahin noch nie vorgekommen, Frau Franzen schließt *immer* ab. Ich dachte nicht weiter darüber nach, ging bald ins Bett, hörte jedoch nach einer Weile seltsame Geräusche aus dem Schlafzimmer unter mir. Da stöhnte jemand. Kein Zweifel, das war die Vermieterin. Wahrscheinlich hat sie wieder einmal eine Gallenkolik, dachte ich, hatte das schon einmal erlebt, hatte durch die dünne Zimmerdecke hindurch gehört, wie sie ihren Mann ans Telefon geschickt hatte, um den Notarzt zu rufen, der auch kurz danach gekommen war. Diesmal sagte sie ihrem Mann nichts. Seltsam, ob ich einmal hinuntergehen sollte? Seitdem ich die Blumen gieße, wenn das Ehepaar wegfährt, habe ich einen Wohnungsschlüssel. Das Stöhnen wurde lauter und mir immer unheimlicher. Und immer noch kein Laut von ihrem Mann. So dement war er doch wohl noch nicht, dass er nicht den Notarzt rufen würde, wenn es nötig wäre. Oder? Bis auf dieses Stöhnen war es totenstill.
Gerade hatte ich beschlossen, hinunterzugehen, als mir der Gedanke kam, ihr „Licht zur Heilung zu schicken". Erst wollte ich das als Blödsinn abtun, doch da erstrahlte das Licht auch schon vor meinen inneren Augen und ganz intensiv wünschte etwas in mir der Vermieterin Heilung. Im

selben Augenblick hörte das Stöhnen auf und ich war total erschrocken. Hatte das jetzt so schnell gewirkt?
Von unten her ist immer noch nichts zu hören und mir wird mit jeder Minute unheimlicher. Irgendetwas stimmt da ganz und gar nicht. Ich nehme den Schlüssel vom Haken, gehe ins Treppenhaus und in diesem Moment höre ich einen lauten Schrei. Ich haste die Treppe hinunter, die Wohnungstür ist weit offen und im Schlafzimmer steht die Tochter des Vermieterpaares. Fassungslos schaut sie auf die Mutter, die starr im Bett liegt, ein getrocknetes Rinnsal Blut verläuft vom Mundwinkel zum Kinn.
Oh Gott! Sie ist gestorben. Wo ist der Mann? Scheint nicht in der Wohnung zu sein. War er gestern Abend schon weg? Die nicht abgeschlossene Haustür. Wäre ich nicht besser sofort hinuntergegangen? Hätte sie dann gerettet werden können? Bin ich es schuld, dass sie tot ist?
Die Tochter bemerkt mich und gewinnt langsam ihre Fassung wieder. Sie holt das Telefon, ruft den Notarzt und ihren Mann an, fragt mich dann, ob ich wisse, wo ihr Vater sei. Ich kann es ihr nicht sagen, bleibe aber bei ihr, bis Notarzt und Mann da sind, gehe anschließend erschüttert in meine Wohnung zurück.
Hätte ich es nicht merken müssen, dass es ihr schlecht ging? Gestern Morgen war sie im Flur auf mich zugekommen, hatte sich dicht vor mich gestellt und mich zu meinem höchsten Erstaunen gefragt, ob ich sie noch einmal in den Arm nähme. Sie hatte etwas grau ausgesehen, das war mir aufgefallen. Aber sonst nichts. Mein Gott, nun ist sie tot. Wäre ich gestern Abend nur nicht zu feige gewesen, zu ihr zu gehen. Nun ist es zu spät.
Unruhig laufe ich in meiner Wohnung umher und muss schließlich ganz dringend mit jemandem sprechen. Ella. Hoffentlich ist sie auf ihrem Zimmer.
Ein Glück, sie ist da, ich erzähle ihr alles, auch das mit dem Licht. „Ich glaubte doch allen Ernstes, ich hätte ihr Heilung zukommen lassen", berichte ich tief beschämt, „dabei habe ich sie hilflos sterben lassen."

„Der Tod ist auch eine Form von Heilung", sagt Ella. „Und weißt du, ob sie hätte weiterleben wollen? Es ist immer alles richtig so, wie es ist. Sonst wäre es nicht so. Die Frau hat dir zum Abschied noch ein ganz besonderes Geschenk gemacht und dich den Augenblick ihres Todes miterleben lassen."
Ellas Worte beruhigen mich ein wenig, doch den ganzen Tag über bin ich angespannt. Abends höre ich endlich wieder Stimmen unten, dann kommt die Tochter des Hauses hoch und berichtet, dass ihre Mutter vermutlich an einer Magenblutung gestorben sei und der Vater endlich gefunden wurde. Er saß im hintersten Winkel der Kirche in der Nähe, war steif und kalt, machte einen verwirrten Eindruck und hatte keinerlei Erinnerung an den Vortag und an die Nacht. Man weiß daher auch nicht, was er vom Sterben seiner Frau mitbekommen und wie lange er in der Kirche gesessen hat. Auf keinen Fall könne er jetzt allein gelassen werden, sagte sie, wollte erst einmal selbst bei ihm bleiben, bis jemand gefunden sei, der sich um ihn kümmern würde.
Sie tut mir Leid. Der Schock über den plötzlichen Tod der Mutter ist ihr noch deutlich ins Gesicht geschrieben.
Meine Mutter starb nicht überraschend. Ich hatte mich lange darauf vorbereiten können. Und doch war auch ihr Tod ein Schock für mich gewesen. Genauer gesagt, der Zeitpunkt. Monatelang war Mutter förmlich dahingesiecht und kaum noch ansprechbar gewesen. An einem Sonntag hatte ich wieder einmal neben ihrem Bett gesessen, als es ganz intensiv in mir dachte: „Mutter, trau dich. Komm, trau dich." Am nächsten Tag war sie tot. Da war ich ähnlich erschüttert wie jetzt. Nicht nur, weil jemand gestorben war, sondern auch, weil sich damals wie jetzt etwas in einem dunklen Winkel meiner Psyche als sehr bedeutend erlebte. Ich hatte anderen beim Sterben geholfen. Ich war etwas Besonderes.
Es hilft nichts, ich muss Ella noch einmal anrufen.
Die Freundin findet meine Reaktion auf meine Art der „Sterbebegleitung" keineswegs verdammenswert. „Du hast deiner Mutter geholfen und das zählt", sagt sie in liebevollem Ton. „Verurteile dich nicht für deine Gedanken danach. Deiner Vermieterin warst du wohl auch näher, als

dir klar war, und so hast du mit ihr einen ganz besonderen Augenblick erleben dürfen. Dass du ständig auf der Suche bist nach Gelegenheiten, bei denen du dich besonders fühlen kannst, das hat, wie du gut weißt, mit deinem Selbstwert zu tun. Den erhöhst du nicht, wenn du deshalb mit dir schimpfst. Nimm einfach an, dass du bist, wie du bist."
Ella, die gute und weise Freundin. Wenn ich die nicht hätte. Im Sommer habe ich sie ziemlich vernachlässigt, doch es machte ihr nichts. Sie verstand. Meine Solo-Satsangs in der Fußgängerzone und am Fluss waren so wichtig für mich.
Jetzt hat sie es geschafft, mich wieder zur Ruhe zu bringen und ich kann sogar einschlafen, kaum dass unter mir die ungewohnten Geräusche verstummt sind.

Gestern saß ich mit Iris in der Spätherbstsonne, als sie mich anstieß und auf einen Vorübergehenden zeigte: „Da geht der Typ, der immer so nah an mir vorbeigeht und mich immer so anguckt, dass es mir Angst macht."
Mir fiel gleich der Ausländer vor dem Stadtcafé ein. Kaum hatte ich begonnen, Iris diese Geschichte zu erzählen, stieß sie mich erneut an: "Da kommt er schon wieder."
Deutlich spürte ich ihre Angst und hörte mich gleich darauf meinen Standardsatz sagen: "Was ich ablehne, ziehe ich an".
Ich erzählte ihr, dass ich „meinen" Typ mit meinem Vater in Verbindung gebracht und mich bei ihm ähnlich zwiespältig gefühlt hatte wie beim Vater.
Sofort war dieses Gefühl wieder da und ich total genervt. War das etwa immer noch nicht erledigt? War ich immer noch mitleidvoll mit dem Vater verbunden? Wissend, dass ich die Bindung so ganz bestimmt nicht loswürde, spürte ich massive Ablehnung.
Doch ehe ich in inneren Aufruhr geraten konnte, sagte es bestimmt: „Die Bindung ist da, das ist so, die Ablehnung ist auch da, das ist auch so. Kein Drama. Kein Problem."

Erstaunt saß ich da, schaute auf den eigenen Zwiespalt, und er machte nichts mit mir. Er fühlte sich in Wahrheit noch nicht einmal zwiespältig an. Da war keine Sorge, nie aus der mitleidvollen Verbindung herauszukommen, kein Drang, sie so schnell wie möglich zu lösen. Ich konnte alles so sein lassen, wie es war.
Fasziniert dachte ich zu Hause noch einmal über das Geschehene nach, wusste immer sicherer, dass ich nichts aufgeben kann, was ich nicht zuvor angenommen habe, dass ich Ablehnen und Annehmen aber nicht willentlich „tun" kann, dass es vielmehr wirklich geschieht und ich mir dieses Geschehens gewöhnlich erst durch bestimmte Ereignisse oder Worte plötzlich bewusst werde.
Ein Satz schoss durch mich hindurch, der mich elektrisierte. „Ich habe keine Angst mehr vor Bindungen." Gleichzeitig wusste ich, dass jede Bindung beitragen kann zu Wachstum und Reife, dass sich jede verändert im Lauf der Zeit, so schnell oder so langsam wie es für die Beteiligten recht ist. Und fertig werde ich wohl nie. Mit keiner Bindung und mit nichts. Alles entwickelt sich unaufhörlich immer weiter, und das umso fruchtbarer, je weniger ich einzugreifen versuche.
Das Leben erschien mir wieder einmal als ein einziges großes Experiment. Was geschieht, wenn ich nichts tue? Nur hinschaue und alles sein lasse, wie es ist?
„Auch die Angst sein lassen?", fragte eine zaghafte Stimme? Ja, auch die Angst. Gerade jetzt fürchtete ich sie nicht. Prompt bekam ich sie diese Nacht zu fühlen.
Ich war mit Ella zusammen, sie sagte, es werde sich etwas ereignen mit mir, etwas, das mich zwar weiterbringen, sich aber nicht so angenehm anfühlen werde, aber sie würde einen schützenden Ring um mich legen und mir werde nichts geschehen. Dann war ich plötzlich draußen und ging die Einbahnstraße in der Nähe der Wohnung entlang. Die Straße war vollkommen leer bis auf eine jüngere Frau, die hinter mir ging. Sie hielt sich etwas schief und schien einen Buckel zu haben. Kaum erblickte ich sie, da zog es mich gewaltsam zu ihr hin, fegte mich, wie von einem starken Wind, fast von den Füßen. Der Sog, der von dieser Frau

ausging, war gewaltig. Ich hatte große Angst und wollte Ella rufen, doch kaum ein Laut kam über meine Lippen.
Ich wachte auf, erstickte Laute ausstoßend und voller Angst. Es war eine schneidende Angst, und ich war erstaunt, mich trotz der Angst gleichzeitig auch völlig gefasst zu fühlen. Ich fand diese Angst noch nicht einmal wirklich schlimm. Es war einfach Angst. Und gleichzeitig war da fühlbar Mut. Überrascht merkte ich, dass ich keine Angst mehr habe vor der Angst.
Zum Glück. Denn da ist sie wieder. Überfällt mich mitten im Satsang. Ja, Mike ist wieder in der Nachbarstadt und ich sitze neben ihm auf der „Bühne". Mit Macht zog es mich hin, doch kaum sitze ich hier, klopft mein Herz zum Zerspringen und ich will nur noch eins. Weg hier. Ich habe Angst. Ich spüre sie nicht wirklich, weiß aber, dass sie da ist. Sofort kehre ich auf meinen Platz zurück und ab jetzt läuft pausenlos ein Satz durchs Gehirn. „Ich bin bereit, die Angst zu fühlen". Ja, weiß ich, ich bin wirklich bereit. Aber die Zeit, sie zu fühlen, ist wohl noch nicht reif.
Was fürchte ich überhaupt?
Die Intensität, mit der im Satsang alles geschieht? Dieses Gezogenwerden? So machte sich schon mehrfach das Schicksal bemerkbar. So fühlte sich das an bei der ersten Begegnung mit dem Ehemaligen und so fühlte sich das auch an beim Antiquar. Da lief etwas ab, ohne dass ich es hätte kontrollieren oder mich dagegen stemmen können. Beide Male trug mir dies nicht zu kontrollierende Gezogenwerden Schmerzen ein. Beide Male wollte ich unbedingt gesehen werden, fühlte mich aber nur zu bald nicht mehr gesehen. Jetzt zieht es mich unwiderstehlich hin zu einem Mann, dessen „Job" es ist, Menschen anzusehen. Die Ebene hier ist eine völlig andere, nichtsdestotrotz wünsche ich mir auch von diesem Mann, gesehen zu werden, und keineswegs nur als göttliches Bewusstsein, sondern auch als die ganz und gar irdische Lena, die ich auch noch immer bin. Ich möchte aus der Masse der Anwesenden herausragen, möchte ein Gesicht bekommen für ihn, präsentiere mich ihm immer mal wieder förmlich auf der Satsangühne, damit er aufmerksam

wird auf mich und sich für mich interessiert. Werde ich mich schließlich wie üblich nicht gesehen fühlen? Wird es wieder wehtun?
Dann wird es eben wieder wehtun. Ich kann es nicht ändern, kann weder das Gesehenwerdenwollen noch die Angst vor Schmerzen zum Verschwinden bringen. Ich will es auch gar nicht. Ich bin fühlbar bereit zu leben, was gelebt werden möchte. Und wenn es wieder mal wehtut, dann tut es eben wieder mal weh.

Gestern Abend, auf dem Weg zum zweiten Satsang, lief mit einem Mal der nächste Satz durchs Gehirn. „Ich habe Angst, die Fassung zu verlieren." Ja, ich hatte Angst, loszuweinen und das Weinen nicht mehr kontrollieren zu können. Ich hatte Angst, die Form zu verlieren. Auf jeder Ebene.
Vorne bei Mike sprach ich von dieser Angst. Ich solle nicht über sie sprechen, sondern sie fühlen, sagte er. Aber genau das war ja das Problem. Ich fühlte sie eben nicht. Ich hatte nur wieder allergrößtes Herzklopfen und wollte schleunigst runter von der „Bühne". Ich gab diesem Drang nach und ging zu meinem Platz zurück. Kaum saß ich dort, bekam ich Magenschmerzen. „Da ist Trauer, eine ganz große Trauer", schoss es mir durch den Kopf und dann sagte es immer wieder: „Da ist ein Meer von Tränen, ein Meer von ungeweinten Tränen."
Der Satz tauchte heute den ganzen Tag über auf, begleitete mich bis jetzt in den abendlichen Satsang hinein.
Wieder wirkt das Geschehen wie magisch auf mich. Gebannt sitze ich mit jedem vorne und kann den Blick nicht abwenden. Es macht mir nichts aus, dass andere von Mike gesehen werden, Da ist kein Zug nach vorne, ich fühle mich ruhig und entspannt, nehme aber gleichzeitig wieder diese enorme Intensität wahr.

Shiva ist vorne und mir fällt auf, dass er sich sehr verändert hat, ruhiger und stiller geworden ist. Alles ist bei dieser Satsang-Session anders als bei den vorigen. Selbst Mike erscheint mir stiller und gesammelter. Auch mich fühle ich deutlich verändert. Gerade spricht Shiva über etwas für ihn Schmerzliches und er tut mir nicht Leid. Ich fühle einfach mit ihm, schaue ihn unverwandt an, schaue ihm zu, wie er zu seinem Platz zurückgeht, und dann, zunächst unbemerkt, muss das Mitgefühl doch dem Mitleid Platz gemacht haben. Plötzlich tut er mir doch Leid. Gleichzeitig weiß ich genau, dass ich projiziere, dass ich mein eigenes Leid in seinen Augen und in seiner Haltung gespiegelt sehe.

Als er sich auf seinen Platz setzt, wende ich den Blick ab - und schaue direkt in Mikes Augen. Mein Blick fällt in seinen Blick. Und bleibt dort hängen. Mike sieht mich an. Ich sehe ihn an. Es gibt nichts anderes mehr.

Zwei Paar Augen. Ein Blick. Ein Augenblick.

Lange dauert dieser Augenblick, dieser intensive, unbewegte Blickkontakt. Jemand steht auf und geht durch unser Blickfeld hindurch nach vorne, doch die Verbindung bleibt und nach dem Verschwinden der Person ist der Kontakt unverändert weiter da. Schließlich wendet Mike seine Augen dann doch der Frau zu, die jetzt neben ihm sitzt, und tief berührt schließe ich meine.

Ich wurde angeschaut. Auf ganz und gar unpersönliche Weise. Nicht ich, sondern das Sosein dieses Augenblicks war gesehen worden. Ich fühle mich absolut allein. Und gleichzeitig absolut gehalten.

Dann muss ich still lachen. Lustig. Ich beobachtete mich dabei, wie ich Shiva beobachtete und bekam genau das im Außen gespiegelt. Mike beobachtete mich genauso beim Beobachten wie ich mich selbst dabei beobachtete, und der Himmel gönnte sich und mir die Freude, mich das merken und buchstäblich sehen zu lassen.

Das Lachen vergeht, in der Ferne leuchtet wieder Angst auf. So tief berührt zu werden ist gefährlich. Wenn ich jetzt wirklich die Fassung verlieren würde? Eintauchen müsste in dieses Meer von Tränen?

Ich möchte auf gar keinen Fall meine Fassung verlieren, befürchte, völlig haltlos zu sein, wenn ich nicht Haltung bewahre.
Aber hat mir dieser „Augenblick" vorhin nicht deutlich gezeigt, dass ich vollkommen gehalten bin? Da kann kommen, wer will, da kann den Blick auf das Haltende verstellen, wer will. Das Ewig Haltende ist das Ewig Haltende und ich bin in ihm gehalten auf eine ganz und gar unpersönliche und gleichzeitig auf eine ganz und gar persönliche Weise. Alles ist im göttlichen Einen. Auch mein sogenanntes „Ich", mein Verstand, der jetzt wie gewohnt zu erklären versucht, was geschehen ist. Irgendwann werde ich verstehen. Mit dem Herzen. Und ohne Worte.
Ich sitze auf meinem Stuhl, schaue weiter dem Geschehen auf der Bühne zu und mit einem Mal taucht ein Gefühl von Entschlossenheit auf. Ich bin wild entschlossen, meine Angst zu fühlen, bin fast schon bereit, die Fassung zu verlieren. Vage taucht eine Ahnung auf, dass es sich womöglich sogar gut anfühlen würde.
Doch ganz so einfach ist das nicht mit der Fassungslosigkeit. Die stellt sich nicht auf Knopfdruck ein, wie ich nach dem Satsang in der Kneipe feststelle. Ich will gar nicht mehr an alten Mustern festhalten, doch die alten Muster halten an mir fest, vor allem die Anspannung hält mich fest im Griff, und zwar umso fester, je näher ich Mike komme.
Rein zufällig betreten wir beide die Kneipe vor dem Großteil der Gruppe, er setzt sich neben mich und überrascht höre ich mich fragen, ob er meine Hand halten würde. Er nimmt sie sofort und schaut mich warm und ernst an. Doch ich kann das Handhalten nicht lange aushalten, zumal sich immer mehr aus der Gruppe an den Tisch setzen. Die sehen das jetzt alle. Außerdem wollen die doch sicher alle auch etwas von Mike haben.
Ich kann es nicht mehr aushalten, muss meine Hand zurückziehen, will den Mann nicht länger fest- und damit von den anderen fernhalten. Ich will auf gar keinen Fall eine „Extrawurst". Wir sind nicht mehr im offiziellen Satsang.

„Ach, wie bescheiden. Hast wohl Angst vor Nähe", spottet es leise ganz hinten im Kopf.
Meine Hand habe ich nun wieder bei mir, doch ich sitze ja noch neben Mike und so nutze ich diese Super-Gelegenheit, um mich mit ihm zu unterhalten. Und muss die Unterhaltung nach wenigen Minuten abrupt abbrechen. Kopfschmerz!!!!! Von jetzt auf sofort meldet sich ein heftiger Schmerz in Hinterkopf- und Stirnbereich. Es ist ein hämmernder, klar umgrenzter Schmerz, der mich zwingt, die Aufmerksamkeit vom Außen auf den eigenen Kopf zu richten.
Mich fragen, was los ist, kann ich aber immer noch. Ist es unbewusste Angst? Bin ich zu verspannt? Bin ich Mike und dem, was er für mich repräsentiert, zu nahe gekommen?
Schwer atmend krame ich nach meinen Notfalltropfen und staune gleichzeitig. So etwas ist mir noch nie passiert. Und das Allererstaunlichste ist, dass es nicht wirklich schlimm ist, obwohl es sehr wehtut. Ich kann es kaum glauben, doch ich genieße das Geschehen schon fast, lehne mich neben Mike zurück an die Rückbank und bin, fast ein wenig betäubt vom Schmerz, einfach nur da.
Wie im Satsang zuvor bleibe ich im Hintergrund und überlasse den anderen die „Bühne". Notgedrungen diesmal.
Ganz in den Hintergrund gerate ich dennoch nicht. Shanta, die Unbeschreibliche, sitzt mir gegenüber und möchte unbedingt meine Hände halten. Sie nimmt sie, sieht mich an, schaut mir tief in die Augen und plötzlich höre ich Mike sagen, ich solle mit meiner Aufmerksamkeit in den Bauch gehen.
Ich bin verdutzt, gehorche aber, während Shanta, die sich nun als hellsichtig und telepathisch begabt outet, weiterhin meine Hände hält und mich intensiv anblickt. „Es wird gleich besser", sagt sie immer wieder.
Ich traue ihr nicht so ganz, nehme lieber noch ein paar Notfalltropfen. „Es ist die absolute Panik", höre ich mich sagen, ohne diese Panik zu spüren und ohne jegliche Ahnung, weshalb ich sie jetzt haben sollte.
„Da sitzt eine Vergiftung im Bauch", sagt Shanta, doch ich glaube ihr nicht. Da sitzt eine Vergiftung im Kopf. Der

schmerzt wie rasend. Der hat Panik. Oder hat sie doch Recht? Ist etwas inzwischen unfühlbar Schmerzliches vom Magen aufgestiegen in den Kopf, der das nicht aushält? Au, au, mein armer Kopf, der hält zumindest die gewohnte Erklärungssucht nicht aus. Schluss also. Keine Geschichten mehr. Ich unterhielt mich mit Mike. Ich bekam wahnsinnige Kopfschmerzen. Ich musste das Gespräch abbrechen. Ich kam stattdessen in Kontakt mit Shanta, die genau dasselbe tat, worum ich Mike gebeten hatte, bei dem ich das aber dann nicht aushalten konnte. Sie nahm meine Hand, sah mir in die Augen und ich bekomme es auf diese Weise wirklich gezeigt. Alle sind Mike. Auch Shanta.
Gleichzeitig ist sie ich. Ich sprach von Panik, inzwischen spricht sie von Angst. Kaum wurde der Schmerz tatsächlich ein wenig schwächer, fand ein Rollentausch statt. Ich werde zu Mike und Shanta spricht mit mir wie sie mit Mike spricht, wenn sie bei ihm vorne ist. Ein Sturzbach von Worten ergießt sich über mich. Kaum verständlich. Ich habe größte Mühe, ihre Sätze zu verstehen. Doch einer bleibt hängen. Sie sagt ihn total intensiv und wiederholt ihn mehrfach. „Ich habe keine Angst. Ich habe nur eine Angst, die Angst, verlassen zu werden."
Da springt das Denken wieder an. Warum sagt sie das jetzt? Habe ich auch diese Angst? Sie meint ihren Freund. Ich habe keinen Freund. Ich habe keinen, der mich verlassen könnte.
Wer hat denn dann Angst, verlassen zu werden? Der Kopf? Das „Ich"?
Au, mein Kopf. Muss der in diesem Zustand denn wirklich auch noch denken müssen?
Shanta hat sich ausgesprochen und wendet sich ihrem Nachbarn zu, ich lehne mich wieder an die Wand zurück, schließe die Augen, atme, lausche dem Geschehen rundum, lausche dem Schmerz im Kopf, der langsam weicht, und fühle mich wohl. Etwas Wohltuendes ist geschehen. Auch wenn es schmerzhaft war.
Das war nun wirklich ein echter Gehirnkrampf, denke ich auf dem Heimweg, als der ganze Spuk vorüber ist, und weil nichts mehr wehtut, denkt es auch gleich wieder weiter.

Angst. Wovor habe ich nur solche Angst, dass ich sogar Krämpfe bekomme?
Ein Meer von Tränen. Dieser Satz lässt mich einfach nicht los. Der Verstand sagt: „Halt, geh da bloß nicht näher ran, es könnte grundlos tief sein, das Meer." Doch das Gefühl sagt: "Ich möchte da rein. Es ist weich und warm dort. Es wird mich zärtlich umhüllen. Und vor allem wird es mich tragen." Das „Meer der Tränen" scheint mir wie eine Schwelle zu sein, die es zu überschreiten gilt. Wo führt der Weg hin, wenn diese Schwelle überschritten wird?
Zur Aufgabe derjenigen, die ich zeitlebens sein wollte? Zur Hingabe an die, die ich wirklich bin?

Samstag. Der Satsang beginnt mittags und wird von Mike eröffnet mit den Worten: „Gesehen werden zu wollen bringt Leiden. Nicht gesehen zu werden ebenfalls."
Er hat noch nicht zu Ende gesprochen, da sitze ich bereits neben ihm. Mich an meine vergeblichen Versuche erinnernd, das Gesehenwerdenwollen endlich loszuwerden, wiederhole ich seine Worte, und während ich sie ausspreche ist mir völlig bewusst, dass ich trotzdem genau darum wieder vorne sitze. Ich will gesehen werden. Ich erlaube es mir. Ich gebe es zu. Ich spreche es vor allen aus.
„Ich möchte gesehen werden."
„Was ist, wenn du gesehen wirst?", fragt Mike.
„ Dann bin ich angenommen", antwortet es spontan.
„Was ist, wenn du angenommen bist?"
„Dann bin ich nicht allein."
„Wie fühlt sich das an?"
„Da ist Wärme. Liebe."
Kaum ist das Wort Liebe ausgesprochen, schaltet sich der Verstand ein und verkündet: „Alles ist Liebe".

Habe ich das jetzt gesagt oder nur gedacht? Auf jeden Fall will ich auf der Stelle hier weg und fluchtartig verlasse ich den Stuhl neben Mike. Kein Wort mehr. Fühlen will ich.
Das Herz tut sein Bestes, mich das Fühlen zu lehren. Es klopft und klopft. Und immer öfter bin ich den Tränen nahe. Diesem Meer von Tränen. Unwiderstehlich zieht es mich an. Ich fühle, wie es innen zu gleiten beginnt und ich lasse mich gleiten, hinein in diesen Tränensee.
Es fühlt sich lösend an. Erlösend. Trotz der leisen Angst vor Gesichtsverlust. Doch ich fühle mich aufgehoben und gehalten von den Anwesenden. Hier darf geweint werden. Hier lacht niemand über Tränen.
Das Weinen nimmt schnell zu. Die Sätze, die ich jetzt zu hören bekomme, verstärken es. „Sei die Liebe", sagt Mike zu einem Mann. „Liebe nicht. Sei Liebe."
Und über seine schlichte Antwort auf die Frage, ob ihn Shiva nicht auch hin und wieder etwas nerve, verliere ich dann tatsächlich fast die Fassung. „Ich liebe ihn", sagt Mike und es ist die Wahrheit. Ich weiß es. Ich liebe ihn doch auch längst.
Tränen über Tränen. Waren sie erst nur getropft, so kommen sie jetzt in Sturzbächen. Ich liege hingegossen in meinen Stuhl und weine still vor mich hin. Mike hat es garantiert gesehen. Zum Abschluss der ersten Runde hilft er kräftig nach und lässt ein unsäglich trauriges Lied laufen, das mir endgültig den Rest gibt. In der Pause bleibe ich im Satsangraum, lege mich auf eine der Matratzen und lasse es weinen, wie es will.
Während der nächsten Satsangrunde lässt das Weinen nach und am Ende habe ich zu meiner eigenen Überraschung immerhin wieder so viel Fassung, das ich zum Nachsatsang mit ins Restaurant gehen will. Ich habe keine Lust zu reden, möchte aber im Augenblick nicht allein bleiben, fühle mich überaus verletzlich.
Ein wenig Handhalten könnte ich jetzt auch gut gebrauchen, doch leider sitzt diesmal jemand zwischen Mike und mir. Da Handhalten jedoch tatsächlich genau das ist, was ich gerade brauche, bekomme ich es auch. Die Frau zwischen uns lehnt

sich zurück, um sich mit jemandem hinter ihr zu unterhalten, und schon höre ich mich Mike erneut ums Handhalten bitten, was er bereitwillig macht. Als er dann aber auch noch die Augen schließt und sich vollkommen auf die Situation einlässt, berührt mich das so sehr, dass es mir sofort wieder zu „heiß" wird und ich meine Hand zurückziehe, was ich mir wie letztes Mal schönrede als Rücksichtnahme auf die anderen am Tisch.

Solche Hemmungen hat meine Nachbarin offenkundig nicht, sie tut genau das, was ich mich, auch ohne Handhalten, niemals getraut hätte. Ohne Rücksicht auf andere unterhält sie sich den ganzen Abend mit Mike, würdigt mich keines Blickes, dreht mir sogar den Rücken zu und ich höre es diesen Rücken förmlich sagen: „Bleib da. Halt dich raus. Der gehört heute Abend mir."

Okay, ich habe bereits bekommen, was ich gebraucht habe. Aber ich mag diese Frau, die ich bisher sehr nett gefunden habe, überhaupt nicht mehr.

Am Tisch haben sich inzwischen Zweiergruppen gebildet, die sich lebhaft unterhalten. Ich bin übrig geblieben, doch es ist wohl genau das Rechte jetzt für mich. Schweigend schauen und zuhören. Fühlen. Diesen leichten Schmerz ums Herz. Ist es Eifersucht? Oder Trauer über die als solche empfundene Abweisung durch meine Nachbarin? Ich weiß es nicht und es ist mir auch gleich. Ich fühle.

Als ich genug geschwiegen, gehört und gefühlt habe, die Abfahrtszeit meines Zuges näher rückt, stehe ich auf, verabschiede mich bei den in der Nähe Sitzenden, komme jedoch nicht an Mike heran, da die Frau zwischen uns ihn immer noch vollständig von mir abschirmt. Mich von ihm nicht verabschieden zu können, tut mir weh, doch mag ich mich auch nicht dazwischendrängen. Ich gehe also ohne Abschiedsgruß und -blick von ihm.

Kaum komme ich jedoch an Arne vorbei, springt er auf und ich bekomme eine so warme und feste Umarmung, dass sie mich fast schon entschädigt für den ausgefallenen Abschied von Mike. An der Tür bleibe ich noch einmal stehen und schaue zurück - und sehe wieder direkt in Mikes Augen. Er

schaut mich an und nickt mir lächelnd zu. „Ich sehe dich. Auf Wiedersehen", sagt dieser Blick. Ein zweites Mal fühle ich mich zutiefst gesehen. Diesmal jedoch auch persönlich. Diesmal hat er die Lena angeschaut, die ich in dieser Welt bin.
Er hat mich „im Blick". Selbst dann, wenn es so aussieht, als sei er abgelenkt und absorbiert von anderem. Mike, Spiegel des Göttlichen, das mich im Blick hat, auch wenn das für mich nicht erkennbar ist.
Schon wieder bin ich tief berührt.

Sonntag. Heute ist den ganzen Tag über Satsang und ich bin gespannt, wie er verlaufen wird. Bisher glich kein Satsang dem anderen. Jeder war völlig anders als die zuvor.
Vor der Tür treffe ich auf Chandra. Sie interessiert mich. Nie geht sie mit zum Nachsatsang, scheint mir sehr klar zu sein, aber auch schnörkellos und ziemlich direkt. Sie sieht mich eine Möhre kauen, bleibt stehen und erzählt, dass sie seit Monaten nur von Rohkost lebe, weil sie ein solch großes Bedürfnis danach habe und es ihrem Körper richtig gut tue. „Alle meine Zellen tanzen dann", sagt sie. Ein erstaunlicher Ausspruch.
Ich höre ihn bald darauf ein zweites Mal. Chandra sitzt noch nicht lange neben Mike auf der Satsangbühne, als ich ihn freudig ausrufen höre: „Alle meine Zellen tanzen."
Erst staune ich, dann kommt der Gedanke, dass zwischen diesen beiden ja eine besonders innige Verbindung zu sein scheint, dann kommt der Stich ins Herz, klein, aber fein, und da ist mir, als sei der Vater mit der Schwester mehr verbunden als mit mir. Wie ich das als Kind im realen Leben tatsächlich oft befürchtet habe.
Trotzdem mag ich die Frau weiterhin, würde sie sogar gern etwas näher kennen lernen. Ob ich in der Pause einmal zu ihr gehe?

„Halt", sagt etwas. „Nichts tun. Was du brauchst, kommt auf dich zu."
Es kommt sofort. Vor meinen inneren Augen taucht Chandra auf, dann sehe ich uns nebeneinander stehen. „Kann ich dich umarmen?", frage ich sie, fühle etwas wie „lieber nicht", lasse es also sein, sage ihr nur noch, dass ich sie gut leiden könne. Das Bild verschwindet und ich kann mich erneut mit voller Aufmerksamkeit dem Geschehen auf der Satsang-Bühne zuwenden.
Wieder fühle ich mich intensiv angezogen von jedem, der vorne sitzt. Ich bin sie alle und sie sind alle ich und sind gleichzeitig auch Mike. Ich denke es nicht nur. Ich sehe es auch. Die Lichtbedingungen sind günstig, weiße Wände und elektrisches Licht, und so sehe ich, wenn ich meine Augen darauf einstelle, zum ersten Mal, wovon ich bisher nur gelesen habe. Ich sehe die Auren der Personen, die mit Mike vor der weißen Wand sitzen. Und siehe da, für meine Augen gibt es keinen Unterschied zwischen den Lichthüllen. Alle sind Mike. Alle sind ich.
Ich kann gut mitansehen, wie Mike andere ansieht, fühle mich seit kurzem gesehen. Es ist geradezu paradox, aber ich fühle mich ganz tief und auch ganz persönlich gesehen von jemandem, der alle ansieht wie mich, für den ich überhaupt nichts Besonderes bin oder eben nur so besonders, wie ich auch tatsächlich bin. Er sieht mich als das, was ich bin. Ein Tropfen im Ozean und gleichzeitig der ganze Ozean.
„Es ist gleich, ob Mike mich anschaut oder die anderen", sagt es mehrmals ganz bewusst, und dann sitze ich mit Herzklopfen doch auch selbst wieder bei ihm und erzähle, was ich gerade erlebe. „Ich habe Angst", höre ich mich noch hinzufügen, „Ich habe Angst, dass ich da nie wieder rauskomme, gleichzeitig will ich unbedingt da rein."
Was rede ich nur für einen Schwachsinn? Wo will ich rein und wo befürchte ich, nicht wieder rauszukommen?
Das Herzklopfen nimmt überhand und ich trete schleunigst den Rückzug zu meinem Stuhl in der Gruppe an, bleibe mit der Aufmerksamkeit aber beim Geschehen auf der Bühne und spüre weiterhin eine immense Intensität. Aber auch eine

leichte Sorge. Ob diese Intensität wirklich echt ist? Oder doch eher Einbildung? Spiele ich Theater vor mir selbst? Nein. Plötzlich ist mir bewusst, dass ich keineswegs Theater spiele und das Ganze dennoch ein einziges Theaterstück ist. Doch bald schleicht sich die nächste Sorge an. Ob diese Intensität jetzt immer bleibt? Ob ich die aber auf Dauer aushalten könnte?
„Dr. Seltsam oder wie ich lernte, die Bombe zu lieben". Für den Rest des Tages geht mir ständig dieser Satz durch den Kopf. Doktor bin ich nicht geworden, ein wenig seltsam schon, und die Angst erscheint mir manchmal tatsächlich wie eine Bombe. Eine gezündete Bombe. Keine Ahnung wie lang der Zünder ist und wann die Bombe explodiert. Wann sie meine sämtlichen Vorstellungen über alles in alle Winde zerstreut und ihre geballte Ladung Energie freisetzt.

Heute findet Satsang erst wieder abends statt und so war ich morgens zunächst einmal bei Ella, der es nicht gut geht. Mir fiel selbst auf, wie still ich neben ihr saß. Da war nur Zuhören. Kein Denken. Kein Urteilen.
„Ich bin Mike", sagte es. Anschauen und Zuhören. Ohne helfen zu wollen. Ohne selbst reden zu wollen. Fühlte sich wunderbar an.
Inzwischen bin ich wieder in meiner Wohnung und mit mir selbst beschäftigt. Lieben. Liebe sein, wie Mike sagt. Ich spüre großen Ernst. Im ganzen Leben war mir nichts jemals so ernst wie das jetzt. Liebe sein. Sonst nichts.
Das Herz beginnt zu klopfen. Angst. Unruhe keimt auf. Immer wieder sehe ich Mikes Blick von vorgestern Abend. Diesen lächelnden, wohlwollenden Blick. Diesen väterlichen Blick. Ja, einen solchen Blick hätte ich mir von meinem Vater gewünscht.
Oh weh, da taucht er wieder auf, Vaters nicht auszuhaltender Blick voller Schmerz, Angst und Einsamkeit, in Augen, in

denen sich mein eigener Schmerz spiegelt. Da ist mir Mikes Blick doch bedeutend lieber. Ja, lieber schaue ich in den warmen, wohlwollenden Spiegel meiner selbst, als in den verzweifelt einsamen. Lieber sehe ich die Liebe leuchten aus den Augen derer, die mich anschauen. Bei Mike ist sie nicht zu übersehen. In seinen Augen sehe ich mich und fühle ich mich gesehen, so, wie ich bin.
Eine Erkenntnis dämmert auf. Es geht nicht darum, gesehen zu werden, sondern sich gesehen zu fühlen. Ein Unterschied wie Tag und Nacht. Mich gesehen fühlen kann ich nur dann, wenn ich mich selbst anschaue. Liebevoll und annehmend. Und je tiefer ich mir selbst auf den Grund schaue, desto tiefer fühle ich mich gesehen.
Ich bin Mike unendlich dankbar. Er ist ein wundervoller Spiegel. Ein Spiegel der Wunder, die sich in mir ereignen. Und ist die Liebe nicht das größte aller Wunder?
Ist es aber nicht seltsam mit mir und der Liebe? Da sitzt sie in Form von Mike leibhaftig vor mir, doch ich traue mich nicht nah ran. Traue mich nicht, sie zu fühlen. „Zu groß für mich", sagt die Angst. Ich fürchte sie, die Liebe. Ich fürchte, sie geht über meine Kräfte. Ich fürchte, ich bin nicht gut genug für sie. Irre.
Worte ziehen durch mein Gehirn. „Absolute, bedingungslose Liebe", sagt es, hallt förmlich nach in meinem Kopf.
Zunehmend unruhiger, laufe ich angespannt in der Wohnung umher und rede mit Mike. Doch plötzlich hält es mich an. Ich muss tief Luft holen, entspanne unwillkürlich, und wie heute Morgen bei Ella wird es wieder völlig still. Kein Wort mehr. Einen Moment lang. Dann überfällt mich sofort ein wahrer Wortschwall und die Anspannung kehrt zurück. Um kurz darauf erneut der spontanen Entspannung zu weichen.
Anspannen ... entspannen. Es ist fast wie einatmen ... ausatmen. Mich nicht dagegen stemmen. Etwas ist völlig aus dem Gleichgewicht geraten und versucht nun, zur Harmonie zurückzufinden.
Liebe. Da ist Liebe. Ich weiß es.
Ich fühle mich immer zittriger, laufe aber ständig weiter in der Wohnung umher. Fast wie ein verschmähter Liebhaber,

denke ich. Dabei bin ich diejenige, die verschmäht. Ich bin die, die sich die Liebe wünscht und doch vor ihr davonrennt. Die Liebe ist zum Greifen nah, sie sitzt wie Mike schon neben mir und reicht mir die Hand. Und ich halte es nicht aus. Ich renne davon.

Nach Hause kommen. So nennt es Mike. Nach Hause kommen ist plötzlich wie das liebevolle Angesehenwerden von einem Vater, der in der Tür des Zuhauses steht. Es ist wie das Angeschautwerden von Mike, der mir nachschaut, als ich an der Tür stehe, um zu gehen.

Auch der Vater hat mir nachgeschaut. Da ist dieser Blick schon wieder. Und ich muss schon wieder tief durchatmen. Dieser Blick nimmt mir die Luft weg. Er spiegelt etwas, dem ich noch immer nicht gut begegnen kann. Oh, wie gut ich den Vater verstand. Wie ich mit ihm fühlte. Er wollte etwas. Schrie nach Begleitung. Doch ich konnte ihn nicht begleiten. Nicht in der Tiefe, aus der es schrie. Ich konnte ihm nur beim Sterben die Hand halten. Wenigstens das.

Wieder und wieder drängt er sich jetzt auf. Des Vaters Blick. Ich kann ihn nicht aushalten. Lieber wende ich mich Mikes Blick zu. Diesem liebevollen Blick, der nichts wollte, sondern etwas schenkte. Der mir das Gefühl schenkte, gesehen und begleitet zu werden. Sogar meinen Namen kannte Mike schon. Als ich gestern um eine Einzelsitzung bat und meinen Namen nannte, da sagte er zu meinem Erstaunen: "Den weiß ich schon."

Und jetzt ist in mir plötzlich nur noch ein einziges Durcheinander. Mikes Blick, der Blick des Vaters, Worte, Sätze. Ich rede mit mir, mit Mike, mit der ganzen Truppe, als säße ich im Satsang vorne auf der „Bühne". Es ist mir ernst. Es war mir noch nie so ernst wie jetzt. Dabei weiß ich gar nicht, was mir so ernst ist. Und immerzu der Blick des Vaters, dieser Blick eines unendlich einsamen und angstvollen Menschen. Ich kann ihn nicht ertragen. Er durchbohrt mein Herz.

Nach Luft schnappend laufe ich umher, als es mich abrupt anhält. Plötzlich bin ich bereit, diesen Blick auszuhalten. Ich traue mich. Mit Mikes Hand auf meiner und dem Beistand der ganzen Gruppe traue ich mich. Ich bin nicht allein. Ich bin verbunden und aufgehoben.

Ich setze mich in einen Sessel und stelle mir vor, ich säße auf der Satsangbühne und bäte alle Anwesenden um Hilfe. „Ich brauche euer Mitgefühl", sage ich. Dann wende ich mich an Mike: „Ich möchte meinem Vater in die Augen blicken. Ich schließe jetzt meine, aber bitte, schau du mich an."

Im inneren Bild mache ich die Augen zu und sofort sind da wieder die Augen des Vaters. Es tut zu meiner Überraschung kaum noch weh und der Schmerz vergeht auch bald. Doch plötzlich brechen machtvoll zwei Lichtstrahlen aus den Augen des Vaters hervor und durchbohren mein Herz wie Pistolenschüsse. Es ist die Liebe des Vaters, die mich völlig unvorbereitet trifft und mich sofort in Tränen ausbrechen lässt. Es schüttelt mich förmlich und gleichzeitig schießt Kopfweh hoch, so heftig, dass ich, Nacken und Kopf haltend, erneut durch die Wohnung laufen muss. Es ist der gleiche Schmerz, der mich neben Mike überfallen hatte. Wieder ist der Schmerz nicht wirklich schlimm und vergeht nach einiger Zeit von selbst.

Die Bombe ist explodiert. Sie war ein Schock, die Liebe, die sich Bahn brach aus den Augen des Vaters. Er liebt mich. Er liebt mich wirklich. Ich kann es noch kaum fassen. Und da ist ein großes Staunen über die Kraft des Geistes und die Macht von Vorstellungen. Und da ist plötzlich grenzenlose Erschöpfung. Ich muss mich hinlegen.

Ich fühle mich wie verwandelt. Im Zug, auf dem Weg zum Satsang, sehe ich die Menschen im Abteil an und ich liebe sie alle. Am liebsten würde ich jeden Einzelnen zärtlich berühren oder zumindest anlächeln. Ich sitze und schaue und fühle mein Herz lächeln. Etwas absolut Sanftes durchfließt mich. Ich habe in die Augen der Liebe gesehen und es war ein echter „Knaller". Ein „Gnadenschuss" sozusagen. Es hat mich nicht umgebracht. Im Gegenteil. Ich fühle mich äußerst lebendig und regelrecht strahlend. Und leicht. So leicht.

Kaum hat Mike den Abend eröffnet, sitze ich neben ihm, erzähle, was geschehen ist, bedanke mich bei allen für die Hilfe, die sie mir waren, und höre mich dann sagen: „Wie kann ich mich von meinem Vater gesehen fühlen, wenn ich ihm nicht in die Augen schauen kann?"
Verwundert gehe ich zu meinem Platz zurück. Verwundert über diesen Ausspruch, verwundert über mich selbst. Wie konnte ich eine solche Selbstverständlichkeit so lange nicht gewusst haben.
Im Nachsatsang bin ich still, strahle jedoch unaufhörlich vor mich hin. „Teilzeiterleuchtet", sagt Shanta und lächelt mich an. Dann sagt sie noch etwas. „Du siehst seit wenigen Tagen um Jahre jünger aus. Und Rosa steht dir wunderbar."
Rosa. Mir ist nach Rosa. Die Liebe ist rosa. Zu glauben, man werde geliebt, ist etwas ganz anderes als sich geliebt zu fühlen. Ich glaubte längst, dass der Vater mich liebt. Jetzt bekam ich es auch zu fühlen. Es ist wie ein Wunder. Ein großes Wunder.
Ein kleines Wunder hatte sich bereits vor Satsangbeginn ereignet. Gleich ein weiteres Mal war mir die Macht der Vorstellung bestätigt worden. Ich hatte mich gerade gesetzt, als mir jemand auf die Schulter tippte und eine Stimme fragte, ob ich Lust hätte, mit ihr auch einmal zu Satsangs zu fahren, die Mike demnächst im näheren Umkreis abhält. Ich drehte mich um. Chandra stand hinter mir. „Ich brauche jemanden, der sich mit mir die Benzinkosten teilt", gab sie mir unverblümt zu verstehen.
Ich zögerte kurz. Mit ihr in einem Auto? Aber warum nicht? Wir tauschten die Telefonnummern und ich sah ihr verblüfft nach, als sie zu ihrem Platz zurückging. Na so etwas! Sie war auf mich zugekommen! Von sich aus!
Bei der Erinnerung an diese Begebenheit hüpft die Freude in mir umher wie ein kleiner Kobold. Chandra erfüllt mir einen heimlichen Wunsch. Mit jemandem zusammen zu Mikes Satsangs gehen. Wie entspannend.
Ob es mit ihr tatsächlich entspannend sein wird, das weiß ich allerdings nicht. Ich fürchte ihre Direktheit. Sie denke nicht darüber nach, wann und warum sie mache, was sie mache,

gab sie mir bei unserem kurzen Erstgespräch nach einer meiner Bemerkungen deutlich zu verstehen und ich fühlte mich fast schon zurechtgewiesen. Ich denke andauernd über genau diese Dinge nach.

Ich bin auf dem Weg zu Mike. Gehe in die Höhle des Löwen. Was will ich da? So arg nah dran?
Mir die Hand halten lassen. Nicht nur eine halbe Minute, sondern eine halbe Stunde lang. Und keiner sieht zu. Und ich nehme keinem etwas weg.
Mike. Mike und ich. Ich habe ein wenig Sorge, ich werde immer verrückter. Jetzt habe ich so oft gedacht „Ich bin Mike" und nun fühle ich es tatsächlich, sobald es innen still wird. Ich fühle mich, als sei ich er, ohne die geringste Ahnung zu haben, wie er sich wirklich fühlt. Aber es ist sogar körperlich fühlbar. Mir ist, als überlagerten seine Gesichtszüge meine und verflössen dann mit ihnen. Das Ganze ist mir vollkommen unverständlich und im Grunde auch unbeschreiblich. Wieder einmal muss ich mich fragen, ob nicht alles nur Einbildung ist. Oder ob da unbewusste Wahrnehmungen in ein Bild und in ein Gefühl übersetzt werden, um mich merken zu lassen, wie Mikes Bewusstheit meiner begegnet und wie sie sich vermischen und vereinen zu einer einzigen Bewusstheit?
Etwas ganz und gar Mächtiges und Intensives ist in diesen Momenten zu fühlen, doch scheinen es mir nicht meine gewöhnlichen Gefühle zu sein. Etwas Großes ist da. Etwas Ungreifbares. Und Unbegreifbares.
Langsam nähere ich mich der angegebenen Adresse und die Aufregung schlägt immer höhere Wellen. Das ist ja fast noch schlimmer, als vor allen mit ihm auf der Satsangbühne zu sitzen. Mir ist bewusst, dass ich dort zwar ernsthaft und ehrlich bin, aber gleichzeitig auch Theater spiele. Ich merke

es sogar, kann es aber nicht ändern. Ich kann das ganze Theater nicht ändern. Es läuft einfach ab.
Werde ich allein mit Mike ein neues Theaterstück spielen? Oder wird das ganze Theater einfach aufhören? Oft genug habe ich im Satsang inzwischen den Unterschied zu fühlen bekommen zwischen Theater und Stille. Werde ich bei Mike still werden können? Oder wird das Herzklopfen wieder einmal alles übertönen?
Da ist die Klingel. Da die Tür. Da Mike.
Zur Begrüßung gibt er mir die Hand, woraufhin ich ihn spontan umarme. „Wow", sagt er, lachend und anerkennend, und ernster dann „Danke".
Wir setzen uns an den Tisch und wieder bitte ich ihn, meine Hand zu nehmen. Er legt seine Hand auf meine und ich sehe, wie sich sofort meine noch freie Hand auf seine legt. Dann erzähle ich von meiner Vorstellung, sein Gesicht überlagere meins.
„Oh je", sagt er scherzhaft, „dieses Gesicht auf deinem schönen Gesicht?"
Schön. Er meint es so. Ich weiß es genau. Tief Luft holen. Es dann annehmen. Schön. Er ist nicht der Erste, der das Wort mir gegenüber gebraucht. Shanta hat es benutzt und auch Dieter. Einen ganzen Nachsatsang hatte er immer wieder hergeschaut zu mir und dann laut gesagt: „Du hast etwas so Schönes an dir." Ich hatte es lächelnd annehmen können. Ich fand mit einem Mal selbst so viel Schönes an mir.
Eigentlich mag ich gar nicht reden mit Mike, würde viel lieber an seiner Hand still werden. Er schaut mir in die Augen, oder ich ihm, und schon kommt der Fluchtimpuls. Ich sage es, höre Mike sagen: „Geh sanft um mit dir", schließe die Augen und etwas lässt locker. Der gesamte Körper entspannt sich, wie zu Hause auf dem Sofa. Noch nicht einmal der tiefe Seufzer fehlt. Doch kommt der nicht von mir, sondern zu meinem Erstaunen von Mike, der ja immer noch meine Hand hält und offensichtlich mit mir in die Entspannung ging, so wie er zuvor wohl auch mit mir in der Anspannung war.

Da kann ich endlich still werden. Einfach nur da sein. Seine Hand und meine Hand. Meine und seine Gegenwart. Kein Herzklopfen mehr. Wunderbar, an der Hand gehalten zu werden und mit jemandem zusammen zu schweigen.
Zum Schluss erzähle ich ein wenig von meinen Erlebnissen im Satsang, frage nach seinen Reiseerfahrungen, und zu meinem Erstaunen sitzen mit einem Mal nicht mehr „Guru" und „Schülerin" beieinander, sondern einfach nur zwei Menschen, die sich etwas erzählen voneinander.
Dann ist meine Zeit um, gleich beginnt der letzte Satsang dieser Saison. Wir umarmen uns und es fällt mir fühlbar schwer, zu gehen. Ich sage es und verwundert höre ich mich hinzufügen: „Aber ich gehe ja gar nicht."
Wie könnte ich fortgehen von Mike. Ich bin Mike. Nun ja. Vielleicht doch noch nicht ganz.
Auf dem Weg zum Satsangraum fühle ich mich leicht und beschwingt. Habe ich nicht einen Super-Guru? Einen zum Anfassen. Einen warmherzigen, der mich förmlich ansteckt mit der von ihm ausstrahlenden Wärme und Liebe. „Eine schöne Heilung", hat er zum Abschluss gesagt und mir lächelnd eine Kusshand nachgeworfen, als ich mich an der Tür noch einmal umwandte.

Der letzte Satsang für lange. Ein letztes Mal sitze ich neben Hans. Ich mag ihn gern. Er war noch nie in einem Ashram in einem heißen Land bei einem hochentwickelten Meister, geht wie jedes Mal auch heute zu Mike nach vorne, sitzt wie immer erst einmal schweigend neben ihm und will dann, auch wie immer, wissen, wie und wann er denn nun endlich passiert, der „Knaller", als den er sich die Erleuchtung vorstellt. Ich wüsste es auch gern. Vor allem aber wüsste ich gerne, ob Erwachen immer ein Knaller ist oder ob es auch sanftes und dosiertes Erwachen gibt? Und wie ist das mit der sogenannten Kundalini-Energie? Ich habe mir ja doch so meine Gedanken gemacht zu den Wärmewellen, zu den Hitzeempfindungen, die erst im Bauch, dann in der Brust auftraten. Könnte da...? Und führt das irgendwann zum Erwachen?

Ich glaube, diese Frage kann ich allein beantworten. Das Erwachen kann nicht herbeigeführt werden. „Alles was kommt, geht auch wieder", sagen die „Erleuchteten" gern. Und „Erleuchtungserfahrungen", die herbeigeführt werden können, gehen ebenfalls wieder.
Schade. Ich wäre so gern mit meinen „Symptomen" besonders nah an der Erleuchtung dran, weil ich dann, zumindest in meinen Augen, etwas ganz Besonderes wäre.
Ich denke und denke, und bin nicht so recht bei der Sache heute Abend. Das Abschiedsweh ist bereits eingetroffen und so rauscht der Satsang zu großen Teilen an mir vorbei. Den wichtigsten Satz bekomme ich trotzdem mit. Jemand fragt, wie er sich im Alltag und in den konkreten Situationen verhalten solle. „Hier ist es leicht", sagt er, „aber draußen, wenn ich dann wieder am Problem dran bin ..."
„Bleib im Satsang", sagt Mike.
Im Satsang bleiben. Ob es mir gelingt?
Nach diesem Satsang habe ich keine Lust auf Nachsatsang und gehe zu Mike, um mich noch einmal zu verabschieden. Diesmal für Monate. „Ich gehe jetzt", sage ich.
Er sieht mich an. „Du gehst?"
Wer hatte eben noch gesagt, er gehe nicht? „Ich gehe nicht. Ich bleibe", sage ich und wir umarmen uns. „Es ist etwas Bleibendes", flüstere ich in seinen Pullover und beim Fortgehen wird mir deutlich bewusst. Ja, es geht jetzt ums Bleiben. Bei mir. Bei Mike. Im Satsang.
Vor der Tür steht Chandra. Sie hätte Lust, morgen schon in die nächste Stadt zu fahren, in der Mike Satsang gibt. Sind ja nur dreißig Kilometer. Genau wisse sie es aber noch nicht. Käme ich eventuell mit?
Ich gehe zum Bahnhof und lache. Keine Ahnung was am nächsten Abend sein wird. Ich beginne, es zu lieben, dies Freie und Ungebundene, dieses Nichtwissen. Zumindest hilft es, Erwartungen und Enttäuschungen auf ein Minimum zu reduzieren.

So einfach kann es gehen. Chandra rief an, holte mich vor meiner Haustür ab, jetzt sitze ich neben ihr und werde zum Satsang chauffiert. Und wie so oft in letzter Zeit staune ich. Wie leicht das Leben manchmal ist. Welch überraschende Wendungen es unvermutet nehmen kann.

Ein Erinnerungsbild taucht auf. An einem Tisch sitzen „Guru" und „Schülerin" und halten Händchen. Ich könnte mich glatt ausschütten vor Lachen. Dabei war alles ganz ernst und genau richtig. Aber eben auch total komisch, wenn ich im Nachhinein so draufschaue. Ein wunderbares Theaterstück. Ein tolles Spiel. Machte echt Spaß. Trotz des Herzklopfens. Und jetzt fahre ich meinem Guru auch noch hinterher. Wie ein Groupie. So nannte man das doch einst, wenn junge Mädchen der angebeteten Band hinterherfuhren. Versteht sich, dass ich Groupies nicht verstehen konnte und mit Mitleid bedachte. So belehrt mich das Leben wieder einmal eines Besseren.

Chandra fährt auf einen Parkplatz und hält. Wir haben verabredet, unterwegs einen kleinen Waldspaziergang zu machen. Sie kennt den Wald, möchte scheinbar jedoch nicht allein hier gehen. Was mich erstaunt. Diese Frau und Angst? Kann ich mir kaum vorstellen.

Angst. Kaum denke ich das Wort, da habe sie schon wieder. Groß ist der Unterschied zwischen Chandra und mir und die Sorge, sie könne mich nicht hundertprozentig gut finden, ist ebenfalls groß. Auch die, dass sie mit direkten Worten aussprechen könnte, was ich dezent verschweigen würde, um nur ja keine Disharmonie aufkommen zu lassen. Die kann ich nicht gut aushalten.

Chandra. Was zieht uns an? Die Liebe, die bedingungslose natürlich. Kaum sind wir losgegangen, da ist sie das beherrschende Thema. Allerdings erzählt Chandra auch viel von sich. Und siehe da! Wieder eine mit einer schillernden Biographie, neben der ich nur noch langweilig wirken würde, wenn ich nicht inzwischen da wäre, wo ich jetzt bin. Und wo bin ich jetzt?

Hier natürlich. Was sagt Mike so gern zur Einleitung?

„Eins wissen wir mit Sicherheit. Dass wir hier sind."

Da ich Chandra als Powerfrau erlebe, bin ich entzückt, als sie mir bezüglich meiner „Bühnenauftritte" großen Mut bescheinigt. Auch sie hat Herzklopfen, viel mehr noch als ich, nämlich „Herzklopfen bis zum Herzinfarkt". Da brauche ich mir über meine also keine Sorgen mehr zu machen.
Während Chandra weitere Abenteuergeschichten aus ihrer Vergangenheit erzählt, dass sie früher einmal einen Meister auf irgendeiner fernen Insel hatte, manchmal über sich schwebt, beinahe erdrosselt worden wäre, aber wie neben sich zugeschaut hätte, sicher wissend, dass sie nicht sterben werde, spüre ich anfangs den Drang, ihr durch erleuchtet klingende Geschichtchen oder weise Sprüche ebenfalls zu imponieren, doch das lässt schnell nach und ich habe bald noch nicht einmal mehr Lust, überhaupt etwas Konkretes über meine Vergangenheit von mir zu geben. Zudem sagt es immer wieder: „Vorsicht! Du gehst über ein Minenfeld."
Doch nichts geschieht. Wir verstehen uns gut.
Wie Shanta scheint auch sie ein wenig telepathisch veranlagt zu sein. „Hier kommen die Groupies", verkündet sie Mike, als wir den Satsangraum betreten. Mike lacht und schaut uns liebevoll an.

Satsang an einem neuen Ort. Ich fühle mich wohl. Mal schaue ich dem Geschehen vorne zu, mal schließe ich die Augen, und immer lausche ich. Nicht unbedingt den Worten, die gesprochen werden. Es geht um Stille. Das Gefühl von Ehrfurcht taucht auf. Das Gefühl von Größe. Deutlich geht es nicht um meine eigene persönliche Großartigkeit, sondern um das Große, dieses vollkommen unpersönliche Große.
Ein weiteres Gefühl taucht auf. Ein überaus irdisches. Eine der anwesenden Frauen kenne ich bereits, da sie bei jedem Satsang der letzten Tage dabei war. Ich sprach sie beim Hereinkommen an und erfuhr, dass sie zwar gestern Abend nach Hause gefahren ist, es dort aber nicht ausgehalten hat und zurückgekommen ist, um in den nächsten Tagen mit Mike von Stadt zu Stadt zu reisen. Pling, machte es. Macht es auch jetzt wieder. Ich kann nicht so tun, als wüsste ich nicht, was mich da piekst. Doch mal ehrlich, ich bin zwar

heute Abend hinter Mike hergefahren, aber hätte ich Lust, mit ihm durch die ganze Republik zu reisen? Nein.
Leider habe ich bald nicht nur ein leichtes Problem mit einer Frau, die jetzt eine Weile mit Mike umherreist, sondern mit jedem aus der Gruppe hier, der sich zu Mike setzt. Ich bin fühlbar in Konkurrenz, was mir zu meiner Überraschung aber keineswegs die gute Laune verdirbt. Da ist auch eine große Freude und die bleibt mir ebenfalls den ganzen Abend erhalten.

Kein Satsang mehr. Stattdessen immer wieder das Gefühl völligen Alleinseins. Es ist nicht schlimm. Da ist jetzt eben Alleinsein. Sätze tauchen auf aus dem Nichts. „Ich bin Mike", sagt es und es wird ganz still. Keine Wünsche mehr da. Noch nicht einmal die nach Erleuchtung oder Liebe. Poetisch ist mir oft zumute und findet Ausdruck in plötzlich aufsteigenden Sätzen. „Die Wahrheit wird sichtbar, leuchtet auf in einem Gesicht, mit dem zu verschmelzen die reine Freude ist."
Das Leben hat wieder einmal diesen gleitenden Charakter bekommen. Ich sitze, falle ins Denken, tauche wieder auf, ich gehe, esse, fahre Bus und Bahn, arbeite an der Pforte, besuche Ella... Kein Widerstand, keine Ablehnung, keine intensiven Gefühle, eigentlich sogar kaum noch Gefühle, kein Gefühl von Liebe oder Sanftheit. Hin und wieder Dankbarkeit. Sonst nichts.
Ich beobachte mich und mir fällt auf, dass ich denken darf, was ich will. Die innere Kritikerin taucht nur noch selten auf und wenn doch, dann spricht sie äußerst wohlwollend. Bei manchen urteilenden Gedanken zucke ich noch ein wenig zusammen und husche schnell fort mit der Aufmerksamkeit, doch etwas führt mich sanft zurück und sagt: „Höre es dir ruhig an. Es ist nur ein Gedanke wie jeder andere auch." Da höre ich ihn mir an und er geht und ich vergesse ihn wieder.

Ich schaue aus dem Fenster. Draußen ist Romantik pur. Der liebe Gott hat mir mit dieser Wohnung einen Logenplatz verschafft. Im Schein seiner Lichter liegt in der Ferne ein Schloss, direkt über dem Hausgiebel gegenüber steht der Mond, eine große, silbergolden schimmernde Scheibe. Wolken ziehen über ihm dahin, verdecken ihn ein Weilchen, dann ist er wieder voll da. Ein absolut göttlicher Anblick.

Zwar ist Bettgehzeit, doch plötzlich bin ich überhaupt nicht mehr müde und beschließe, die CD zu hören, die Ella mir mitgegeben hat. Eine geführte Meditation über die Mutter. Aus einem Impuls heraus hatte ich sie heute Mittag gefragt, ob sie sie mir ausleihen könne. Da ist noch was offen, ich spüre es deutlich.

Ich lege die CD ein, setze mich im Sessel zurecht und los geht`s. Ich soll der Mutter sagen, was ich ihr schon immer einmal sagen wollte. Außer „Ich liebe dich" fällt mir nichts ein. Sollte ich jetzt nicht eigentlich Wut und Groll fühlen und aussprechen?

Die Stimme auf der CD führt mich weiter. Ich soll mir vorstellen, die Mutter komme durch die Tür. Ich gebe den Auftrag ans unbewusste Bildertheater weiter und wie bestellt kommt die Mutter durch die Tür. Eine Lichtgestalt. Wie schön. Alles bestens. Aber ob das wirklich stimmt? Müsste da nicht noch etwas Irdisches zu bereinigen sein?

Nun soll ich mich an das Gesicht der Mutter erinnern. Es klappt. Ihr Gesicht schimmert auf. Ich suche die Augen meiner Mutter. Und es ist wie ein Schock. Sie sieht mich nicht an, schaut ganz woanders hin. Es stimmt. Auch von ihr habe ich mich nie gesehen gefühlt.

Nun soll ich die Mutter umarmen oder mich von ihr umarmen lassen. Ich die Mutter umarmen? Nein. Ich will umarmt werden. Sie ist schließlich die Mutter. Es dauert eine Weile, doch dann finde ich mich tatsächlich in den Armen meiner Mutter wieder.

Ein zweites Mal werde ich aufgefordert, ihr noch einmal alles sagen, was ich ihr schon immer einmal sagen wollte und mit einem Mal schießt es nur so aus mir heraus: „Immer

war ich allein. Nie hast du mir die Hand gehalten, mich nie umarmt und nie begleitet."
Nach einer geraumen Zeit soll ich mich aus der Umarmung lösen und die Mutter noch einmal anschauen. Ich schaue also noch einmal hin und - sehe direkt in die Augen meiner Mutter. Meine Mama sieht mich an. Meine Mama sieht mich. Es bewegt mich sehr.
Danach bin ich erst einmal restlos erledigt und gehe ins Bett, doch immer wieder tauchen die Augen der Mutter auf. Dieser Blick. Er erinnert mich an etwas. Genau, er erinnert mich an Mikes Blick, als unsere Blicke sich trafen. Ja, auch meine Mutter ist Mike.
Statt schlafen zu können, muss ich immer wieder aufs Neue tief durchatmen. Viel scheint „losgelassen" zu werden. Meist ohne konkrete Erinnerungen. Nur ein einziges Bild taucht auf und bleibt eine Weile. Die Mutter am Klavier. Da war sie glücklich. Da konnte sie alles und sogar sich selbst vergessen. Im Herzen war sie eine Spielerin, eine, die in der Musik die Freiheit erlebte, die ihr der Alltag vorzuenthalten schien.
Mama, meine liebe Mama.

Ich habe ein neues Spielchen. Es nennt sich „Was ist es und wem gehört es?" Ich sitze im Zug, mir gegenüber sitzt ein junges Pärchen, beide mit schrecklich traurigen Augen. Ich muss andauernd zu ihnen hinsehen. Nach zehn Minuten habe ich Magenschmerzen.
„Trauer", sagt es. Wessen Trauer? Ist es die gefühlte oder auch nicht gefühlte Trauer der beiden mir gegenüber? Ist es die eigene nicht gefühlte Trauer, die durch die Augen der beiden aktiviert wird? Ist es niemandes Trauer, sondern einfach nur Trauer? Oder habe ich zufällig wieder einmal Magenschmerzen und denke mir eine Geschichte dazu aus, damit sie für mich Sinn machen?

Ich weiß es nicht, habe auch keine Lust, mich weiter damit zu beschäftigen.

Doch schon wenige Stunden später kommt das nächste „Trauerspiel". Ich bin bei einer Nachbarin zum Geburtstag eingeladen, ihre alte Mutter kommt zur Tür herein, und in dem Moment, wo ich sie erblicke, springen mir die Tränen in die Augen und mich überfällt ein riesengroßes Mitleid. Oder ist es Mitgefühl? Auch zu dieser Frau muss ich immerzu hinsehen. Da sitzt ein 90jähriges Kind mit uns am Tisch. Ganz still, förmlich erdrückt von einem Berg aus Traurigkeit.

Schon fast automatisch laufen die Fragen ab. Ist das ihres? Ist das meins? Sehe ich in ihr die eigene todtraurige Mutter? Ich kann es nicht klären. Da ist große Trauer. Mehr weiß ich nicht.

Nach einiger Zeit kann ich diese große Trauer nicht mehr aushalten, der Impuls zu gehen wird immer stärker und schließlich verlasse ich die Gesellschaft, gehe hinaus in einen kalten Wintertag, an dem alles grau ist. Der Himmel, die Straße, die Häuser, die Bäume und Sträucher an den Wegrändern.

Zu Hause weicht die Trauer kurz völliger Emotionslosigkeit, verwandelt sich dann aber bald in eine deutlich gefühlte Niedergedrücktheit, die sich jedoch in dem Moment, in dem ich nachgebe und mich ganz in sie hineinfallen lasse, anfühlt wie ein weiches Federkissen, das mich sanft umfängt. Und es ist gleich, warum ich jetzt niedergedrückt bin.

Ich setze mich, nehme die eine Hand in die andere, eine liebevoll schützende Gebärde ist es, und schließe die Augen. Ich bin so ganz allein und niemand sieht mich so wunderbar besonders wie ich bin. Wieder tut es weh.

Die Wende erfolgt plötzlich. Ich schaue an mir hinunter, sehe mich Hand in Hand mit mir selbst da sitzen, und es beginnt zu lächeln. „Aber da ist doch jemand", sage ich dem Kind in mir. „Ich bin doch da. Ich höre dir zu, ich fühle mit dir, ich verstehe dich."

Weiter sitze ich still, halte mir selbst die Hand und bin ganz und gar zufrieden. Meist ist es auch draußen still. Hin und

wieder ein Auto. Ein Zug in der Ferne. Der Wind, der raschelnd letzte welke Blätter über die Straße fegt.
Ich bin jetzt hier. Das ist es, was jetzt erfahren wird.

Um an Mikes mehrtägigem Neujahrsretreat teilzunehmen, fehlt mir das Geld, da ich aber zufällig gerade Urlaub habe, halte ich ein Solo-Retreat in meiner Wohnung ab. Jeden Tag sitze ich stundenlang im Sessel und versuche zu meditieren, erwische mich jedoch laufend dabei, im Kopf angestrengt nach etwas zu suchen. In einem Winkel meines Hirns glaube ich vermutlich immer noch, es müsse da oben irgendwo einen Lichtschalter geben, den ich, wenn ich ihn endlich gefunden habe, nur anzuknipsen brauche, um alles erleuchtet sehen zu können. Ein typischer Fall von Ebenenverirrung.
Das kommt davon, wenn man zu viel liest und das Gelesene nicht, wie Mike rät, schleunigst wieder vergisst. So oft sprechen die „Erleuchteten" in den Büchern davon, dass wir alle die Stille kennen und sie zu finden sei in den Lücken zwischen den Gedanken. Prompt nehme ich es wieder ganz genau und mache mich im sogenannten Oberstübchen auf die Suche nach den Lücken, kann mich zum Glück jedoch, sobald ich es merke, im „Kinosessel" zurücklehnen und fühlen, wie anstrengend es ist, nach der Stille zu suchen. Sie unbedingt finden zu wollen. Überhaupt etwas zu wollen. Statt alles, so auch diese Lücken, einfach nur in aller Ruhe wahrzunehmen.
Hin und wieder tauchen Bilder auf, wenn ich, ganz ohne Suchen, mit der Aufmerksamkeit in der Stirnregion weile. Anfangs sah ich einen leer geräumten Speicher und merkte, dass es sich hinter der Stirn tatsächlich richtig leer anfühlt, wenn es dort entspannt ist. Später tauchte statt des Speichers eine renovierte Dachkammer mit weißen Wänden auf. Noch später ging ich ans Fenster dieser Kammer und schaute über die Dächer der Stadt. Der Blick ging weit in die Ferne, ich

sah Strand und Meer und weiter weg die Berge. Nahezu die ganze Welt lag vor meinen Augen.
Bedeutende Visionen sind das nun nicht unbedingt, es sind einfach nur innere Bilder, die zum Teil von auftauchenden Gedanken gefördert und gelenkt werden.
So sitze ich also still in meinem Sessel. Stunde um Stunde. Langweilig? Nein. Überhaupt nicht. Es fühlt sich wunderbar friedlich an und ich fühle mich gern friedlich.
Mit einem Mal taucht erneut der Wunsch auf, der mir einmal solche Angst gemacht hat. Ich möchte die Fassung verlieren. Sie zu bewahren fühlt sich anstrengend an. Überhaupt etwas bewahren zu wollen, sich dem Fluss entgegenzustemmen, erscheint mir zunehmend anstrengender. Geschehen lassen. Fließen lassen und mitfließen. Jegliches Ufer, jeglichen Strohhalm loslassen.
Bewusst ist die Bereitschaft dazu da. Und unbewusst? Keine Ahnung. Wird sich zeigen. Oder auch nicht. Ist gleich.
Gestern Abend rief übrigens Chandra an und ich sagte sofort zu, demnächst mitzufahren in die Stadt, in der Mike noch einmal drei Tage lang die Bühne bereithalten wird für unsere Projektionen und Gefühle. Ein Gefühl taucht jetzt schon auf. Freude. Ich freue mich. Ich freue mich auf Mike, und ich freue mich auf Chandra. Ich hatte zwischenzeitlich oft an sie gedacht, eigentlich immer, wenn ich vor einem Rohkostteller saß. Tanzende Zellen finde ich klasse. Die hätte ich auch gern.
Sie habe viel an mich gedacht, hatte Chandra das Gespräch eröffnet und dann hinzugefügt, meine Worte über das Gesehenwerdenwollen hätten sie sehr beschäftigt.
Auf der Stelle hatte ich mich wichtig gefühlt, was aber leider dazu führte, dass ich mich seitdem laufend in Phantasien über spirituelle „Heldentaten" verliere. Alle Geschichten enden gleich. Zum Schluss sagt jemand zu mir, ich sei wie Mike, woraufhin ich sage: „Ich bin nicht wie Mike. Ich bin Mike."
Ohne mich für diese Phantasien verurteilen zu müssen, sitze ich Stunde um Stunde still in meinem Sessel. Ohne die

Absicht, so zur Stille zu finden. Ohne die Erwartung, den „Ort" der Stille zu finden. Ohne das Ziel Bewusstwerdung.
Ich sitze im Sessel. Einfach so.
Und dann leuchtet blitzartig eine Erkenntnis auf. Ich bin nicht die Welt. Ich bin nicht Mike. Ich bin.
Ich „verstehe" es plötzlich auf ganz neue Weise, doch sofort übernimmt „Otto Normalverstand". Ich lasse ihn reden, weiß, was ich weiß, auch wenn ich es nur für den Bruchteil einer Sekunde mitbekam, auch wenn es unerklärlich ist und ich den Verstand brauche, um es wenigstens in Ansätzen erklären zu können.
Ich bin Mike, wenn ich ihn als Vor-Bild, als Vor-Stellung sehe und die eigene Göttlichkeit auf ihn projiziere. Lasse ich diese Projektion, nehme ich die Maske Mike ab, so bin ich nur noch.
Freiheit. Lasten fallen ab. Ich brauche nicht ich selbst zu sein. Ich brauche nicht Mike zu sein, auch nicht so wie Mike. Ich brauche nur zu sein. Wie einfach. Wie unglaublich einfach.
Ich muss nicht irgendwie oder irgendwer sein, muss mich in keinster Weise zielgerichtet verhalten, um göttlich oder wenigstens „spirituell" zu sein. Ich bin es. Immer. Ich denke mir das ja schon länger so, doch jetzt kommt ein Funke Wissen hinzu.
Ich brauche nichts zu sein und nichts zu tun. Nur hinzusehen. Ich hatte immer geglaubt, mein sogenanntes Ich wolle endlich gesehen werden, doch in Wahrheit ist es das Sein, das sich selber sehen möchte. Es möchte sich in mir in seiner Vielfalt und Schönheit sehen. Es möchte sich durch mich hören. Gern auch in voller Lautstärke. In mir liebt das Göttliche seine Denkorgien und genauso die anstrengenden Ausflüge auf der Suche nach Bewusstheit und Stille.
Ein Bild taucht auf, das mich laut auflachen lässt. Wie eine Katze sehe ich mich durch mein Bewusstsein schleichen, leise, leise, damit die Stille nicht aufgeschreckt wird und entwischt, bevor ich sie entdecken und wenigstens eine Zehntelsekunde festhalten kann.

Die Stille ist immer da. Nur ich bin nicht da. Bin unterwegs auf der Suche nach Stille. Warum mache ich das bloß immer wieder?
Ach, ich weiß es. Ich habe Stillsein mit Spirituellsein gleichgesetzt und wieder einmal völlig vergessen, dass alles spirituell ist.
Von ganz allein schaltet sich eine Affirmation ein. „Ich gebe auf, bewusst sein zu wollen. Ich gebe auf, still sein zu wollen, ich gebe auf ..."
Rums. Abrupt und mitten im Satz, der förmlich in der Luft hängen bleibt, ist es für einen kurzen Moment tatsächlich vollkommen still. Es atmet. Es beobachtet. Sonst ist nichts.

Ich bin weiterhin in meinem persönlichen Neujahrsretreat. Ich sitze und sitze, spanne an, merke es, entspanne, spanne an ...
Ohne mich entmutigen zu lassen, versuche ich es immer wieder aufs Neue. Alles loslassen. Vor allem das Wollen. Auch das Nichtdenkenwollen. Alles nur beobachten.
Und weiter denkt es munter vor sich hin. Über das Denken und meine Stirn, in der es stattfindet. Wieder taucht ein Bild auf. Ich stehe bis über die Augen im Wasser, doch Stirn und Scheitel ragen heraus.
Wieder muss ich lachen, verstehe sofort. Ich würde mich zu gern auflösen im Großen Ganzen, doch der Verstand macht nicht mit. Der möchte lieber draußen bleiben und zwingen lässt er sich nicht.
Zu seinem Glück glaube ich längst nicht mehr, dass Denken unspirituell sei und echtes Wissen verhindere, wie ich es so oft gelesen habe. Zumindest mir helfen Worte, von einer Erkenntnis zur nächsten zu gelangen. Alle Worte sprechen letztendlich nur von der Vielfalt desselben Einen, doch bekommen sie durch jede Erkenntnis eine neue Bedeutung.

Was sich ändert, ist nur die Richtung, oder die Ebene, von der aus geschaut wird auf das, was immer ist.
Wege. Ebenen. Stufen. Alles nur Denkkonstrukte, wie die „Erleuchteten" das nennen. Das Absolute braucht sie nicht. Aber mein Verstand. Ihn kontrollieren und zügeln zu wollen, erweist sich längst als noch anstrengender, als ihn nach Erklärungen und Beweisen suchen zu lassen. Also lasse ich schön locker hinter der Stirn, sobald ich dort Druck spüre, stoppe nicht und forciere nicht. Lausche nur.
Im Grunde ist mein Verstand ein getreuer Spiegel meiner Persönlichkeit. Fühlt er sich nicht gesehen und geachtet, so verspannt er und macht Druck. Fühlt er sich gesehen, so ist er locker und spielerisch und das Denken ein Genuss.
Ein zugegebenermaßen weitaus größerer Genuss ist es natürlich, wenn das Denken kurz aufhört. Dann bin ich mit einem Schlag bewusst ganz da. Oder „hier", um mit Mikes Worten zu sprechen.
Na ja, der Verstand denkt dann meist sofort, es könnte alles noch etwas bewusster sein, und bleibt bei dieser Meinung, obwohl Mike immer wieder sagt, bewusster gebe es nicht. Aber der Verstand hat eben einen Dickschädel und fällt permanent zurück in die jahrzehntelang befahrenen Furchen im Hirn. Irgendwann wird er neue Bahnen nutzen können und freiwillig zurücktreten. Und dann werden auch meine Zellen tanzen. Alles zu seiner Zeit.
Liebe wird fühlbar. Sie spricht, hat unverkennbar Mikes Stimme. „Warum nicht jetzt?"
Warum nicht jetzt erleuchtet sein? Warum nicht jetzt meinen Zellen zuhören, was sie erzählen über das Vibrieren und Tanzen im Fluss des Seins?
Was ist jetzt?
Da ist es wieder. Das Loslassen. Das Gefühl von Sinken. Ich sinke tiefer und tiefer und tiefer. Lasse mich fallen. Mich und alle Vorstellungen über das, wo ich ankommen wollte oder sollte oder müsste oder könnte. Vielleicht falle ich auch gar nicht, sondern werde fallen gelassen. Doch es geschieht mit größter Sanftheit. Ich falle und falle.

Und jetzt hänge ich voll in der Luft. Fühlt sich wunderbar an. So unendlich leicht.

Das Retreat ist vorbei, der Alltag hat mich wieder und ich fühle mich wie auf einer Schiffschaukel. Das geht hin und her und hin und her. Mal bin ich oben und mal unten. Mal ist mir leicht und mal ist mir schwer. Mal habe ich Angst und mal bin ich voller Freude.
Gestern Abend war mir leicht, doch es holte mich bald raus aus meinem köstlichen Schwebezustand. Im Wohnzimmer unter mir wurden Stimmen laut. Seit dem Tod seiner Frau ist Herr Franzen eindeutig dement und wird seit kurzem von Marie, einer jungen Polin, betreut, hat sich aber noch nicht so recht an sie gewöhnt und reagiert manchmal aggressiv auf sie. „Lass mich in Ruh", hörte ich ihn gestern Abend sagen. Das hatte er auch oft zu seiner Frau gesagt, doch jetzt klang es bedeutend heftiger und das nachfolgende „Hau ab" bereits bedrohlich. Maries beschwichtigende Stimme klang immer ängstlicher und ich überlegte gerade, ob ich ihr zu Hilfe kommen sollte, als sie bereits an der Wohnungstür klopfte. Eine Minute später saß ich neben dem alten Mann, der mich glücklicherweise zu erkennen schien, hielt seine Hand und redete mit ihm, bis er ruhiger wurde und ich in meine Wohnung zurückkonnte.
Das Geschehen wühlte mich auf. Herr Franzen hatte mich schon immer an meinen Vater erinnert, der allerdings in seinen letzten Jahren weder dement noch aggressiv gewesen war. Doch sie hatten in Kriegszeiten ein ähnliches Schicksal gehabt. Und die Hand gehalten hatte ich dem Vater auch öfter einmal gegen Ende seines Lebens. Dass ich aber auch ständig an ihn erinnert werde! Ich bin doch jetzt wirklich fertig mit der Geschichte.
Seltsamerweise habe ich diese Nacht vom Krieg geträumt, wurde verfolgt, beschossen und fühlte beim Aufwachen

große Angst, die sich erst legte während der Arbeit an der Pforte des Seniorenheims.
Inzwischen bin ich auf dem Weg zu meiner Verabredung mit Iris. Kalt ist es. Der Wind bläst mir um die Ohren und ich ziehe die Schultern hoch. Da passiert es wieder. Gehen wird zum vollkommenen Genuss. Ich gehe nicht einfach nur, in vollkommener Gelassenheit schreite ich entspannt dahin und bin mir dieses wunderbaren Zustandes wohl bewusst. Anschließend sitze ich im Café stundenlang auf einem Barhocker ohne Lehne, genieße ein mir bis dahin noch nie erlebtes ausbalanciertes, müheloses Sitzen, wundere mich auch gar nicht, als Iris der Reihe nach fast sämtliche Themen anspricht, die ich derzeit selbst „unter Beobachtung" habe, ja, sie benutzt teilweise sogar meine Worte. Ich höre ihr zu wie ich mir in letzter Zeit oft selbst zuhöre. Ohne den sonst üblichen inneren Kommentar, ohne jegliche Beurteilung. Zuhören macht wirklich Freude.
Iris anzusehen auch. Nach einer Weile scheint sich ihr Gesicht zu verändern, sieht wunderschön aus, jünger und sehr harmonisch. Verwundert sehe ich sie an und merke: „Aber ich liebe sie ja."
Gleich darauf bekommt ihr Gesicht sein gewöhnliches Aussehen zurück, aber ich bin tief berührt. Dass sie mich dieses Gesicht hat sehen lassen!
Wie Kohlensäure perlt ab jetzt pausenlos das Wort „göttlich" hoch. Ich finde alles göttlich und würde das Wort am liebsten in jedem meiner wenigen Sätze unterbringen. Doch auch das Wort „sanft" sprudelt unaufhörlich. Sanft. Ich lasse das Wort auf der Zunge zergehen. Es schmilzt, dringt ein und breitet sich im ganzen Körper aus. Es lässt alles, mit dem es in Berührung kommt, ebenfalls schmelzen und fließen.
Worte als Träger und Vermittler von Gefühlen. Interessant. Und wie schön. Für mich. Wo ich doch so verliebt bin in Worte.
Worte lassen Gefühle entstehen und bewusst werden. Oder war zuerst das Gefühl da und suchte sich das passende Wort, um bemerkt zu werden? Es ist gleich. Gefühl und Wort

können Hand in Hand einen ganzen Körper im Nu in einen Buttersee verwandeln.
Ich sitze neben Iris und es ist fast wie im Satsang. So entspannt. So friedlich. So fruchtbar. Alles ist vollkommen.

Ella wollte so gern noch einmal ausgehen und so habe ich sie ins Stadtcafé geschoben. Wie oft landet das Gespräch bei Mike. Überrascht höre ich mich von meiner Angst vor einer Abhängigkeit von Mike sprechen.
Kaum habe ich von ihr gesprochen, ist die Angst aber auch schon wieder weg. Bin ich im Grunde nicht abhängig von allem, was ist? Also auch von Mike? Da kann ich doch unbesorgt annehmen, was er zu verschenken hat.
Was er denn zu verschenken habe, möchte Ella wissen, und ich bin überrascht, wie schwärmerisch meine Antwort klingt.
„Es ist nichts, was ich nicht auch hätte, doch ihm ist es bewusst und es steht ihm daher zur Verfügung. Es ist wie Wasser, das er aus seinem reich gefüllten Brunnen in meinen nur spärlich gefüllten leitet, damit ich die in mir keimenden Samenkörner ausgiebig begießen kann. Hilfe zur Selbsthilfe könnte man das nennen. Entwicklungshilfe wäre auch ein passendes Wort."
Ella nickt und zieht lächelnd einen Zettel aus der Tasche. „Hier, lies das. Diesen Satz habe ich gestern in einem Buch gefunden und sofort an dich gedacht."
Ich nehme den Zettel und lese: „Was die Buddha-Natur betrifft, so gibt es keinen Unterschied zwischen einem Erleuchteten und einem Unwissenden, aber der eine weiß das, der andere weiß es nicht – das ist alles."
Könnte Mike gesagt haben. Mike. Ein echter Guru. Au, au, schlagartig überfällt mich zum dritten Mal das heftige Kopfweh.

Ella schaut mich prüfend an. „Es ist Mike", sagt sie. Den nächsten Satz hätte ich lieber nicht gehört. „Du bist verliebt und du lässt es nicht zu."
Ich weiß sofort, dass sie Recht hat, dennoch bricht ein enormer Widerstand auf. „Ich will nicht. Das ist doch aussichtslos."
„Genieß es einfach", sagt die Freundin.
Was? Das auch noch genießen? Verliebt zu sein in einen Mann, der nicht zu haben ist? Kann ich mich nicht endlich mal verlieben in einen, der als Partner in Frage kommt?
„Nimm es an", sagt Ella.
Aber ich denke gar nicht daran. Ich verliebe mich nur, wenn etwas für mich dabei herausspringt, wenn der Mann frei ist und wenigstens ein klein wenig Aussicht besteht auf eine länger andauernde Verbindung. Da kommt Mike überhaupt nicht in Frage. Sagt der Verstand. Leider, ich spüre es jetzt selbst, machen die Gefühle trotzdem, was sie wollen, und werden langsam, aber sicher zunehmend deutlicher. Auch wenn mir das überhaupt nicht passt.
Aber ist es ein Wunder, sich in einen Mann zu verlieben, der warmherzig und einfühlsam ist, einem die Hand hält und auch noch in die Augen sieht? Es wäre ein Wunder, wenn ich es nicht getan hätte.
Verliebt. Etwas bockt und mault noch ein wenig herum. Damit versaue ich mir doch alle Chancen auf einen anderen und aussichtsreicheren Mann.
Ella lächelt. „Sieh es als die größte Chance deines Lebens. Jetzt kannst du es tun. Lieben. Ohne Absicht. Ohne Erwartung. Ohne Ziel. Und nun lass das Ganze mal wirken. Komm, wir gehen. Zumindest du brauchst jetzt Bewegung."
Ich bringe Ella ins Heim zurück, gehe nach Hause und merke erst hier, dass das Kopfweh verschwunden ist, ohne dass ich sagen könnte, wann es verging.
Fühlt sich eigentlich ganz nett an, verliebt zu sein. Richtig gut sogar. Aber in Wirklichkeit fühlt es sich auch noch ganz anders an, umfassender, intensiver. Eigentlich fühlt es sich eher an wie Liebe.

Und erneut fließt und strömt es auf eine so sanfte und weiche Weise. „Es ist Liebe", singt und tanzt es in mir und ich weiß, dass es genau das ist. Es ist Liebe.
Liebe hebt mich, trägt mich, lässt mich schweben und schmelzen. Sie ist das Lied in mir, dies zärtliche, leise Lied mit der so unbeschreiblich süßen Melodie, die mich zu Tränen rührt. Mit diesem Lied in mir, dieser Melodie ohne Worte, ist Hingabe leicht.

Mein Gott, fühle ich mich allein heute Morgen. Keine Spur mehr von Verliebtheit, stattdessen wieder Schmerzliches und Trauriges. Ich bin es so satt.
„Nicht weglaufen", sagt es bestimmt. „Jeder Schmerz ist eine Gelegenheit zur Liebe." Ich lausche nach innen. Wahrhaftig. Der Schmerz verwandelt sich, wird sanfter, fließender, fühlt sich kaum noch an wie Schmerz, eher wie … ja, wie Liebe. Schon ist sie wieder aufgetaucht in meinem Bewusstsein. Oder ich in Ihrem?
Ich sitze im Sessel und falle und falle. Oder schwebe ich nicht eher? Steige empor wie ein losgelassener Luftballon? Keine Richtung mehr. Kein Ziel. Nie mehr.
Das klingt nun sogar für meine Ohren gefährlich abgehoben. Ich brauche wieder festen Boden unter den Füßen. Raus. Sofort.

Ist das ein Winter! Würde ich mir noch Sorgen machen, würde ich mir spätestens jetzt welche machen. 14 Grad im Januar. Es ist wie Frühling, erste Bäume blühen bereits nahe der Bank am Fluss, auf der ich sitze. Lange sitze ich dort, lausche dem Pulsieren meines Blutes, dem Vibrieren der Zellen, oder was auch immer, dem Krächzen der Krähen und dem Anschlagen der Wellen ans Ufer.
Wieder taucht ein Bild auf. Ich bin ganz unter Wasser. Der Körper ist in seinen Umrissen noch deutlich zu erkennen,

aber durchsichtig. Was möchte mir das Unbewusste damit sagen? Dass ich mir des Energieflusses zwar bewusster werde, aber in meiner gewohnt festen Form bleibe, solange ich auf Erden wandle?
Hoffentlich. Gestern Abend, bevor ich ins Bett ging, tönte aus dem Radio eines parkenden Autos ein Lied zu mir hoch, das mich auf der Stelle schweben ließ. Es hatte eine betörend zärtliche Melodie, die mir nicht mehr aus den Ohren ging und im Bett später eine geradezu durchdringende Wirkung entfaltete. Das Herz pulsierte, stärker und stärker, das Strömen und Pulsieren griff immer weiter um sich, und bald hatte ich das Gefühl, sämtliche Zellen seien völlig aus dem Häuschen. Sie schienen zu tanzen und zu sprühen. Ich fühlte die Liebe nicht nur. Ich war Liebe.
Irgendwann, es war gar nicht so einfach, schlief ich dann doch ein, um mitten in der Nacht wach zu werden und mich völlig „überladen" zu fühlen. Nach so viel geistiger Nahrung fehlte es jetzt eindeutig an etwas deftig Irdischem. Ein Brot brachte Erleichterung.
Gestern Abend im Bett war ich übrigens nicht nur die Liebe selbst, sondern zwischendurch auch ein Vogel. Echt. Als die Energie in mir so fühlbar vibrierte, stand ich im inneren Bild auf einmal erneut am Fenster der Dachkammer, die ich während des Wohnzimmerretreats über Neujahr renoviert hatte, und schaute aufs Land hinaus. Und während ich so schaute, kam mir die Erinnerung an eine kleine spontane Wachträumerei vor wenigen Abenden. Ich war in einem Flugzeug gewesen und hatte durch den an einer Stelle durchsichtigen Fußboden das Land unter mir sehen können. Es hatte so echt gewirkt, dass ich mich gefragt hatte, ob ich mit den Augen des Vaters eine Szene aus seinem Leben gesehen hatte. Er war im Krieg Flieger gewesen.
Da stand ich nun also in einer Träumerei am Fenster der Dachkammer, erinnerte mich in dieser Träumerei an die vorige Träumerei vom Fliegen und befand mich mit einem Mal auf der Fensterbank außerhalb des Zimmers und ... plötzlich flog ich. Wie ein Vogel. Ich fühlte es fast schon körperlich, hatte das Gefühl, Schwingen an den Schultern zu

haben, die sich in gleichmäßigem, kraftvollem Rhythmus auf und ab bewegten. Wieder sah ich auf das Land unter mir. Ich hatte keine Angst vor dem Fallen. So wie der Vogel keine Angst hat. Er fliegt einfach. Es liegt in seiner Natur.
Im Nachhinein bin ich ein klein wenig erstaunt über meine Träumereien und frage mich, was für ein Vogel ich war. Wie aus der Pistole geschossen kommt die Antwort. Ein Adler. Schon will ich mir eine Rüge erteilen, mir sagen, ich solle nicht immer gleich zu den Größten gehören wollen, da ist klar: Ich bin groß. Und in gerade diesem Augenblick bin ich wieder ein Adler mit weit ausladenden Schwingen. Wie lautet der Satz von Nelson Mandela, der vor allem in der Therapie gerne zitiert wurde?
„Wer bist du denn, dass du das nicht sein darfst? Wenn du dich klein machst, dient das nicht der Welt."
Tief Luft holen und die eigene Größe annehmen und zeigen. Die *eigene* Größe? Eben nicht und das macht das Annehmen um vieles leichter. Es ist die allumfassende, göttliche Größe, die sich durch mich ausdrückt.
Ich bin ein Adler. Stark. Doch ich weiß, ich bin genauso die Taube, die Amsel, der Spatz und der süße, kleine Zaunkönig. Ich bin sie alle. Ich bin.
Ich weiß? Ja? Weiß ich wirklich?
„Ich weiß, dass ich nichts weiß", geht es mir durch den Kopf. Hat irgendein antiker Philosoph gesagt.
Aber stimmt das? Manchmal habe ich den Eindruck, ich weiß gar nicht, ob ich nichts weiß. Vielleicht weiß ich alles und weiß es nur nicht."
Und jetzt nicht weiter nachdenken. Still sein. Einfach nur die Freude fühlen an dieser kleinen Wortspielerei.

Es ist immer noch Frühling im Winter und mit dem Walkman auf den Ohren mache ich täglich eine Radtour am Fluss entlang. Zurzeit hat der Sänger Xavier Naidoo mir viel

zu sagen. Zum dreihundertelften Mal höre ich ihn singen „Gib mir mein Herz zurück, bevor es auseinander bricht" und zum dreihundertelften Mal warte ich auf den Stich ins Herz, den mir diese Worte jedes Mal versetzen. Doch nichts geschieht. Oh. Zeigt das Desensibilisierungsprogramm etwa Wirkung? Oder hat sich etwas geändert bei mir?
Ja, es hat sich etwas geändert. „Du kannst es behalten", schmettert es innen. „Du kannst das Herz behalten, ich schenke es dir." Es erscheint mir geradezu wonnevoll, mein Herz zu verschenken. Keine Ahnung, wem ich es schenke, aber es ist mir vollkommen ernst. Und wieder muss ich lachen. Wenn ich bestimmte Physiker recht verstanden habe, entsteht die Welt aus irgendwelchen Wahrscheinlichkeiten ständig neu und da erscheint mir die Wahrscheinlichkeit recht hoch, dass ich jeden Augenblick neu geboren werde und ein neues Herz geschenkt bekomme. Das Herz des Augenblicks. Und wenn ich dann ganz und gar in diesem Augenblick aufgehe, ihm auch mein Herz so ganz und gar schenke, dann, ja, dann gibt es keine Trennung mehr zwischen mir, meinem Herzen und dem Augenblick. Dann bin ich das Herz des Augenblicks.
Bin ich jetzt völlig durchgeknallt?
Nein. Da ist eine ganz leise Ahnung, dass so etwas tatsächlich möglich sein könnte. Auch für mich. Da ist eine Ahnung, dass ich plötzlich so großzügig mit meinem Herzen bin, weil ich das im Grunde längst weiß.
Wieder setzt das Fließen und Tanzen ein. Der Text macht nun nichts mehr mit mir. Aber die Melodie. Plötzlich ist sie die neue Melodie der Liebe, umgarnt das verschenkte Herz, umschmeichelt und streichelt es und macht es ihm unendlich leicht, sich jeden Augenblick neu an diesen Augenblick zu verschenken.
Im Augenblick sein. Im Alltag im Satsang sein. Nicht auf den Satsang morgen Abend hinleben, sondern ganz und gar im „Hier" sein. Wie spannend. Keinen einzigen Augenblick wissen, wie der nächste sein wird. Doch dieses Nichtwissen fühlt sich wunderbar an.

Schon bin ich wieder rausgefallen aus dem wundervollen Leben im Augenblick. Schon geht die nächste Denkfontäne hoch. Es denkt, als bekäme ich bezahlt dafür, was aber leider nicht der Fall ist. Sicherheitshalber steuere ich die nächste Bank an.
„Wo fange ich an und wo hörst du auf?", fragt Mike gern. Ich hätte zwei ähnliche Fragen anzubieten. Wo fängt der Augenblick an und wo hört er auf? Wo fängt das Jetzt an und wo hört die Vergangenheit auf?
Sind das Jetzt und der Augenblick nicht identisch? Und ist in diesem Augenblick jetzt nicht alles enthalten? Alles? Auch Vergangenheit und Zukunft?
Genug gedacht. Walkman auf und ab nach Hause. Vielleicht doch lieber ohne Walkman? Musik ist zurzeit höchst gefährlich für mich. Melodien können mich manchmal schneller „knacken" als ich denken kann. Doch seit Neuestem liebe ich die Gefahr. Ich liebe es, „geknackt" zu werden. Walkman auf.
Lieber Himmel, ich kann keine Musik mehr hören, ohne mitgenommen zu werden vom Rhythmus der Trommeln und den Tönen der Melodie. Das geht voll rein in den Körper. So leben, wie ich jetzt höre. Der Trommelschlag sein, der dem Leben Struktur und Halt gibt, die Melodie sein, die auf- und abschwingt, sich frei entfaltet und doch in Harmonie bleibt mit dem, was trägt.
Ich glaube, ich werde immer verrückter, will aber keinesfalls wieder „normal" werden. Dafür fühlt sich dieses Leben viel zu gut an. Eine Bekannte rief gestern an und wollte mich ins Theater mitnehmen. Doch ich hatte keine Lust. Nicht auf diese Sorte Theater.
Den Wind im Rücken brause ich den Uferweg entlang. Plötzlich taucht ein Gefühl auf. Entschlossenheit. Ich bin wild entschlossen, weiß nur noch nicht wozu. Ich vermute allerdings, ich werde es wissen, wenn es so weit ist, diese Entschlossenheit in eine Aktion einzubringen.
Seltsam, wie oft die Dinge in letzter Zeit ganz plötzlich geschehen. So wurde mir gestern auch wieder ganz plötzlich eins dieser besonderen Geherlebnisse geschenkt. Die sind

wie Highlights. Ich kann sie nicht selbst herstellen und auch das Herbeidenken funktioniert nicht. Es kommt von allein, dies Leichte und Fließende. Hoch aufgerichtet, wiegend und geschmeidig gehe ich dann. Werde ich gegangen. Es gibt keinen Grund zu eilen. Es gibt keinen Grund anzuspannen. Der ganze Körper bewegt sich in vollkommener Harmonie. Zumindest ihm ist klar, dass er so vollkommen ist, wie der Augenblick vollkommen ist. Ich vergesse sogar zu schauen, ob irgendjemand meine wunderbare Haltung sieht. Ich selbst sehe sie. Ich fühle sie. Das ist genug.
Erstaunlich, wie tragend und Halt gebend das Weiche und Sanfte sein kann.

Der erste Satsangabend liegt hinter mir und wie gestern fahre ich Chandra mit dem Zug entgegen und gemeinsam geht es dann mit ihrem Auto weiter zum Satsang, der heute den ganzen Tag dauern wird.
Chandra. Eine echte Herausforderung. Immer noch freue ich mich auf sie. Und immer noch fürchte ich sie auch. Da ist immer noch die ganz kindliche Angst, sie werde sich irgendwann derart direkt und abweisend verhalten, dass es richtig wehtun würde. Beim letzten Telefonat hatte ich das leise Gefühl, dass einige meiner Sätze nicht besonders gut angekommen waren. Sie hatte nichts gesagt zu ihnen, aber etwas äußerst Unangenehmes hatte in der Luft gelegen. Projektion? Einbildung?
Bei der Fahrt gestern ist dann aber nichts Unangenehmes vorgefallen. Über eine Stunde waren wir unterwegs, Zeit genug, uns zu unterhalten, Zeit genug, um mein Bild von Chandra als Powerfrau zu begraben. Zunächst erzählte sie, sie habe eine Antenne für Telepathie, fühle sich aber oft belästigt von anderer Menschen negativ getönten Gedanken, fühle sich im Übrigen total ausgelaugt, hasse ihren Job, suche dringend einen neuen und möge auch ihre Wohnung

nicht mehr, halte Ausschau nach einer anderen. Sie sprach von aufflammenden Aggressionen, über die sie manchmal selbst erschrecke. Aber wo viel Licht sei, da sei eben auch viel Schatten.
Kein einfaches Leben, will mir scheinen. Habe ich mehr Glück als sie? Oder weniger Licht? „Samadhi nennt man das", sagte Mike, als sie ihm erzählte, sie sei manchmal „weg", wisse aber nicht, wo sie gewesen sei. Diesen Zustand kenne ich nicht. Für den muss man schon ziemlich „weit" sein, denke ich.
„Weit"? Denke ich? Das Nachdenken über Entfernungen geistiger Art lasse ich jetzt lieber und kehre zurück zum gestrigen Satsangabend, an dem sich mein bisheriges Bild von Chandra laufend veränderte. Sowieso war, wie immer, alles anders als zuvor. Schon das Betreten des Raumes machte es sichtbar. Hinter dem Tisch mit Mikes Schriften saß die junge Frau, die ihm bereits im Herbst nachgereist war. Es sah so aus, als sei sie nicht nur als Zuhörerin da. „Ich bin jetzt Mikes Freundin", sagte sie strahlend, als ich sie darauf ansprach.
Ach ja? Erst kam ein Gefühl von Gönnen und Zuneigung. Dann machte es erneut „pling". Der Schmerz war nicht schlimm, bekam bald darauf sogar eine ausgesprochen lustvolle Note, so dass ich mich dem Geschehen trotzdem entspannt hingeben konnte.
Viele hatten bereits bei Mike gesessen, als schließlich auch Chandra zu ihm nach vorne ging. Doch konnte ich zunächst nicht glauben, was ich zu hören bekam. Mit Vehemenz schlug sie ein auf all das, was zuvor an friedvollen Zuständen beschrieben worden war.
„Dieses Getue um die Liebe", rief sie und hieb mit einer verächtlichen Handbewegung alle liebevollen Strömungen in ihrer Nähe fort. „Alle wollen doch nur Liebe. Alle wollen geholfen kriegen. Bitte, bitte, lieb mich. Ich kann das nicht mehr. Ich will das nicht mehr. Das saugt mich aus. Ich bin völlig fertig. Die sollen sich um sich selbst kümmern. Ich kann ihnen nicht helfen." Sie beklagte, dass ihre Umwelt sie einfach nicht in Frieden lasse und sie so dauernd im Kampf

sei, ja, dass sich da regelrecht an sie angedockt werde, um sie ihrer Kraft zu berauben. Wie sie das auflösen könne, wollte sie wissen.
„Du bist immer und überall angedockt", antwortete Mike. „Es gibt nichts, wo du es nicht bist."
Sie schien ihn nicht zu verstehen. Wie das ewige Kämpfen aufhören könne, fragte sie weiter.
Wenn sie weggehe, höre es auf, war die Antwort. Und wieder hatte ich den Eindruck, sie verstehe es nicht.
Ob sie versuchen könne, ein wenig Weichheit zu fühlen, fragte Mike.
Sie konnte es nicht. Es ging einfach nicht.
Ich war erschüttert. Wie oft hatte sie von bedingungsloser Liebe gesprochen und schien doch so weit entfernt von ihr.
Nach Chandras Auftritt kündigte Mike eine Pause an, ließ dann aber noch ein Lied laufen mit der Bemerkung, das sei jetzt für sie. Refrain des Liedes. „Komm nicht zu mir, bleib bei dir."
Doch Chandra schien auch nicht zu verstehen, was er ihr mit diesem Lied sagen wollte. Sie wirkte sehr getroffen.
„Kümmere dich nicht um die erste Zeile des Refrains, achte auf die zweite", hörte ich mich sagen.
Sie schaute mich nur verständnislos an und meinte dann, sie käme doch gar nicht dauernd zu ihm gerannt.
Nein, dauernd nicht. Aber doch in jedem Satsang mehrmals. Ich war mir allerdings relativ sicher, dass Mike ihr nicht untersagen wollte, so oft zu ihm zu kommen, sondern den Schwerpunkt der Botschaft auf die drei Wörtchen „Bleib bei dir" gelegt hatte. „Bleib bei dir, dann kann dich keiner verletzen und berauben, und du brauchst dann auch nicht um Hilfe zu mir zu kommen".
Chandra sagte nichts mehr an diesem Abend und so verlief auch die Rückfahrt weitgehend in Schweigen. Ob sie heute überhaupt hinfährt?
Doch. Als der Zug im Bahnhof einläuft, sehe ich ihr Auto direkt vor dem Haupteingang stehen.
Ich steige zu und spüre sofort eine geballte Ladung Wut. Sie habe Mikes Bild entfernt, erzählt sie, kaum, dass ich Platz

genommen habe, ihr „Meister" sei er nun nicht mehr, aber die Gruppe sei so nett, da habe sie doch noch mal kommen wollen. Wenige Minuten später explodiert sie wegen eines Autofahrers vor ihr, der nicht so recht weiß, wo er hinwill. Aha. So ist das also, wenn ihre Aggressionen hochkommen. Fühlt sich nicht gemütlich an. Na gut. Ist ihr Problem.
Doch Chandra will keine Probleme haben. Plötzlich bin ich dran. Auf eine Frage hin, die ich nicht nur mit Ja oder Nein beantworte, sondern mit einer kleinen Geschichte, in der ich erzähle, es endlich geschafft zu haben, auf der Arbeit auch mal ein Nein zu sagen, werde ich angeblafft: „Wie du deine Vergangenheit bewältigst, will ich nicht wissen. Ich erzähle dir ja auch nicht andauernd von meinen Problemen in der Vergangenheit."
Verdattert schaue ich sie an. Nein, sie spricht nicht dauernd über ihre Probleme, aber doch schon mal öfter. Und wo, bitte sehr, ist mein Problem? Ich habe eine Erfolgsmeldung präsentiert und das scheint mir eher ein Problem zu sein für sie.
„Du meinst, ich solle meine Erfahrungen für mich behalten und, wie im Lied gestern gesagt, bei mir bleiben?"
„Ja, das meine ich. Behellige mich nicht mit deinen Psychokisten. Ich will das Schwere nicht. Mir war gerade so leicht."
Ihr war gerade so leicht? Ach ja? Und was ist hier gerade schwer? Sie projiziert aufs allerheftigste.
Wirklich nur sie? Erinnert mich die Atmosphäre im Auto nicht möglicherweise unbewusst an Erlebnisse aus der Kindheit? Immerhin fühle auch ich jetzt die Schwere, ein enormer Druck macht sich hinter dem Brustbein bemerkbar. Und dann kommt der Schmerz dazu. Aber seltsam. Das Ganze macht nicht wirklich etwas mit mir. Auf einer Ebene verwundet es mich, auf einer anderen bleibt alles unberührt und erfreut stelle ich fest, dass ich keine Angst mehr habe vor ihr. Ihre Worte können mich nur an der Oberfläche treffen. Mein wahres Wesen ist unzerstörbar.

Chandra schlägt noch eine ganze Weile um sich, ohne zu bemerken, dass sie gar nicht angegriffen wird. Auf etwas fixiert zu sein, bescheinigt sie mir nun.
Der Antiquar. Ist sie nicht nur telepathisch, sondern auch hellsichtig?
„Ja", gebe ich zu, „vor einiger Zeit war ich das."
„Du bist jetzt fixiert", sagt sie laut und heftig.
Na gut, dann bin ich es auch jetzt noch. Na und! Was ist schlecht daran? Was hat sie nur? Projiziert sie schon wieder?
„Du bist jetzt fixiert", wiederholt sie noch heftiger und fügt hinzu, „es ist nicht wichtig, was in der Vergangenheit war. Nur das Jetzt zählt."
Ja? Aber wenn ich mich im Jetzt auf etwas fixiert fühle, das mich nicht loslässt, so könnte das, meiner bescheidenen Erfahrung nach, durchaus etwas mit der Vergangenheit zu tun haben. Glaubt sie etwa, die Vergangenheit höre auf zu wirken, wenn man sie einfach ausblendet?
„Was ist jetzt?", fragen die „Erleuchteten" und auch sie wollen gewöhnlich nicht wissen, was in der Vergangenheit war. Doch sie sind durchaus dafür, das, was jetzt ist, zu fühlen. Die Leichtigkeit genauso wie die Schwere. Ob Chandra da etwas missverstanden und durcheinander gebracht hat? Oder habe ich da etwas falsch verstanden?
Doch bei aller Liebe zum Jetzt, wenn sich dieses Jetzt derart niederschmetternd und erschöpfend anfühlt, wie sie es gestern dargestellt hat, könnte es sich lohnen, einen oder zwei Blicke auf scheinbar Vergangenes zu werfen.
Ich teile ihr vorsichtig meine Gedanken mit und ab da herrscht wieder Schweigen. Nun ist also eingetroffen, was ich insgeheim die ganze Zeit befürchtet habe. Und siehe da, ich habe es überlebt. Seltsamerweise hat auch die Liebe zu ihr überlebt. Ich verstehe sie sogar. In ihrer Wahrnehmung hat sie es schwer und deshalb macht sie es jetzt auch mir schwer. Sie fühlt Druck und gibt ihn weiter.
Oh, ist der Druck hinter meinem Brustbein nun ihrer oder meiner? Ihrem Weltverständnis entsprechend könnte es gut sein, dass sie sich gerade eben zur eigenen Entlastung an mich angedockt hat, doch Mike zufolge sind wir sowieso

alle miteinander verbunden zu einem Ganzen. Da erübrigt sich die Frage, wessen Druck es genau ist. Vermutlich ist es sowohl ihrer als auch meiner, auch wenn die Anteile nicht unbedingt gleichmäßig verteilt sind.
Die Atmosphäre im Auto bleibt geladen und ich bin froh, als wir ankommen.

Chandra hat meine Vorfreude zwar dämpfen, aber nicht auslöschen können und kaum sind wir im Satsangraum, da wird mir wieder leicht und in der Herzgegend beginnt es erneut zu schwingen.
Mike hält eine kleine Eröffnungsrede und, als ob er bei uns im Auto gesessen hätte, schließt er mit den aufmunternden Worten: „Wähle die Freiheit, lass dir das Herz brechen."
Hell flammt die Freude in mir auf. Chandra hat mir das Herz gebrochen, das Herz, das immer Angst gehabt hatte, nicht gemocht zu werden. Doch hatte ich sofort ein neues Herz bekommen, ein starkes und liebevolles, und alles in mir sagt ihr Dank, dass sie es mich hat merken lassen. Kein Wegducken aus Angst vor Liebesverlust. Keine Angst vor dem Konflikt. Alles war ohne Zögern, ohne Nachdenken und völlig spontan abgelaufen.
Mike hat noch kaum zu Ende gesprochen, da sitze ich bereits neben ihm und erzähle voller Begeisterung von meinem Erlebnis mit dem Lied „Gib mir mein Herz zurück". „Ich will es gar nicht zurückhaben, verschenke es liebend gern an jeden, der es haben will", schmettere ich in den Raum.
Was hat Mike zu all dem zu sagen? Wenig, da ich förmlich übersprudele, doch er strahlt und schnurrt fast schon vor Behagen wie ein Kater auf der Kaminbank. „Wie schön", sagt er dann. „Wie poetisch."
Poetisch? Genau. Er hat es erfasst. Da ist Poesie am Werk. Unaufhörlich. Schon immer. Ich weiß es plötzlich genau. Poesie ist mein wahres Wesen. Und schon geht das innen wieder los, tanzt und springt.
Bevor ich auf meinen Platz zurückkehre, frage ich ihn noch, ob es richtig sei, dass im Augenblick immer alles enthalten

sei, auch Vergangenheit und Zukunft, dass es nur darauf ankomme, wohin man gerade schaue.

Mike nickt zu meinen Fragen, ich gehe endgültig von der „Bühne" ab und genieße auf meinem Platz das fortwährende Fließen und Kreisen in mir, höre zwar zu, behalte jedoch nichts.

Pause. Wir gehen alle in ein Café in der Nähe, Chandra setzt sich neben mich und so bekomme ich ihre Gespräche mit. Eine arge Belehrerin outet sich, gibt am laufenden Band Meister-Weisheiten von sich.

„Warum schaust du auf die Wolken und nicht auf den Himmel?", sagt sie jetzt laut in hörbar tadelndem Ton zu einer jungen Frau und am Tisch tritt Schweigen ein.

Ich erinnere mich an den Sommer, an diese wundervollen Wolken, an die weißen, dicken, und an die grauen, dünnen, an die zarten Wolkenschleier. „Wolken sind toll", schießt es mir durch den Kopf und ich kann mir ein Lächeln nicht verkneifen. Der treue Ehemann der so harsch Belehrten sieht es sofort. „Sag es!", ruft er. „Sag es!"

Schon bin ich herausgeplatzt damit. „Wolken sind toll."

Ab da sagt Chandra nichts mehr und geht bald. Auch nach dem Ende des Satsangs geht sie sofort, um im Auto auf mich zu warten. Das macht mir Druck, dennoch verabschiede ich mich erst in aller Ruhe, ehe ich ihr nachkomme. Sie sitzt im Auto und reibt sich die Hände.

„Ist dir kalt?", versuche ich, Mitgefühl zu signalisieren. Keine Antwort. Schweigend fahren wir zurück.

Was Chandra jetzt wohl denkt und fühlt? Und ist der gerade wieder fühlbare Schmerz in der Brust nun meiner oder doch mehr ihrer? Ich kann es nicht wirklich wissen, also denke ich ab jetzt weder über den Schmerz nach, noch über Chandra, sondern bleibe, wie im Lied gestern empfohlen, hübsch bei mir, was zur Folge hat, dass ich mich neben der Fahrerin zwar nicht gerade wohl fühle, in mir und mit mir aber sehr. Sogar die Freude in mir bleibt fühlbar. Bei sich zu bleiben hat eine wunderbare Wirkung.

Der Abschied von der Gefährtin verläuft dann kurz und schmerzlos. „Voilà", sagt sie, als sie am Bahnhof vorfährt und sogar ein ganz klein wenig lächelt.
Ich sage gar nichts. Doch meine Hand hebt sich wie von selbst und streicht ihr sanft über die Wange. Ich liebe diese Frau. Immer noch.

Gefühle tanzen durch den Körper. Wie Melodien fließen sie, umspielen das Herz, steigen höher und höher.
Poesie. Ein anderes Wort für Liebe. Die Melodie meines Lebens kann auch Liebe genannt werden. Sie durchdringt alles. Sie hebt das Herz an, dass mir schwindelt, und lässt es sanft wieder fallen. Sie nimmt mir den Atem und schenkt ihn mir immer wieder aufs Neue zurück.
„Warum nicht jetzt?", fragt es immerzu.
Ja, warum nicht jetzt ganz und gar im Augenblick sein? Warum nicht jetzt die Freude fühlen, die Sanftheit, das Zärtlich-Berührende, das jeder Augenblick in sich birgt, und das so gern angeschaut und gefühlt werden möchte?
Das Leben kosten. Von seiner süßen Seite. Sogar der Schmerz gibt seine ihm eigene Süße preis, sobald er sich angenommen fühlt.
Ein Text beginnt, sich zu formen und möchte nach außen gebracht werden. Noch sträube ich mich, habe Sorge, langsam aber sicher dem Kitsch zu verfallen. Doch das Singen und Tanzen innen drin hört einfach nicht auf und möchte jetzt auch in Worten hörbar und lesbar werden. Nun gut.
„Herzen können zerbrechen. Und sie können schmelzen in der Wärme eines Raumes, in dem die Liebe zu Hause ist. Herzen, die schmelzen, erfüllen das gesamte Dasein mit der Süße, die dem Augenblick eigen ist.

Herzen können singen und tanzen und das ganze Leben zu einer Melodie verwandeln.
Herzen können dichten und jeder Augenblick ist von Schönheit und Poesie beseelt."
Und dann mache ich den Laptop an und sende diese Zeilen an Mike. Fast ohne Herzklopfen, sicher und entschlossen. Es ist genau das, was jetzt getan werden will.
Ich lerne zu nehmen. Ich nehme die Aufmerksamkeit des „Meisters" für mich in Anspruch, obwohl er vermutlich mit Aufmerksamkeitsansprüchen, Mails und Anrufen bestens versorgt ist. Er mache es gern, antwortete er einmal auf meine Frage, wie das sei, wenn so viele etwas wünschten von einem. Also gut, gebe ich ihm eine weitere Gelegenheit, zu tun, was er gern macht.
Ich klappe den Laptop zu und mache mich auf den Weg zu Ella, um ihr wie immer vom letzten Satsang zu erzählen. Die Leichtigkeit ist wieder körperlich fühlbar. Wenn mich einer fragt, wie es mir geht, kann ich aufrichtig sagen, es gehe mir wunderbar. Ja, weil es so wunderbar geht. Es, was immer es ist, geht auf eine wunderbar leichte Weise. Es geht wie... ja, wie eine Gazelle. In eben diesem Augenblick bin ich Kraft, Leichtigkeit und Anmut. In diesem Augenblick bin ich frei. Eine Gazelle in freier Wildbahn.
Leichten Schrittes gehe ich dahin. Leichten Schrittes gehe ich durch dieses Leben. Es trägt mich. Es wiegt mich.
Es. Es geht durch die Fußgängerzone, schaut die Menschen an, denen es begegnet, fühlt sich vollkommen ruhig und wohl. Es ist in Frieden mit sich und all dem was um es herum ist.
Und dann kommt der Gedanke: „Ich doch nicht."
Genau. Ich doch nicht. ES. ES ist groß. ES ist göttlich. Nicht ich.
ES. Ein kleines Wort bekommt eine gewaltige Bedeutung. ES umfasst alles. ES geht wunderbar.
„Oh Gott", sagt etwas ganz erschrocken in mir.
Ja. Gott. ES ist das, was ich früher Gott nannte. Und ES ist groß, auch wenn es ins allerkleinste Teilchen hineinpasst und sich nur zu gerne ausdrückt im Menschlichen. Ja, auch

in dem Menschen, der ich bin. Schau ich mich nicht an, so sehe ich auch Es nicht.
ES. Es wird immer mehr zu ES.
Ich kann mich, mein Ich, verstecken, mein Licht unter den Scheffel stellen, doch dann sehe weder ich noch sonst wer, wie wundervoll ES ist. ES braucht eine Lampe, um den Platz zu erhellen, an dem ES sich gerade befindet.
Das sieht Ella genauso. Ich erzähle alles Erlebte und zum Schluss natürlich auch die Geschichte mit Chandra.
„Annahme stärkt, Abwehr schwächt, Projektion auf andere macht verletzlich und letztendlich zum Opfer", bringt Ella die Geschichte auf den Punkt. Wir sind uns einig, dass die unreflektierte Übernahme weiser Sprüche in die Irre führen kann, dass sowohl unbewusstes Festhängen an Vergangenem als auch Bewerten und Urteilen häufig den Blick auf das Jetzt verstellen.
Denken verhindere Bewusstsein, scheint uns eine ähnlich problematische Ansicht, die in „spirituellen" Kreisen jedoch gang und gäbe ist.
„Das ist mir zu viel gedacht", sagte Chandra oft, wenn ich etwas erklären wollte. Ich nahm es als Lektion. „Denk nicht so viel", ermahnte ich mich dann selbst.
„Richtig", sagt Ella, als ich es ihr jetzt erzähle. „Du kannst das Denken übertreiben und du kannst es als Werkzeug nutzen. Als Werkzeug genutzt, kann es Bewusstsein sogar fördern, lässt es dich erkennen, dass das Außen nur deine Projektionsfläche ist, du brauchst keinen zu beschuldigen, an deinem Elend schuld zu sein, kannst im Gegenteil in aller Ruhe, oder auch mal in aller Aufregung, nachschauen, was in dir dich gerade so elend fühlen lässt. Du bist bedeutend unabhängiger von den Menschen um dich herum, hast es in gewissem Maß sogar in der Hand, ob du dich wohl fühlst oder nicht, und musst nicht darauf warten oder darum kämpfen, dass andere dafür sorgen, dass es dir gut geht.
Ella hat völlig Recht. Erklären zu können, warum und wie etwas geschieht, und warum ich mich verhalte, wie ich mich verhalte, ist auf einer bestimmten Ebenen äußerst hilfreich, da es zu Annahme oder Änderung beitragen kann. Auf einer

anderen, grundsätzlichen Ebene ist es jedoch vollkommen überflüssig und die Kunst besteht darin, zu wissen, wann Erklärungen hilfreich und wann sie überflüssig sind. Die letzte Wahrheit kann nicht erklärt werden. Die ist.

Es ist wie verhext. Ich erhasche einen Schimmer von etwas Großem, Stillem, Seiendem und sofort rattert es im Hirn los. Etwas zieht sich zurück, macht Platz für ES, doch kaum taucht ES auf, kommt das Ich wieder angerannt mit der Frage „Was? Ich? Geschieht das mir?".
Neuerdings fragt es auch gern: „Was? Ist das etwa alles? Müsste es nicht mehr, tiefer, weiter sein?"
Das „Ich" hat Angst. Es hat Angst, dass das wirklich alles sein könnte. Aber auch, dass das wirklich A L L E S ist. Es hat Angst vor dem, was w i r k l i c h ist, vor dem, was wirklich i s t.
Wenn für einen kleinen Moment Stille ist, Frieden, dann fühlt sich das oft so selbstverständlich an. So normal. So erschreckend wohl. Und jedes Mal knallt sofort der Gedanke rein. „Mein Gott, ist es das etwa? Ist es das?"
Natürlich. Was sollte es sonst sein? ES ist alles und immer. ES ist immer das, was gerade ist, nur bemerke und beachte ich es gewöhnlich nicht. Fällt die Aufmerksamkeit, fast wie aus Versehen, dann doch wieder einmal auf ES, denkt es sofort los. Und schon bin ich raus aus dem Bewusstsein von ES. ES macht das nichts. ES ist auch Denken. Aber mir macht das was. Dieses Hin und Her. Unglaublich. Denkend wegzurennen vor diesem Frieden, vom Normalsten auf der Welt. Angst zu haben vor der Liebe.
„Woher weißt du, dass es Angst ist?" Unverkennbar Mikes Stimme.
Mein lieber Guru, ich nenne es einfach so. Ich brauche einen anständigen Grund dafür, dass ich dauernd abhaue. Natürlich weiß ich, dass es in Wahrheit keinen Grund gibt und dass ich

auch nicht abhaue. Energie bewegt sich. Aufmerksamkeit wechselt die Ausrichtung. Das ist alles.
Da! Da geht es wieder los. „Es ist Liebe", singt es und ich spüre es immer deutlicher. ES ist Liebe. ES singt und schon schmilzt es dahin, das Herz dieses Augenblicks.
Liebe. Sie lässt mir den Atem stocken, ich muss tief durchatmen und dann ergibt sich etwas in mir, gibt sich dem hin, was in mir fließt und spielt und durch jede Zelle des Körpers perlt.
Etwas geschieht mit mir und ist nicht nur das Ergebnis eines weiteren Satsangwochenendes. Satsang ist förderlich, doch nicht notwendig. Es geschieht. Mit oder ohne Satsang. Mit oder ohne Mike. ES entfaltet sich. ES braucht nichts dazu. Denn ES ist alles und eins. Wissen und sagen die erwachten Weisen. Sage ich jetzt auch, weiß ich aber nicht wirklich und endgültig. Und schon denkt es wieder.
Alles ist eins? Könnte aber doch tatsächlich der Fall sein. Wahrscheinlichkeiten, Neutronen, Protonen, Schwingungen, Wellen, sie alle schweben umher, beamen sich durch den Raum, den wir als leer wahrnehmen, gleich, ob es der Weltraum oder der atomare Raum ist. Sie sind unsichtbar, unfühlbar, aber nachgewiesenermaßen da und immerzu in Bewegung. Überall. Auch in mir.
Ich empfange Schwingungen anderer und werde durch sie beeindruckt und verändert. Ich sende selbst welche aus, die durch andere hindurchgehen, sie verändern und durch sie verändert werden, um dann den Nächsten zu treffen und zu verändern. Das jedenfalls ist sicher. Oder doch nicht?
Es denkt und denkt und kommt immer mehr in Fahrt, ja, solcherart Denken macht manchmal richtig Spaß und je nachdem auf welcher Ebene ich gerade bin, kann ich mir pausenlos ganz wunderbar widersprechen.
Meine Eltern sind gestorben und doch immer bei mir. Ich bin ich und bin doch auch jeder andere. Ich bin als „Ich" getrennt vom Rest der Welt und lebe doch in der Einheit alles Seienden. Das Leben ist ernst und es ist ein Spiel. Nichts geschieht zufällig und doch ist alles reiner Zufall. Ich lebe das Eigene, habe aber in Wahrheit überhaupt nichts

Eigenes. Ich bin verantwortlich für alles, was ich denke und tue, und bin doch im Grunde nicht beteiligt daran. Ich lebe in Bindungen und Abhängigkeiten, bin jedoch in Wirklichkeit vollkommen frei. Ich weise jemanden ab und es ist Liebe. Ich schließe die Augen und sehe. Ich verstehe etwas und weiß überhaupt nicht, was es ist. Ich weiß genau, worum es geht und verstehe gleichzeitig kein Wort.

Ist das nicht wunderbar verwirrend und gleichzeitig auch völlig klar? Alles eine Frage des Blickwinkels und der Ebenen.

Sehe ich mich als ein von anderen getrenntes Wesen, so fühle ich mich getrennt. Sehe ich mich eins mit anderen, so fühle ich mich verbunden. Glaube ich, dass ich keine Macht habe, so fühle ich mich ohnmächtig. Glaube ich, dass ich Macht habe, so fühle ich mich mächtig. Erlebe ich mich als eins mit allem, mit ALLEM, so bin ich allmächtig, ohne selbst auch nur einen Hauch von Macht zu haben.

Es ist unfassbar. Die Welt ist unfassbar. Nicht wirklich begreifbar. Jedenfalls nicht für meinen begrenzten Verstand. Zu allem Überfluss gibt es die Welt nicht. Es gibt unzählige. Jeder hat und sieht seine eigene. Und keine einzige Welt oder Weltsicht ist zu beweisen. Für einen Beweis sind genaue Wiederholungen nötig, jedoch in diesem Fall nicht möglich. Die Welt, zumindest meine, ist in ständigem Wandel begriffen.

Ach ja, da gibt es noch einen wichtigen Widerspruch. Meine subjektive Welt ist absolut unbeweisbar, doch natürlich kann sie auf manchen, von uns gern „real" genannten Ebenen sehr wohl bewiesen werden. Doch bin ich mir gar nicht mehr sicher, ob die realen Ebenen tatsächlich die Realität sind oder sie nur mehr oder weniger vollkommen spiegeln…

Das denkt und denkt und ich muss höllisch aufpassen, dass aus dem spielerischen Denken nicht ganz schnell Ernst wird. Ernsthaft nachzudenken fühlt sich inzwischen anstrengend an. Doch kann es sich nach einer Weile anstrengenden Denkens im Kopf auch sehr leicht anfühlen. Nach besonders intensivem Denken wird die Stille danach umso deutlicher.

Vielleicht ist das Denken ja meine ganz persönliche Einladung, mir der Stille bewusst zu werden. Erst ordentlich Krach machen und dann lauschen.
Alles, also auch das Wortgetöse, ist ES. ES beliebt zu glauben, zu zweifeln, zu spielen und sich zwischendurch so richtig festzubeißen an einem Gedanken. ES wechselt die Ebenen und Dimensionen wie andere die Fernsehkanäle. ES zappt sich durch alles durch und zwar ohne Fernbedienung, denn ES ist nicht fern. ES ist der Zuschauer, die Fernbedienung, der Fernseher und das Programm. ES ist alles.
Da ich ES bin, bin auch ich alles und eins mit allem.
Sehr, sehr logisch. Aber kein Beweis dafür, dass ich richtig denke. Oder dass ich endlich erleuchtet wäre. Jedenfalls fühle ich mich nicht so.
Was würde Mike jetzt sagen? Er würde wie immer Ramana Maharshis Worte wiederholen.
„Das Einzige, was der Erleuchtung im Weg steht, ist deine Vorstellung von ihr."
Er hat übrigens auf meine Mail geantwortet. Zu meiner Erleichterung findet er sie weder kitschig noch überzogen, sondern „schön".

Ich habe Sodbrennen. Täglich taucht es mehrmals auf in Form von Druck hinter dem Brustbein und meist habe ich kurz zuvor an Chandra gedacht. Da taucht dann auch jedes Mal die Frage auf, wessen Ärger ich zu spüren bekomme. Ist das mein Sauersein oder ihres?
Ich rufe Ella an. Was meint sie?
Sie meint, es sei ganz allein mein Ärger.
Woher will sie das so genau wissen? Ist sie neuerdings auch hellsichtig?
Sie lacht und meint, dazu bräuchte es keine Hellsicht.

Also doch nicht perfekt gewesen in der Begegnung mit Chandra. Blind gewesen für den eigenen Schatten. Ist aber völlig normal, denn der liegt ja unsichtbar hinter einem, wenn man verzückt in die Sonne schaut. Mich auch noch ärgern zu müssen, wäre zudem schlichtweg Überforderung gewesen in diesem Zustand, in dem die Liebe mich so fühlbar am Wickel hatte. Trotz aller Liebe muss aber auf der psychischen Ebene doch so viel Verletztheit entstanden sein, dass sie den Körper jetzt dazu brachte, sein Ärgerprogramm ablaufen zu lassen, so lange, bis ich es endlich registrierte. Der Körper ist ja sauer! Ich etwa auch?
„Ja, du sogar zuerst", bekräftigt Ella, „nicht du hast etwas von Chandra übernommen, sondern dein Körper hat etwas von deiner Psyche übernommen."
Übernehmen. Ein heißes Thema. Und wieder einmal will der Verstand es genau wissen. Können wir überhaupt etwas von anderen übernehmen, was wir nicht auch selbst haben? Dient nicht alles Übernehmen letzten Endes nur dazu, das Eigene zu verstärken und es so fühlbar zu machen? Oder können wir in Wahrheit gar nichts übernehmen, weil wir alles in uns selbst haben? Weil wir im Grunde alles sind?
Übernehmen. Nehmen. Geben. Mittragen. Mit einem Mal verlieren diese Worte ihren gewohnten Sinn, sind nur noch Ausdruck begrenzter Vorstellungen, mit denen versucht wird, Unbegrenztes verständlich zu machen. Im Grunde finden nur Energieverschiebungen im Universum statt. Sieht Ella das nicht auch so?
Ella sieht es genauso und ich bin erleichtert, verstanden zu werden. Es gibt in meiner Umgebung kaum jemanden sonst, mit dem ich über diese Dinge sprechen kann. Ganz bestimmt nicht mit den Gästen auf der Geburtstagsfeier der Kusine. Doch das macht nichts. Noch ganz beschwingt von dem Telefonat mit Ella komme ich an und fühle mich wohl, bin im Frieden mit mir, mit der Kusine und all ihren Gästen.
Meist sitze ich nur da und lausche. Der Stille in mir, den Stimmen um mich herum, der Musik im Hintergrund. Gewöhnlich kann ich so viel nicht gleichzeitig wahrnehmen, konzentriere mich unwillkürlich auf nur eine Sache, doch

diesmal ist es anders. Immer mal wieder, für wenige Minuten, springt die Aufmerksamkeit nicht hin und her, sondern ruht auf dem Ganzen. Ich bin voll da und bekomme alles mit. Sogar die Liebe. Immer wieder aufs Neue sagt es mit einer alles hinwegschmelzenden Süße: „Es ist Liebe." Ich sehe die Anwesenden an und ich liebe sie. Ich sehe den Hund an. Lange. Ich liebe das Tier und es liebt mich. Etwas unendlich Sanftes geht von ihm aus und ich streichle den Hund zärtlicher, als ich je in meinem Leben irgendwen oder irgendwas gestreichelt habe. Der Hund ist hingerissen und ich bin es auch. Bis nach Hause begleitet mich dieses Gefühl größter Sanftheit, wird bei jeder Erinnerung sofort wieder fühlbar.
Zu Hause angekommen, erinnere ich mich leider zunehmend seltener an dies wundervolle Gefühl, werde mir stattdessen immer öfter meiner Anspannung bewusst. Doch auch des Wollens, dass diese Anspannung verursacht. Ich will ganz unbedingt etwas erreichen. Mehr Stille. Mehr Liebe. Größeren Frieden. Stärkere Gefühle. Mehr Bewusstheit. Ich ahne jedoch, dass auch dies Wollen vollkommen richtig ist. Genau das ist es, was ich im Augenblick wahrnehmen kann. Mehr ist nicht möglich. Erleuchteter kann der Augenblick nicht sein.

Karneval. Auf der Straße ist richtig was los. Laute Musik dringt zu meinem Fenster hoch. Es ist nicht gerade meine Lieblingsmusik. Aber lehrreich ist sie. Unüberhörbar schallt es her und dringt durch alles durch: „Nimm mich so, wie ich bin".
Sofort ist es mir wieder bewusst. Ich kann nichts aufgeben, was ich nicht angenommen habe. Zumindest kann die Persönlichkeit, die ich auf Erden bin, keinen dauerhaften Frieden finden, solange sie sich nicht liebevoll selbst ins

Herz geschlossen hat und ihr Unbewusstes nicht ausreichend Gehör gefunden hat.

Das nächste Lied brüllt zu mir hoch: „Schön ist das Leben, scheißegal wie alt wir sind, wir stehen immer mitten drin." Wie wahr.

Ich schaue hinaus. Ein Podest mit Riesenboxen wurde auf dem Bürgersteig gegenüber aufgestellt. Um besser sehen zu können, lege ich meine Hände auf die Fensterbank und spüre erstaunt eine mächtige Vibration. Ich lasse die Hände liegen und bald darauf vibriert mein ganzer Körper und geht mit dem Trommel- und Schlagzeugrhythmus mit. Als ob mitten im Herzen getrommelt würde.

Ich schließe die Augen. Sobald das Denken aufhört, gibt es kein „draußen auf der Straße" oder „drinnen im Körper" mehr. Da ist nur noch Rhythmus und Musik. Und etwas, das vollkommen still ist. Der Körper schwingt heftig mit den Schallwellen mit, bildet eine energetische Einheit mit ihnen, doch „dahinter" oder „darüber" oder „darunter" bleibt alles unbewegt. ES bleibt unbewegt. ES bleibt, wie es ist. ES ist etwas Bleibendes.

Ein Karnevalswagen zieht langsam vorbei. Seine Musik übertrifft an Lautstärke die auf der Straße bei weitem. Es wummert so gewaltig durch meinen Körper, dass ich das Fenster öffne, um mir den Wagen genauer anzusehen, und die Liedzeile „life is life" trifft mich mit ungeheurer Wucht. Ich pralle zurück und schließe das Fenster, doch es ist schon zu spät. Tränen springen mir aus den Augen. Ich bin bis ins Mark erschüttert, ohne zu wissen wovon. Ist es dieser ungeheure rhythmische Lärm? Ist es der Anblick all der jungen Männer auf dem Wagen, die nun endlich auch ihren Spaß am Leben haben wollen? Ist es diese geballte Ladung Emotionen, die mit dem Lärm durchs Fenster drang? Ist es die geballte Ladung eigener Emotionen, die durch das wahnsinnig laute „Life is life" vulkanartig hochschoss? Ist es eine Mischung aus all dem?

Interessant. Auch Karnevalsmusik kann Herzen sprengen.

Telefon. Chandra. Wir sprechen miteinander, als ob nichts vorgefallen sei. Ist es aber und so bin ich äußerst wachsam.

Sie habe über Karneval frei, erzählt sie, doch da Karneval für sie nur schrecklich sei, flüchte sie vor den Schwingungen des Massenrauschs aus der Stadt in den Wald.
Ihr zuhörend, wird mir bewusst, wie sehr sich etwas in mir verändert hat. Ich mochte Karneval noch nie, doch er stört mich nicht mehr. Auch an ihm kann ich gerade freudvolle Seiten erkennen und genießen. Allerdings darf ich dann nicht mehr einteilen in „gut" oder „schlecht".
Was für ein wunderbares Leben ohne dies Abwehren und Abwerten. Karneval ist dann einfach nur Karneval. Menschen sind Menschen. Musik ist Musik. Schwingungen sind Schwingungen. Ich bin ich. Chandra ist Chandra.
Weil ich bin, wie ich bin, und die Gefährtin ist, wie sie ist, sage ich ihr gegen Ende des Gesprächs, dass ich nicht mehr mit ihr mitfahren werde, und da kommt heraus, dass sie in Zukunft auch lieber wieder allein fahren will. Über ihr Verhalten im Auto verliert sie kein Wort, sagt nur mehrfach, sie sei zurzeit nicht kompatibel. In Ordnung. Ich mag sie trotzdem.
Als ich den Hörer auflege, schmerzt mein Handgelenk. Offensichtlich hatte ich den Hörer nicht gerade locker zwei Stunden in der Hand. Ich war wohl auch etwas zu wachsam. Chandra hat so viele Ecken und Kanten. Wäre ich nur ein Tropfen im Ozean, schön rund und flüssig, so würde ich an allem nur abperlen, da ich aber gleichzeitig auch noch ein sehr irdischer Tropf bin, ist es ratsam, dessen Schwäche zu berücksichtigen. Auf einer Ebene fühle ich mich dieser Frau aufs Innigste verbunden, doch auf einer anderen komme ich ihr lieber nicht zu nahe.
Draußen herrscht weiterhin lustiges Treiben. Ich lausche der Musik, dem Vibrieren des Körpers und der Stille. Ich tauche auf und tauche ab. Und dann muss ich laut lachen. Hat Mike sich mit dem DJ im Festzelt verschworen? „Wenn nicht jetzt, wann dann?", schallt es herüber und das nicht nur einmal.
Wusste ich es nicht bereits? Alle sind Mike. Auch die Karnevalisten. Und alle sind sie so nett, mich immerzu ans Wesentliche zu erinnern. Im Grunde gibt es keinen

Unterschied zwischen mir hier „drinnen" und den Menschen da „draußen". Die einen lernen singend und tanzend auf der Straße und im Festzelt, die anderen zuhörend auf dem Sofa und im Satsang.
Mit dieser Einstellung fühle ich mich ganz wunderbar. Arme Chandra. Ich würde ihr gerne helfen, die Welt leichter und lichter zu erleben, weiß aber, dass das nicht geht. Außerdem hat sie mich nicht um Hilfe gebeten.
Im inneren Bild taucht sie vor mir auf und ich stelle mich zu ihr. Ob ich sie jetzt umarmen darf? Ja, ich darf, nur ganz kurz, aber immerhin.

Es ist erst Februar, doch so warm, dass ich die diesjährige Cafésaison eröffnet habe. Dank der Elektrisierung nahezu sämtlicher Körperzellen konnte ich diese Nacht stundenlang nicht schlafen, fühle mich dennoch total fit, sitze jetzt hier wie letztes Jahr und schaue Menschen an.
Und denke und denke. Jeder Passant, nichts anderes als verdichtete Energie, formgewordenes Bewusstsein, das sich aus dem alles umfassenden Bewusstseinsfeld herausgelöst und manifestiert hat, und die Formen, die mir am meisten auffallen, die haben mit mir zu tun.
Ich denke nach über die Begegnungen des letzten Jahres und die Gemeinsamkeiten, die ich bei jedem Menschen bald entdeckte. Lag das nicht vielleicht auch an einer bestimmten Erwartungshaltung, die mich den Fokus der Aufmerksamkeit auf das möglicherweise Verbindende richten ließ? Früher war er vorwiegend auf das Unterschiedliche und Trennende gerichtet. Bei jedem fiel mir sofort das Andere und Störende auf und schon hatte ich ihn abgeurteilt. Das hatte zur Folge, dass ich mich meist sehr allein fühlte.
Die Physiker haben Recht. Ich bekomme zu sehen, was zu sehen ich erwarte. Der Physiker, der Teilchen sehen will, bekommt Teilchen präsentiert, der, der Wellen untersucht,

bekommt seine Wellen. Genauso bekomme auch ich bei der Begegnung mit Menschen meine Erwartungen erfüllt. Sehe ich aufs Trennende, erfahre ich Trennung. Sehe ich aufs Verbindende, erfahre ich Gemeinsamkeit, erkenne ich mich selbst in den Menschen ringsum.

Warum kommen mir jetzt die Tränen? Was rührt mich so? Die Menschen. Diese wundervollen Menschen. Jeder ein Wunder. Ich fühle mich vor dem Café wie im Satsang. So wohl. So fließend. So still bisweilen.

Auch ohne Mike im Satsang. Ich bin mit all diesen Fremden um mich her in Wahrheit zusammen.

Was ist die Wahrheit? In mir, in all diesen Körpern, überall ist Bewusstsein, ein und dasselbe Bewusstsein.

Hingabe wird fühlbar. Hingabe ans Leben, so, wie es ist. Ich liebe mich. Ich liebe die Menschen um mich herum. Ich liebe es, an diesem vollkommenen Ort zu sein.

Und an diesem vollkommenen Ort taucht jetzt, in diesem vollkommenen Augenblick, ein junger Bettler auf und will Geld von mir. Da sagt es klar und deutlich „nein" aus mir und die Welt bleibt trotzdem vollkommen.

Ich sitze weiter still und fühle mich wohl bis es Zeit wird, aufzubrechen für den nächsten Satsang mit Mike. Ich bin sehr gespannt.

Er habe schon viele Satoris, Erleuchtungserlebnisse, gehabt, berichtet der erste, der sich zu Mike setzt, doch sowohl physisch als auch psychisch gehe es ihm gerade miserabel.

Ich staune. Der ist schon so viel „weiter" als ich und trotzdem geht es ihm schlecht? Wie konnte das passieren? Frage ich mich und fragt auch er. Doch wird dieser Frage nicht weiter nachgegangen. Nur eine seiner Fragen wird beantwortet. „Was soll ich tun?", will er wissen.

„Schmeiß alles weg, Techniken, Erlebnisse, Erwartungen, wie es sein sollte. Schmeiß alles weg, was du über Erleuchtung weißt oder in Büchern gelesen hast. Fang jetzt hier ganz neu an."

„Weit" und „weiter". Das scheint an diesem Abend mein Thema zu werden. Auch die Frau, die nach dem Satori-

Mann nach vorne geht, scheint „weit" zu sein, stellt sich jedenfalls als sehr präsent und bewusst dar und berichtet in ausführlich von ihrem Schmerz über die Unbewusstheit der Menschen um sie herum.
Na! Leidet, wer wirklich bewusst ist, an der Unbewusstheit anderer, die doch nur eine auf der irdischen Ebene ist?
Ich glaube ihr ihre Bewusstheit nicht, habe den Verdacht, sie bildet sich die nur ein, und schwupp, taucht meine derzeitige Standardfrage auf. Projiziere ich etwa wieder? Glaube ich womöglich mir selbst immer noch nicht? Habe ich immer noch den Eindruck, mir all das, was in letzter Zeit mit mir vorgeht, nur einzubilden?
Nach dieser so besonders bewussten Frau setzt sich die nächste zu Mike, sieht ihm lange in die Augen, seufzt zwischendurch vor Behagen, und ehe sie wieder geht, verkündet sie, wie sehr sie diese guten Energien genossen habe.
Gute Energien? Gibt es auch schlechte? Vermutlich würde sie das, was ich im Augenblick fühle, als schlechte Energie bezeichnen. Ich spüre eine massive Abneigung, kann sie aber zu meiner Überraschung widerstandslos da sein lassen, stelle stattdessen beglückt fest, wie oft ich mich inzwischen den Menschen sein lassen kann, der ich nun mal bin. Auch Mike wirkt zunehmend menschlicher auf mich, zumal er sein Bestes tut, diesen Eindruck zu festigen. Auch er verfange sich noch manchmal in einer „Geschichte", erzählt er, auch er werde noch manchmal ärgerlich, doch die Einladung des Hier und Jetzt sei zu groß, um lange in der „Geschichte" hängen zu bleiben.
Was sagt er da? „Ihr seht die Lehrer und Erleuchteten nur beim Satsang, doch nicht hinter der Schlafzimmertür."
Es wird zur Gewissheit. „Erleuchtete" sind auch nur Menschen.
Hans, der junge Mann, neben dem ich gewöhnlich sitze, erhebt sich, geht zu Mike und wiederholt seinen üblichen Spruch. Wie in jedem Satsang würde er so gern endlich die Erleuchtung, diesen „Knaller" erleben und fragt wie immer, wie er es anstellen müsse.

In unterschiedlichen Variationen gibt Mike ihm die immer gleiche Antwort: „Das, was das wahrnimmt, was jetzt hier ist, das ist es, und das war schon immer da, und das ist der Knaller."

Hans versteht es nicht. Ich auch nicht wirklich, würde es ja nur zu gern ganz verstehen, verstehe immerhin so viel, dass Erleuchtung nicht verstanden werden kann. Der Verstand ist zu begrenzt, um das Unbegrenzte fassen zu können.

„Das, was jetzt ist, das ist es", versucht Mike es erneut. „Das Einzige, was jetzt hier wirklich real und konstant ist, ist das Bewusstsein, ist die Wahrnehmung dessen, was ist oder geschieht. Nicht die Rose in der Vase zwischen uns ist real, sondern die Wahrnehmung der Rose ist das Reale. Die Rose verändert sich in einem fort und verschwindet irgendwann, Wahrnehmung ist das, was bleibt."

Seltsam und ungewohnt, so zu denken. Aber es hat etwas Anziehendes, stellt alles auf den Kopf. Realität ist nicht das, was ich bisher dafür hielt, Realität ist das Gewahrsein dessen, was ich für Realität hielt.

Und jetzt muss ich das Denken sofort abbrechen. Ich weiß plötzlich nicht mehr, was das Wort Wahrnehmung überhaupt bedeutet und wie vor sich geht, was ich mit Wahrnehmen bezeichne. Ich bin schlagartig erschöpft und verfluche schon beinahe mein ständiges Vor-, Mit- und Nachdenken.

Hans verlässt die Bühne, Chandra betritt sie und bekommt zu meiner nicht geringen Genugtuung laut genau das gesagt, was ich oft denke, wenn ich ihr zuhöre.

„Was außen ein Problem ist, ist auch innen irgendwo eins, womöglich aber ganz woanders, als du denkst oder merkst."

Nach dem Satsang kommt Chandra zu mir her, sagt kein Wort, schaut mich nur an und dann umarmen wir uns innig. Frieden.

Diesen Frieden spüre ich auch noch auf dem Heimweg in der Bahn. Mit geschlossenen Augen fühle und genieße ich ihn und ein seltsames Empfinden taucht auf. Für einen kurzen Moment ist es ganz klar: Das, was da sitzt, ist einfach nur ein Körper, und das Bewusstsein ist nicht in diesem Körper, sondern der Körper ist im Bewusstsein.

Ein Satz taucht auf. Immer und immer wieder. „Das, was wahrnimmt, das Bewusstsein dessen, was ist, das ist es, und das ist das, was immer ist."
Ich habe den Eindruck, das ist jetzt nicht einfach nur ein Satz, sondern ein Sprengsatz.

Der nächste Satsangabend. Er folgt auf einen interessanten Nachmittag, den ich zuerst in einer zweiten „Privataudienz" mit Mike und dann mit Chandra verbrachte.
Sofort zu Beginn habe ich Mike gestanden, eine arge Denkerin zu sein, woraufhin er lächelnd sagte, auch er müsse alles erst einmal mit dem Verstand abklopfen auf Beweisbarkeit. Es sei nicht zu verstehen, habe sein Meister ihm mehrfach gesagt, und er habe gedacht, dann sei eben er der erste, der es doch verstehen könne, und habe weiter nachgedacht. Ich fühlte mich wunderbar bestätigt in meiner Art und nachdem mir noch einmal ausdrücklich bescheinigt worden war, es sei gut, zu denken, denn so habe das Ganze Substanz und hänge nicht im luftleeren Raum, konnte ich erleichtert zum Treffen mit Chandra gehen.
Sogar ohne Sorge vor einem weiteren Konflikt. Sie hatte mich heute Morgen bereits angerufen, befindet sich, ihren eigenen Worten zufolge, nicht mehr in der Hölle, hat den Kampf für sinnlos erklärt und aufgegeben, findet sogar, dass der verhasste Job im Augenblick wohl doch genau der rechte ist. Sie hatte mir ein Geschenk mitgebracht, einen Vogel aus Holz, ein passendes Geschenk für eine, die schon mal öfter denkt, sie sei ein Vogel, und manchmal auch ein wenig Sorge hat, sie habe einen.
Nach einem überraschend entspannten Gespräch gingen wir gemeinsam zum Satsangraum und hier sitze ich nun und warte auf Mikes Erscheinen.
Er kommt bald, stellt die Musik ab, setzt sich und eröffnet den Abend mit den Worten: „Für Erleuchtung kann man

nichts tun" und ehe ich es hätte verhindern können, sitze ich neben ihm.

„Ich kann nichts tun für die Erleuchtung. Keiner kann mir helfen, sie zu erreichen, auch du nicht. Trotzdem komme ich hierher. Da ist was."

Mike lächelt, sagt aber nichts. Also spreche ich weiter: „Erleuchtung ist, wenn ich wach bin."

Jetzt sagt er doch etwas. „Nein, nicht, wenn du wach bist."

„Ah. Richtig. Wenn da Wachheit ist."

„Ja."

Ich habe noch eine Frage. „Du sagst immer, entscheidend sei, wohin ich die Aufmerksamkeit richte, ob ich sie richte auf das, was geschieht, oder auf das, was beobachtet, was geschieht. Aber du sagst auch oft, dass ich im Grunde gar keine Wahl habe, wohin ich die Aufmerksamkeit richte? Habe ich wirklich keine?"

„Nein. Es gibt keine Wahl."

Ich sitze neben Mike, nahezu ohne Herzklopfen, aber, wie mir jetzt auffällt, sprungbereit auf der Stuhlkante.

„Hier bei dir bin ich ganz nah dran und da lauf ich immer ganz schnell weg in den Verstand", höre ich mich sagen.

„Du bist näher dran als nah", sagt Mike. „Du kannst dich nicht setzen, wenn du sitzt", fügt er hinzu.

Auf der Stelle setzt das Herzklopfen wieder ein und ich muss sofort zu meinem Stuhl zurück.

Hans nimmt meinen Platz ein und bekommt es wie immer gesagt: „Das ist es. Das hier ist es. Es gibt nichts anderes als diesen Moment jetzt. Und wo fängt Jetzt an? Und wo hört es auf?"

Zack, springt mein Verstand wieder an. „Jetzt fängt nirgends an. Jetzt ist immer. Es gibt keine Zeit. Und in diesem Sinne gibt es selbstverständlich auch keine Erleuchtung. Das, was wir Erleuchtung nennen, ist in Wahrheit der natürliche Seinszustand, der überlagert wird von dem, was ich als „Ich" zu benennen gewohnt bin..."

Ich bin es so leid, dieses ständige Denken, doch das schert meinen Denkapparat überhaupt nicht.

„Das Erwachte ist immer da", höre ich Mike jetzt sagen und der Verstand rattert gleich weiter. „Erwachen geschieht auf der menschlichen Ebene. Auf der Ebene des Seins gibt es kein Erwachen, sondern nur das Erwachte, genauer gesagt, das Wache, und was wach ist, kann nicht erwachen. Das Wache ist immer da..."
Es denkt und denkt und schwätzt pausenlos vor sich hin.
„Lieber Gott, bitte, ich mag nicht mehr denken, ich will nicht mehr verstehen. Ich will zurzeit noch nicht einmal mehr gesehen werden."
Schlagartig ist es still. Völlig verblüfft halte ich beinahe die Luft an. Das ist jetzt fast zu schön, um wahr zu sein. Und hält wie gewöhnlich auch nicht an. Aber ES war wieder da. Und sofort danach die Erkenntnis, dass ES nicht gesehen werden muss. ES fühlt sich gesehen.
Da taucht die Erinnerung auf an das eben erst Erlebte in dem Restaurant, in dem ich mich mit Chandra getroffen habe. Sehen und Gesehenwerden hatte stattgefunden, auf eine, im Nachhinein gesehen, fast schon magische Art und Weise. Beim Hineingehen hatte ich den Menschen an den Tischen direkt ins Gesicht gesehen und war auffallend vielen Blicken begegnet. Alle waren sie intensiv gewesen, in allen hatte eine immense Tiefe gelegen. Keiner hatte gleich wieder fortgeschaut. Auch ich nicht. Das Gleiche war dann beim Hinausgehen geschehen. Da hatten lauter „Erleuchtete" gesessen, in deren Augen sich Erleuchtung spiegelte, lauter Sehende, deren Augen Sehen sichtbar machten. Da war Sehen gewesen. Sonst nichts.
Zufällig befand sich das Restaurant in einem sogenannten spirituellen Zentrum, die meisten Gäste waren vermutlich „spirituell" ausgerichtet und so wurde in diesem „spirituellen Raum" Sehen förmlich sichtbar.
Ich tauche aus meinen Erinnerungen auf, als Mike das Ende des Satsangs verkündet und hinzufügt, dass der Nachsatsang heute ohne ihn stattfinden wird, da er, ich traue meinen Ohren nicht, unbedingt ein Fußballspiel sehen muss. Mein Guru „muss" Fußball sehen?
Aber bin ich nicht selbst Mike?

Im Nachsatsang sitze ich Shiva gegenüber, als der junge Mann auf einmal seine Hand über den Tisch zu meiner hinschiebt. Ich nehme sie und halte sie eine Weile, fühle mich wie eine Mutter, die ihr Kind an der Hand hält. Natürlich erinnert mich mein gutes Gedächtnis daran, dass diese Szene vor einigen Monaten schon einmal genauso stattgefunden hat. Damals hielt ein gewisser Mike die Hand einer Frau, die Angst hatte, ohne zu wissen wovor.

Heute ist den ganzen Tag über Satsang, zu einem Kaffee vorher reicht die Zeit aber noch. Ich trinke ihn gemeinsam mit Chandra. „Ich habe das Fenster runtergekurbelt und den Scheißkerl zusammengebrüllt", erzählt sie und fügt hinzu, „doch es war absolut still innen."
Das muss ich erst einmal verdauen. Wie das? Sie war in höchstem Maße aggressiv und trotzdem war es innen still? Oh, oh, oh. Die Stille wertet nicht. Aber ich. Chandra ist und bleibt mein Spiegel und meine Projektionsfläche. Ich urteile wie sie, nicht offen, aber heimlich. Und ich bin keineswegs „weiter" als sie, was ich, ebenfalls heimlich, hin und wieder denke. Möglicherweise ist sie sogar längst „weiter" als ich. Was erzählt sie da? „Manchmal habe ich das Gefühl, mein Körper löse sich auf. Das kennst du sicher auch."
Nein, das kenne ich nicht. Oder doch? Manchmal fühlt sich mein Körper so fließend an, geradeso, als gerate alles in ihm ins Schwimmen. Gleichzeitig ist er jedoch noch deutlich fühlbar da.
Eine Frage taucht auf, von der ich weiß, dass sie vollkommen überflüssig ist, was sie allerdings nicht hindert, sich immer wieder aufs Neue zu präsentieren. Ist Chandra etwa näher dran an der Erleuchtung?
Ein Satz blitzt auf und ich muss lachen. „Der Erleuchtung ist gleich, wen sie erwischt."

Ein zweiter Satz folgt dem ersten. „Erleuchtung ist keine Charaktersache, hat aber viel damit zu tun, den Charakter sein zu lassen, wie er ist."
Ich muss immer weiter lachen, weiß es jetzt aber sicher. Das Wache ist immer da. Es zeigt sich in allem und jedem. Und Aggressionen und Projektionen, Urteile und Vorurteile sind genau das, was sie sind, sind weder gut noch schlecht und stehen auch keinesfalls irgendwelchen Wachzuständen oder Erleuchtungen im Weg.
Genau das bekomme ich bald darauf bewiesen. Chandra lässt mich einen Moment lang ihr „wahres" Gesicht sehen und es ist atemberaubend schön.
Während der ersten Satsangrunde schaue ich zu ihr herüber und entdecke sie im Yogasitz. Kerzengerade, die Augen geschlossen und offensichtlich weit weg. Da sitzt nicht mehr Chandra. Da sitzt etwas ganz und gar Göttliches mit Gesichtszügen, die unbeschreiblich sind. So könnte jemand aussehen, von dem man sagt, er sei friedlich entschlafen. Das Gesicht wirkt statuenhaft, doch keineswegs steinern. Es ist ohne jegliche Härte, harmonisch, rein und klar.
Ist sie im Samadhi? Keine Ahnung. Und völlig gleich. In ihr göttliches Gesicht blickend, ahne ich etwas anderes. Das bin ich. Das ist das, was ich wirklich bin. An ihr wird es sichtbar für mich.
Für eine Weile fühle ich mich regelrecht andächtig. Dann geht die gewohnte Leier wieder los. Ist sie „weiter"? Ich weiß genau, dass es nicht so ist, doch weiß ich jetzt auch, dass Konkurrenz wieder einmal mein Thema des Satsangs ist. Sinnlos, dieses Gefühl ignorieren zu wollen. Geht auch gar nicht. Es ist viel zu heftig und flammt permanent auf.
Gedanklich werte ich jeden ab, der Mike von Erfahrungen erzählt, die man als „spirituelle Erfolge" ansehen könnte. Mein so genanntes Ich ignoriert standhaft die theoretische Erkenntnis, dass es keine spirituellen Erfolge gibt, und rennt weiter gegen Windmühlenflügel an. Auch eine Form von Masochismus.
Eine junge Frau sitzt bei Mike, spricht einfach und klar, und es ist nicht zu überhören, wie „weit" sie schon ist. Vielleicht

ist sie sogar schon „erleuchtet". „Sehr schön", sagt Mike zu ihr und seiner Stimme ist anzuhören, wie wohl er sich mit ihr fühlt, woraufhin ich mein armes „Ich" förmlich ächzen höre.

„Ist in Ordnung", rede ich mir gut zu. „Konkurrenz ist nicht schlecht, muss weder abgewehrt noch angenommen, sondern einfach nur angeschaut, also gefühlt werden." Genau das mache ich jetzt. Gründlich und ständig aufs Neue.

Zu meiner Verblüffung ändert sich das Konkurrenzgefühl im Laufe des Tages. Ich höre Mike vorne zu jemandem sagen: „Benenne es nicht, fühle es einfach." Da wird das Konkurrenzgefühl immer mehr zu einem Gefühl ohne Namen. Ich beginne fast schon, es zu lieben.

Alles so sein lassen, wie es ist. Ehrlich mir selbst in die Augen schauen. Konkurrenz ist das, was jetzt ist. Es ist nichts, was verschwinden müsste, um endlich erwachen zu können.

Ungewöhnlich viele sprechen heute von Erlebnissen und Zuständen, die Erwachen andeuten. Wörter wie Satori und Glückseligkeit fliegen nur so durch die Luft. Es ist beinahe wie Endspurt im Erringen der Medaille.

Ob diese anderen auch manchmal in Konkurrenz sind? Oder wenigstens die Frau, die gerade mit glänzenden Augen die „Bühne" betritt und euphorisch ruft: „Ich bin nicht mehr da."

„Ach ja? Wer sagt das dann?", knurrt es in mir, worüber ich leider Mikes Antwort überhöre. Falls er überhaupt etwas gesagt hat dazu.

Die, die es nicht mehr gibt, geht zu ihrem Platz zurück und überrascht finde ich mich gleich darauf selbst neben Mike wieder, stelle noch überraschter fest, wieviel entspannter als sonst ich heute hier sitze. Ich brauche nicht mehr besser zu sein als die anderen. Brauche nicht mehr klug zu wirken. Kann Mike sogar lange in die Augen sehen. Wunderbar.

Schließlich erzähle ich ihm aber doch, dass ich gar nicht vorgehabt hatte, mich schon wieder zu präsentieren, lieber in der Menge geblieben wäre.

„So ist das", sagt mein Lehrmeister und lacht, „du hast es nicht in der Hand."

Wieder geht mein Mund auf und was muss ich jetzt hören? „Ich wollte es eigentlich nicht erzählen, aber ich habe heute den ganzen Satsang über mit jedem hier konkurriert."
Mike lächelt mich liebevoll an: „Ich kenne das gut."
Da ist mir, als fielen Zentner von mir ab, und wieder einmal fühle ich mich leicht, so unendlich leicht. Am liebsten würde ich jetzt wie ein Kind auf dem Stuhl herumhopsen, sehe stattdessen aber lieber noch eine Weile in Mikes Augen, in denen ich mein eigenes Lächeln gespiegelt sehe.
Unbedacht und ungeplant geht der Mund plötzlich ein drittes Mal auf: „Ich liebe diesen Menschen, der ich bin."
Wow. Eine Liebeserklärung vor versammelter Mannschaft. Sie ist mir nicht einmal schwer gefallen, kam einfach so heraus.
Ich liebe mich. Ja, wahrhaftig. Und ich bin gerade so richtig glücklich mit mir.
In der letzten Pause dieses vorläufig letzten Satsangtages setze ich mich mit meiner Tasse Kaffee in den hintersten Winkel der Terrasse, um einfach nur zu schauen, fühle mich weder allein noch einsam noch „draußen" noch bedürftig. Und da kommen sie zu mir. Neue Satsangbesucher und alte. Schließlich sitzen alle um mich herum. Ich freue mich darüber, genieße das Sitzen mit ihnen, wissend, dass ich es genauso genießen würde, wenn ich allein geblieben wäre. Welch ein Unterschied zu den Gefühlen, die ich bei den ersten Malen hatte.
Dann ist die Session endgültig zu Ende, ich verabschiede mich von allen, die ich inzwischen kennengelernt habe, und gehe zu Mike.
„Na du", sagt er. Es klingt kameradschaftlich und liebevoll, aber gleichzeitig auch so väterlich und brüderlich, dass es mich wieder einmal tief berührt.
Innen drin macht es sofort einen Luftsprung: „Der Guru mag mich, der meinte jetzt mich persönlich."
"Bilde dir lieber nicht zu viel darauf ein", kommt sofort der Kommentar, „Der mag alle und vielleicht sagt er das irgendwann zu jedem".

Da lacht es über all das, was da gesprochen wurde. Und dann - dann merke ich, dass da noch etwas ist, etwas, das sich diese innere kleine Welt nur ansieht. Völlig ungerührt.
All das geschieht blitzschnell während Mikes Umarmung. Sie ist fest und warm und genauso fest und warm umarme auch ich ihn.
Ich gehe und weiß es. Alles ist vollkommen. Auch meine Persönlichkeit. Da muss nichts verändert werden.

Stilles Glück. Sehr stilles Glück. Ich fühle mich so „normal" wie schon lange nicht mehr und keineswegs so, als hätte ich mehrere Tage Satsang hinter mir. Etwas ist dabei, sich grundsätzlich zu ändern. Immer öfter kann ich mich sein lassen.
„Das Seminar mit deinem Lehrer hat dir gut getan", sagte Ella vorhin, als ich nach der Arbeit kurz bei ihr war. „Du siehst gut aus. Deine Augen sind ganz anders. So weit und offen."
In mir verneigte sich etwas ganz tief vor dem Großen Ganzen. Vor dem, was ist und das auch ich bin. Ich fühlte Demut. Das bin nicht nur ich, wusste ich. ES wirkt und macht sich sichtlich bemerkbar.
„Du siehst glücklich aus", sagte Ella noch und traf damit mein derzeitiges Grundgefühl. Es ist so leise, dass es kaum zu bemerken ist, doch ich weiß, dass es da ist.
Es ist da, obwohl ich mich gerade äußerst verwundbar fühle und zu allem Überfluss nun auch noch an jeder Ecke küssende Paare sehen muss. Enttäuschung wird fühlbar. Da setze ich mich vors Stadtcafé und fühle diese Enttäuschung. In aller Ruhe. Ganz still ist es dabei.
Und dann kommt der Schmerz. Stark ist die Sehnsucht nach dem Gesehenwerden.
Bin ich nun unglücklich?

Nein, ich bin gerade weder glücklich noch unglücklich. Ich bin. Und ich bin bereit, zuzugeben, dass der Schmerz dazugehört zur Welt der Menschen, und dass ich einer dieser Menschen bin.
Ich habe deutlich den Eindruck, voll drin zu sein im Leben. Auch wenn ich manchmal nur zuschaue. Es ist paradox. Je weniger ich krampfhaft versuche, alles mir Unangenehme fernzuhalten und dem Geschehen einfach nur zuschaue, desto intensiver ist das Leben, das durch mich gelebt wird.
Der Schmerz ist inzwischen geschwunden, stattdessen fühle ich zartes Fließen in der Brust und leises Vibrieren im Bauchraum.
Wo kommt es her? Warum jetzt? Wo wird es hinführen?
Keine Ahnung. Das interessiert mich im Augenblick auch nicht. Ist mir egal.
Dauernd sagt es jetzt „Ist mir egal". Was interessiert mich überhaupt noch?
Das, was ist, nicht aber das Nachdenken über das, was ist. Ein Satz fällt mir ein, der mich gestern Abend beim Einschlafen überfiel. Wach sein ist nicht besser als schlafen, bewusst sein nicht besser als unbewusst sein.
Erst mit der Erleuchtung bin ich vollkommen? Nein. Ich bin vollkommen. Mit dem „Ich" identifiziert zu sein, ist nicht weniger vollkommen als nicht mit ihm identifiziert zu sein. Alles ist vollkommen. Alles ist ES.
Auch Erleuchtung ist mir zurzeit völlig egal und ob andere aus der Gruppe um Mike vor mir erleuchtet sein werden, ist mir ebenfalls egal.
Ein Gefühl großer Erleichterung steigt auf und ich muss wieder einmal lachen. Wie nennt Chandra Erleuchtung? Sie sagt immer nur „Erleichterung" dazu. Ein erhellendes Wort für einen Zustand, der mir in lichten Momenten sogar kurz bewusst zu sein scheint. Oder ist?
Eine Fliege setzt sich auf meinen Tisch, macht ein paar Schrittchen, hebt ab und umkreist meinen Kopf, dann den Kopf des Mannes am Nachbartisch, und fliegt wieder davon.
Wer oder was lässt sie genau diese Bewegungen machen?
Wer oder was lässt mich jetzt wieder nahezu täglich in die

Fußgängerzone gehen? Ich hatte einmal gedacht, ich selbst würde meine Schritte lenken. Ist es so?
Da sitzt die Fliege wieder auf dem Tisch. Wie schnell die Beinchen sind. Wie zart und durchscheinend die Flügel. Wie glänzen sie im Sonnenlicht. Da ist Vollkommenheit. Da ist Schönheit. Und sie wird überall sichtbar. Nahebei der voll erblühte Magnolienbaum in seiner rosa Pracht vor einem tiefblauen Himmel, unter dem leuchtendweiße Wolken dahin gleiten.

Das stille Glück ist still von dannen gegangen. Im Innen und Außen ist rein gar nichts los. Keine besonderen Ereignisse, keine intensiven Gefühle. Noch nicht einmal in der Fußgängerzone ist was los. Keiner taucht auf, den ich mit einem Kaffee an meinen Tisch locken könnte.
Immerhin taucht jetzt wenigstens ein inneres Bild auf. Ein Schiff dümpelt im Hafen vor sich hin. Ein weiteres Bild erscheint. Vor meinen inneren Augen erstreckt sich eine weite Ebene, mal ein Strauch, mal ein Bauernhof, sonst aber nichts. Keine Berge, keine Hügel, keine „interessanten Aussichten".
Langeweile? Nein. Eher leichte Niedergedrücktheit. Jedoch keine leidvolle. Etwas in mir sagt nahezu ununterbrochen ja. Immer wieder taucht Mikes Satz auf: „Das ist es. Das, was jetzt ist, das ist es."
Und was ist jetzt? Frühling. Zeit des Aufbruchs. Ich fühle es so deutlich. Auch in mir möchte Neues aufbrechen. Aber immer noch taucht Altes auf, träume ich vom Ehemaligen oder von den Eltern. Immer wieder wird förmlich im Schlaf aufgeräumt und Abschied genommen, so dass ich morgens traurig aufwache. Ich bin das Aufräumen leid, würde den alten Krempel so gern vor die Tür setzen. Doch etwas scheint mich noch festzuhalten und hindert mich so daran, zu tun, was ich gern tun würde.

Wir haben keine Wahl. Ich erinnere mich gut an Mikes Antwort auf meine Frage. Nicht wir entscheiden über unser Leben. Wir sind im Grunde nur die „Ausführenden", durch die das Allumfassende Bewusstsein genau die Erfahrungen macht, die es gerne machen möchte. Und keine Erfahrung geschieht isoliert vom Rest der Welt. Wir sind miteinander verbunden in einem gemeinsamen Tanz. Energien bewegen sich, ziehen sich an, stoßen sich ab, driften zusammen und auseinander.
Sehnsucht flammt auf. Die Sehnsucht nach dem Nichtstun, nach dem Nichtswollen, nach dem reinen Dasein.
Und schon bin ich da, wohin die Sehnsucht zog, und die Sehnsucht ist trotzdem noch da, doch zieht sie niemanden mehr. Da ist einfach Ziehen, ein Ziehen, das schmerzlich getönt ist. Es füllt alles aus und dann ist es kein schmerzlich getöntes Ziehen mehr, sondern wieder der Schmerz.
Ein intensives Suchtgefühl taucht auf. Nach Kaffee. Nach Essen. Am liebsten würde ich aufspringen und essen, essen, essen. Doch nichts rührt sich. Ich bleibe still sitzen und fühle. Da geht die Sucht wieder.
In mir tanzt das Leben. Es springt hin und her und etwas sagt immerzu ja.
Ich würde gern einfach nur da sein. Ja. Ich fühle Sehnsucht. Ja. Ich fühle Unzufriedenheit. Ja. Ich bin in Frieden mit dem Unfrieden in mir. Ja.
Etwas gibt fühlbar nach, gibt auf, etwas aufgeben zu wollen. Stille haben zu wollen.
Stille ist nicht besser als Denken, Bewusstheit nicht besser als Schlafen. Alles nur Erfahrungen. Eins wie das andere.
Jeden Tag neu anfangen. Jeden Augenblick neu anfangen. Alles was auftaucht, erleben, ohne zu denken, ich wüsste schon, was es ist und was daraus wird, und ohne mich daran zu erinnern, dass es bereits einmal so ähnlich war.

Seltsam ist das. In den letzten Tagen war ich durchgängig müde und antriebsschwach und heute, von jetzt auf sofort, fühle ich mich voller Energie und Unternehmungslust. Ohne dass irgendetwas geschehen wäre. Und doch ist etwas geschehen. Eine Schicht wurde durchbrochen. Der Name dieser Schicht? „Ich müsste besser sein." Ich müsste besser sein, als ich bin, auch besser als die anderen, am besten ichlos und erleuchtet.
Seit heute Morgen ist die Liebe fühlbar wieder da. Und mit ihr die Lebensfreude. Es geht mir gut. Supergut. Eine lange und ebenfalls supergute Fahrt liegt hinter mir. Früher hat mich Krach erschöpft. Heute geschah das Gegenteil. Ich fuhr über eine Bücke voller lärmender Autos und Motorräder, der Wind brauste mir nur so um die Ohren, weshalb der Walkman auch nicht gerade leise eingestellt war, und da geriet ich plötzlich in eine Art Lärmrausch. Ich fuhr „volle Kraft voraus" und es machte einen Höllenspaß. Ich glaube sogar zu wissen, was geschah. Früher hatte ich etwas gegen Lärm. Heute nicht. Keine Kraft ging in den Widerstand, sie stand mir voll zur Verfügung und zog auch noch die Energie an, die von den Lärmschwingungen ausging. Wie Karneval trugen mich die Schwingungen um mich herum.
Wie viele neue Erfahrungen mir das Leben beschert. Es bringt mich immer neu zum Staunen. Und zum Lachen. Aus dem Walkman tönten die Worte „und er verstummt", dann hörte ich ein pffffff... und mein Walkman verstummte. Die Batterien waren leer. Ich liebe diese kleinen Scherze des Zufalls.
Eigentlich ging es mit dem Rausch ja schon gestern Abend los. Erst habe ich wie wild zu Trommelmusik getanzt, danach konnte ich leider nicht einschlafen, lag bis drei Uhr wach, Sprudel statt Blut in den Adern. Mächtig viel Energie war zu spüren. Mit ihr kamen die Gedanken, ließen sich weder auf- noch davon abhalten, mich nun auch geistig auf Trab zu halten. War das eine Nacht! Mann, oh Mann! Richtig. Ein Mann ist auch keiner zu sehen. Wo sind die Männer nur alle? Es ist doch Frühling. Es muss auch kein

Guru oder hochspiritueller Typ sein. Er kann auch ganz „normal" sein.
Ob ich den Antiquar noch einmal zu Gesicht bekomme? Und ob ich dann wohl anhalten würde?
Nein, ich glaube es nicht! Den ersten Mann hat der Frühling tatsächlich auf den Bürgersteig gelockt, just in dem Moment, in dem ich vorbeiradle. Ausgerechnet der, an den ich gerade gedacht habe, steht da, mit dem Rücken zu mir, und zieht zum Schutz vor der Sonne die Markise vor.
„Ich halte nur an, wenn er sich umdreht", sagt es blitzschnell in mir, als er sich auch schon umdreht und ich auch schon quer über die Straße zu ihm hinfahre.
„Lange nicht gesehen", sagt er. „Wieder auf dem Weg zum Café?".
„Ja", muss ich gestehen und höre mich hinzufügen: „Und Sie haben wie immer keine Zeit mitzukommen."
„Ja", sagt er. Klar, der Laden ist ja auch geöffnet. Aber was hat er da gesagt? Habe ich mich verhört?
„Kommen Sie doch herein und trinken Sie einen Kaffee mit mir. Ich würde mich sehr freuen und bei mir ist er sogar umsonst."
Oha. Ich nehme das Angebot ohne Zögern an und gehe, genau wie im letzten Frühjahr, durch die offene Tür in den Laden, diesmal aber eingeladen.
„Sie sehen glücklich aus", sagt er zu meiner Verwunderung.
„Ich bin es", gebe ich unumwunden zu.
Er klagt über zu viel Arbeit, sagt, er habe die Schnauze voll, fühle sich im Laden eingesperrt und wolle wieder mehr raus. Er denke auch wieder ans Umziehen. In dieser Straße gibt es keine Laufkundschaft und von der Stammkundschaft und den Veranstaltungen kann er nicht leben.
Fast eine Stunde unterhalten wir uns weitgehend ungestört und als ich gehe, bekomme ich gesagt, ich könne jederzeit hereinschauen und mit ihm einen Kaffee trinken. Er würde es sagen, wenn er keine Zeit habe. Und wenn er einmal keinen Kaffee mit mir trinke, dann wirklich, weil er keine Zeit habe und nicht, weil er keinen mit mir trinken wolle.

Wie betäubt radle ich in die Fußgängerzone und sitze bald vor einem zweiten Kaffee. Meine Gedanken überschlagen sich. Ich rede beinahe schon schneller mit mir als ich zuhören kann.
„Ein netter Mann."
„Auch andere Männer können nett sein."
„Aber ist das nicht ein unglaublicher Zufall? Kaum denke ich zum ersten Mal wieder an diesen Mann, da steht er schon auf dem Bürgersteig. Hat da einer den siebten Sinn?"
„Egal."
„Ich würde nur zu gern wissen, wozu diese Begegnung nun gut war oder gut sein könnte"
„Egal."
„Was ist los?"
„Nichts. Ich habe nur keine Lust, aus dieser Begegnung die nächste Geschichte zu machen."
„Hört sich spirituell höchst fortgeschritten an, riecht aber nach Verdrängen. Ich merke doch, dass sich im Untergrund was tut."
„Dann verdränge ich eben. Ich bin nicht besser als Chandra. Nein, ich muss nicht mehr nachdenken über das, was war. Soll das Unbewusste damit machen, was es will."
„Das wird es. Da kannst du dich drauf verlassen."

In der Nacht nach dieser Begegnung wurde ich ein zweites Mal erbarmungslos mitgerissen. An Schlaf oder gar Stille war nicht zu denken, ich konnte mich lange nicht befreien aus dieser Sturzflut von Sehnsüchten, Erinnerungen und Vorstellungen, konnte nur zwischendurch schnell mal nach Ruhe schnappen wie ein Ertrinkender nach Luft. Doch dann, als sei an einem Schalter gedreht worden, war der Spuk mit einem Schlag vorbei. Es wurde still und ich schlief ein. Auch der gestrige Tag verlief ruhig.

Gestern Abend schlief ich dann endlich wieder einmal problemlos ein, bekam jedoch während des Wegdämmerns einen Film zu sehen.
In Schwarz gekleidete Jungen liefen auf einem Friedhof zwischen Gräbern umher. Mit einem Mal stand ein Sarg da und ich wusste, dass eine Frau darin lag. Der Sarg wurde in die Erde gesenkt und da begann einer der Jungen laut zu schreien. „Mama! Mama!" „Das arme Kind", dachte ich, „erst fünf Jahre und keine Mutter mehr. Wie schrecklich muss sich das anfühlen". Ich nahm den Jungen in den Arm. Mehr konnte ich nicht tun.
Keine Ahnung, was das sollte. Ich kenne niemanden, dessen Mutter starb, als er fünf Jahre alt war.
Gestern Abend schlief ich zwar gut ein, wurde jedoch mitten in der Nacht wach. Es gab keine Gedankenflut, alles blieb ruhig. Stundenlang lag ich still da und es sagte laufend nur ja, ja, ja. Ja, ich bin dem Antiquar wieder begegnet. Ja, das hat die Sehnsucht verstärkt, die sowieso schon da war. Ja, ich wünsche wieder mal. Ja, ich bin Mensch. Ja, ich weiß genau, dass ich meine Wünsche nicht erfüllt haben muss, um glücklich zu sein. Ja, ich bin in Wahrheit glücklich, sobald ich annehme, was ist. Ja, ich weiß das alles. Ja, ich finde den Mann nett. Ja, da war wieder diese seltsame Vertrautheit und das fühlte sich gut an. Ja, es gibt noch viele andere Männer. Ja, ich weiß nicht, wann ich wieder hingehe. Ja, ich weiß nicht, wohin das führt und ob es überhaupt irgendwohin führt. Ja, ich nehme es jetzt so, wie es ist.
Der Zwang, unter dem ich letztes Jahr stand, ist zum Glück nicht mehr zu fühlen. Ich fühle mich frei oder zumindest bedeutend freier.
Äußerst auffällig erscheint mir aber doch, dass der Mann genau zu dem Zeitpunkt erneut auf der Bildfläche erschien, an dem mir meine Sehnsüchte bewusst wurden, und wieder einmal steht die Frage im Raum, ob das nun ein bedeutungsloser oder bedeutungsvoller Zufall oder sogar schon Schicksal ist.
Still sitze ich da und lausche meinen Gedanken, als sich plötzlich etwas verschiebt und mir mein bis jetzt gelebtes

Leben wie ein Film erscheint, den ich gesehen, oder ein Buch, das ich gelesen habe. Ganz und gar unwirklich. Deutlich ist hingegen der Eindruck, dass ich tatsächlich nie diejenige war, die das Geschehen in der Hand hatte, sondern in Wahrheit immer völlig machtlos war. Zeigte sich das nicht bereits im letzten Jahr, als ich mich dem Sog zum Antiquar hin nicht entziehen konnte? Nun läuft die nächste Geschichte an und wieder gibt es keine Chance, sie zu beeinflussen, auch wenn Druck und Zug nicht mehr zu spüren sind. Ja, nichts zieht mehr. Ich gehe einfach so hin.
Ich gehe einfach so hin?
Ja, ich war wieder da. Ella hat mir bei meinem Besuch heute Mittag einen Buchauftrag mitgegeben und da ich wusste, dass der Antiquar auch Bücher bestellen kann, marschierte ich sofort in seinen Laden und bestellte bei ihm. Er freute sich und gleich darauf waren wir im Gespräch, blieben auch die ganze Zeit ungestört. „Da kann ich mit Ihnen allein hier sitzen", sagte er ohne ein Wort des Bedauerns über nicht erscheinende Kundschaft und nicht getätigte Einnahmen. Er scheint das Zusammensein mit mir wirklich zu schätzen.
„Da müssen Sie ja morgen wiederkommen", sagte er zum Schluss, nachdem er die Buchbestellung aufgegeben hatte.
„Pech", sagte ich und meinte es überhaupt nicht so.
„Nein, schön", widersprach er. „Da freue ich mich und morgen mache ich auch wieder einen Kaffee."
Jetzt sitze ich hier in meinem Sessel und bin wieder einmal zwei. Da sitzt jemand und kommt aus dem Staunen kaum heraus und daneben sitzt etwas, dem ist das, was gerade geschieht, vollkommen natürlich und selbstverständlich.
Da hat sich etwas gefügt, ohne dass ich es geplant oder etwas dafür getan hätte. Von einer Sekunde zur anderen ist alles anders, fühlt sich auch anders an, und sogar der Antiquar ist wie ausgewechselt. „Kommen Sie zum Kaffee so oft Sie wollen", sagte er, als ich schon in der Tür stand. „Sie können gern auch außerhalb der Ladenzeiten kommen. Klopfen Sie an die Tür oder hauen Sie aufs Fenster, wenn ich das nicht höre."

Es ist Frühling und in mir ist etwas aufgebrochen. Ich fühle mich offen. Offen für das Leben. Für die Liebe. Sogar für diesen Mann. Gleich, was daraus wird. Vielleicht ist er nur wieder aufgetaucht, damit ich diese Offenheit fühlen kann. Es ist gleich. Ich lebe das Jetzt und erspare mir Gedanken über eine mögliche oder unmögliche Zukunft. So gut das eben geht. Leider Gottes habe ich das aber ja auch nicht in der Hand. Und alte Muster sitzen tief. Trotzdem können sie überlagert werden von neuen. Ein neues macht sich deutlich bemerkbar. Es ist ein Gefühl, das immer öfter auftaucht. „Unverwundbar", sagt es, in Worte übersetzt.

Ich hatte Croissants gekauft, er Kaffee gemacht und wir frühstückten an seinem Schreibtisch. „Hoffentlich stört Sie meine Unordnung nicht", sagte er und ich hörte mich antworten: „Mich stört nur meine eigene."
Stimmte auffallend. Ich hatte seine Unordnung noch gar nicht bemerkt. Interessant. Meine Kritiksucht scheint mir völlig abhanden gekommen. Er lästerte über Leute in der Nachbarschaft und es war mir gleich. Zigaretten lagen herum. Rauchte er etwa? Aber auch das war mir gleich. Mit Leichtigkeit konnte ich alles „übersehen", was mir früher zu denken gegeben hätte. Er ist, wie er ist, und ich bin, wie ich bin. Kein Problem.
Nach einem richtig langen und wieder ungestörten Gespräch verabschiedeten wir uns etwas ausführlicher, da er morgen in Urlaub fährt. Ich wusste das, hatte ihm zum Abschied ein kleines weißes Federchen mitgebracht und meinte ernst, was ich ihm, auf einen bekannten Buchtitel anspielend, in den Urlaub mitgab: „Ich wünsche Ihnen nicht die unerträgliche, sondern die wundervolle Leichtigkeit des Seins".
Er schien echt gerührt. „Kommen Sie zum Kaffee, wenn ich wieder da bin. Kommen Sie. Dann erzähle ich Ihnen, wie es war."

Noch nie habe ich mich so widerstandslos dem überlassen, was ist. Es fühlt sich so leicht an. So unendlich leicht.
Ich brauche nichts zu tun. Ich kann nichts tun. Auch wir beiden tanzen miteinander den Tanz des Lebens und all die Kunden, die nicht in den Laden kommen, wenn ich dort sitze und mit dem Herrn des Ladens Kaffee trinke, tanzen mit.
Züge des Ehemaligen nehme ich in seinem Gesicht nicht mehr wahr. Ich schaffe mir tatsächlich selbst meine eigene Welt. Alles ist Projektion. Es wird sichtbar. Buchstäblich. Unsicherheit keimt auf. Wie menschlich das doch alles ist. Wo bleibt die Spiritualität?
Ich fühle, wie ich erneut ins Ja gleite wie in eine mit warmem Wasser gefüllte Badewanne. Ein erfülltes oder ein unerfülltes Leben, ein spirituelles oder ein profanes, ein bewusstes oder ein unbewusstes, diese Unterscheidungen trifft allein mein Verstand. Das, was immer ist, weiß es besser. Es gibt kein spirituelles oder gewöhnliches Leben. Es gibt nur das Leben in seiner Vielfältigkeit.
Ich bin völlig einverstanden mit dem, was jetzt ist, und doch staune ich auch immer noch. Der Antiquar ist wieder aufgetaucht. Immer noch fühle ich mich überrumpelt und wie im Kino, so unwirklich erscheint mir das Geschehen. So etwas passiert doch nur im Film. Aber ich bin im Film, und ich bin weder im rechten noch im falschen Film. Ich bin im Film meines Lebens, und gleichzeitig sitze ich da und sehe staunend zu.
Wellen von Leichtigkeit ziehen durch mich hindurch. Da ist kein Verlangen mehr nach Erleuchtung. Stattdessen ist da Frieden. Und tiefe Erleichterung. Ich brauche nichts tun. Nie mehr. Alles fügt sich in rechter Weise.
Und Angst brauche ich auch keine zu haben. Auch wenn sich der Körper in den letzten Tagen gelegentlich etwas seltsam anfühlt. Er ist deutlich wahrnehmbar als Form, doch hin und wieder tritt das Gefühl von Festigkeit in den Hintergrund und das Pulsieren und Vibrieren dieser Form als einer durch und durch mit Energie geladenen, wird fühlbar. Offenbar hat der Körper das erst kürzlich aufgetauchte innere Bild einer menschlichen Form aus Lichtpunkten

aufgegriffen, es „übersetzt" in Körpergefühle und die sonst eher als fließend wahrgenommene Energie fühlt sich jetzt an wie winzige, tanzende Energiepunkte, die von etwas Unsichtbarem in Form gehalten werden.

Am Karfreitag gestern war das Gefühl von Form und Körper kurzzeitig sogar völlig verschwunden. Choralumbraust, mit geschlossenen Augen, saß ich in einer Kirche und lauschte der Matthäuspassion, als eine Leichtigkeitswelle besonderer Güte anrollte und für einen Moment jegliche Erdenschwere mit sich nahm. Husch, weg war sie. Ich fühlte mich leichter als federleicht, fast schon gar nicht mehr da, doch bevor ich davonschweben konnte, hatte mich die Schwerkraft wieder am Wickel.

Ansonsten findet derzeit ein ständiges Hin und Her statt zwischen Denken, Träumen und stillem Dasein. Es lächelt in mir. Sanft, leise und mit großer Zärtlichkeit. Das, was jetzt ist, das ist ES. Es gibt nichts anderes. Gleich, ob mir das bewusst ist oder nicht. Gleich, ob sich da ein „Ich" im Vordergrund tummelt oder nicht.

Übrigens hat Chandra heute Morgen angerufen. Nichts knirschte zwischen uns, ich spürte noch nicht einmal die üblichen Konkurrenzgefühle. Sie erzählte von neuerlichen Aggressionsanfällen, klang manchmal aber auch sehr weich und sprach davon, wie sehr sie sich nach Sanftheit sehne. Ich habe ihr gern zugehört, habe gern mit ihr gesprochen. Etwas floss zwischen uns. Liebe wurde fühlbar.

Kaum hatte ich den Hörer aufgelegt, wurde mir bewusst, dass ich noch nicht einmal mehr auf der Hut gewesen war. Kein Tänzeln mehr über Minenfelder, sondern ein Tanz auf zartgrünen Frühlingswiesen. Äußerste Wachsamkeit scheint nicht mehr nötig.

Zumindest nicht wegen Chandra. Nun erfordert sie jemand anders. Morgens früh klopfte die Mieterin über mir heftig an die Tür, rief aufgeregt, im Garten liege einer, und wirklich, da lag ein Mann auf dem Rasen, bäuchlings, in weißer Unterkleidung, die Arme weit ausgebreitet und völlig reglos. Wir rannten die Treppe hinunter, klopften Marie aus der Wohnung, die das Fehlen ihres Schützlings noch gar nicht

bemerkt hatte und gingen mit ihr in den Garten hinaus. Nein, tot war der Vermieter nicht, sogar wach, aber der Körper war eiskalt. Wie lange er wohl schon da gelegen hatte?
Wir halfen ihm auf, führten ihn in die Wohnung zurück, setzten ihn auf einen Stuhl, riefen sicherheitshalber erst den Notarzt, dann die Tochter an. Bis sie kamen, blieb ich unten und hielt dem abwesend dreinschauenden, unbeweglich dasitzenden Mann die Hand.
Was denkt er noch? Was fühlt er? Da ist großes Mitgefühl mit ihm. Auch mit der jungen Marie, die Tag und Nacht zusammen ist mit einem dementen alten Mann. Nachdem der Arzt ihren Schützling untersucht hatte, er mit vereinten Kräften ins Bett bugsiert worden war, wo er auf der Stelle einschlief, hatte ich ein langes Gespräch mit ihr. Das habe ihr jetzt sehr gut getan, sagte sie, als ich wieder ging und ich hatte das beruhigende Gefühl, endlich einmal wieder etwas für andere getan zu haben. Immer noch taucht gelegentlich das schlechte Gewissen auf, dass es mir so gut geht. Aber ich bin auch sehr dankbar dafür. Es ist ein großes Geschenk.

Nachts wache ich häufig auf und liege lange wach, und da sagte es vorletzte Nacht unvermittelt: „Der nächste Schritt".
Kaum hatte ich mich gefragt, wohin der wohl gehen und was nun auf mich zukommen werde, da sagte es: „Liebe kommt auf dich zu".
Na gut, wenigstens die Liebe, wenn schon nicht die Stille. Die hat sich längst wieder davongemacht. Stattdessen denkt es wieder. Meist ist es ein zielloses, planloses Denken, an das ich mich noch nicht einmal mehr erinnere, wenn ich daraus auftauche. Es fühlt sich an wie ein Automatismus, der nur weiter läuft, weil er noch nicht abgestellt wurde. Denken im Leerlauf und ohne wirkliche Bedeutung.
Dieses Gedankengeplätscher ist wie ein leiser Zimmerbrunnen. Sobald er einen Moment abgestellt ist oder das Plätschern fast

im Hintergrund verschwindet, ist das Gefühl von Akzeptanz da. Alles okay, sagt etwas und dann plätschert es leise weiter. Auch nachts plätschert es. Ich träume viel, kann mich aber meist nicht erinnern. Das war heute Morgen anders. Ich erinnerte mich gut.
Ich saß neben dem Inhaber eines Beerdigungsinstituts, der mir erklärte, es würde nicht einfach sein, meinen Vater woanders hin zu überführen. Er sah mich besorgt an und sagte, etwas Wichtiges sei noch unerledigt. Ich wusste, dass er hellsichtig war und dass stimmte, was er sagte. Plötzlich saß mein Vater neben mir und mir war klar, dass er noch einmal gesehen werden wollte.
Wohl auch dank dieses Traums hat es mich heute flach gelegt. Stundenlang lag ich auf dem Sofa und schlief dann ein. Ich war so unendlich müde. Als ich aufstand, musste ich feststellen, dass nicht nur ich, sondern auch der linke Fuß eingeschlafen war. Er knickte sofort um, als ich mich auf ihn stellen wollte.
„Was sagt mir das", tauchte die übliche Frage auf, doch da war überhaupt keine Lust, nach einer Antwort zu suchen. Es ist mir gleich, wofür das jetzt ein Zeichen sein könnte. Immerhin nahm ich es zum Anlass, mich, mit einem kühlen Lappen versehen, sofort wieder hinzulegen. Nicht nur um den umgeschlagenen Fuß zu schonen. Ich war sofort wieder sehr, sehr müde, wollte nur noch Versinken, Aufgeben und Loslassen.
Immer noch ist etwas in mir tief gerührt. Etwas möchte weinen. Etwas ist unendlich sanft.
Der Wunsch nach Umsorgtwerden taucht auf. Nicht mehr selber gehen zu müssen, sondern „auf Händen getragen zu werden". Was für Ansprüche! Und wie kindlich. „Mama, Mama, mir tut der Fuß weh, bitte, Mama, kümmere du dich."
Morgen kommt der Antiquar zurück. Ich werde nur unter Schmerzen hingehen können. Ist das Umknicken also doch ein Zeichen? Es ist gleich. Ich mag nicht darüber nachdenken. Ich kann es auch nicht wissen.
Ich lebe das Ja, das bedingungslose Ja zu dem, was jetzt ist.
Ich fühle das Ja. Ja auch zum Antiquar.

Innen und außen ist viel los. Nichts ist mehr eben. Es wellt sich und schaufelt über Nacht Berge herbei, die wie von Zauberhand wenige Tage später wieder verschwunden sind, um einem lieblichen See inmitten einer wunderschönen Landschaft Platz zu machen. Mal schwebe ich den Wolken nah und mal liege ich flach auf dem Sofa und halte mich selbst an der Hand.

Der Antiquar und ich. Er war aus dem Urlaub zurück, eilte mir mit ausgestreckten Händen strahlend entgegen, als ich den Laden betrat, und mein Herz schmolz auf der Stelle. So freudig hatte mich mein Lebtag noch keiner begrüßt. Ich weiß, er ist ein offener und spontaner Mensch und strahlt viele an, meine geschärften Sinne nahmen es trotzdem persönlich. Aber leider, leider hatte er gerade gar keine Zeit. Und wenige Tage später, als ich ihn samstags nach Ladenschluss endgültig zum Kaffee abschleppen wollte, auch wieder nicht. Geschlossene Gesellschaft im Laden. Obwohl wir zwischenzeitlich bereits zusammen gesessen und im Laden einen Kaffee miteinander getrunken hatten, tat es wieder weh. Und da lag ich auch schon wieder flach. Da war ich das Kind, dessen Vater vor lauter Arbeit keine Zeit hatte, da war ich die Frau, die ihren Mann wegen seiner zahlreichen freiwilligen Verpflichtungen nur selten länger zu Gesicht bekam. Was in mir ablief, hatte rein gar nichts mit dem Antiquar zu tun, das wusste ich genau.

Ich hielt alles einfach aus und dann war es auch wieder gut. Und die Belohnung folgte auf dem Fuße. Zufällig traf ich den Mann nach dem Wochenende auf dem Bürgersteig, ich selbst hätte ihn fast übersehen vom Rad aus, doch er hatte mich bereits erspäht und rief mir einen Gruß zu. Ich hielt an, wir plauderten. „Soll ich morgen mal vorbeikommen zum Kaffee?", fragte ich beim Auseinandergehen bescheiden an. „Aber nur, wenn Sie nicht zu viel Arbeit haben."

Die Antwort tat mir unendlich gut. „Arbeit habe ich immer. Aber für Sie finde ich immer Zeit."

Und so war das ab da denn auch. Es ergab sich schnell, dass ich mehrmals in der Woche im Laden saß, nicht zu lange, nein, ich wollte ja nicht stören, und jedes Mal bekam ich gesagt, wie sehr er sich freue, dass ich gekommen sei. Manchmal sagte er es gleich mehrmals, einmal wenn ich kam, einmal zwischendurch und einmal, wenn ich ging. Er schien zu wissen, dass ich es nicht oft genug hören konnte. Oft kam er mir nach, wenn ich aufbrach, und folgte mir bis vor die Tür, wo wir dann noch eine Weile plauderten. „Kommen Sie wieder", sagte er oft. Ich kam. Ich fühlte mich wirklich willkommen.

Nachts lag ich oft wach. Zu viel Energie. Das vibrierte, kochte und brodelte, wirbelte mich um und um, doch immer wieder wurde es beim Meditieren plötzlich still und ich sank und sank.

Und es zog und zog. Auf eine sehr angenehme Weise. Wir tranken Kaffee und redeten, und wenn Kunden kamen, schaute ich zu oder schaute mir Bücher an. Es war dann wunderbar still und friedlich.

Ein wenig unbehaglich ist mir, dass immer ich es bin, die zu ihm kommt, aber das geht ja wohl nicht anders. Oder? Was will er eigentlich von mir? Falls er überhaupt etwas will. Sieht er mich nur als nette Gesellschafterin oder sieht er auch noch eine Frau in mir?

Es beginnt zu rumoren innen und plötzlich bricht etwas auf: „Ich will als Frau gesehen werden und wenn der Mann nicht richtig hinguckt, wenn er lieber in seinem Laden vermodern will, dann guckt eben wer anders hin. Es gibt auch noch andere Männer."

Das Telefon schellt. Armin. Wir duzen uns seit kurzem: „Ich habe dich gesehen. Du bist am Laden vorbeigefahren, aber du hast ihn keines Blickes gewürdigt. Ich wollte dir trotzdem einen schönen Tag wünschen." Dann lädt er mich ganz förmlich zum Kaffee in den Laden ein. Mann, oh Mann, diese Hürde ist also geschafft.

Nur wenig später sitze ich in diesem mir bereits so vertrauten Raum und kenne mich selbst nicht wieder. He, wer flirtet und kokettiert denn da? Ja, bin ich denn verrückt geworden? Von allen guten Geistern verlassen?

Neckereien gehen hin und her, winzige Anzüglichkeiten, in denen es um Mann und Männlichkeit geht. Beschwingt und voller Power verlasse ich den Laden. Auch wieder einmal voller Staunen. Ob der Mann hellhörig ist?

Ganz oft, wenn ich auf dem Weg zum Einkaufen am Laden vorbeifahre, kommt Armin gerade aus der Tür oder steht in der offenen Tür und redet mit jemandem oder sieht mich durch die Scheibe und winkt mir zu.
Das ist jetzt nicht mehr nur zufällig, sondern geradezu auffällig, wie oft dieser Mann mich vorbeifahren sieht. Es gibt zwei Möglichkeiten. Entweder er tut den ganzen Tag nichts anderes, als hinauszuschauen, wann ich komme, was aber nicht sein kann, oder er hat den siebten Sinn. Ich tippe auf Letzteres, womit er vermutlich, wenn er es wüsste, ein großes Problem hätte. Für Esoterik und Spirituelles oder gar Übersinnliches hat er nichts, aber auch gar nichts übrig. Zen-Buddhisten und Meditierende sind ihm äußerst suspekt. Seltsamerweise schreckt mich das nicht. Ich stehe voll hinter meiner Weltsicht, habe keine Angst, sie zu vertreten. Gott sei Dank scheint ihn das nicht davon abzuhalten, mich weiterhin in den Laden einzuladen und mir weiterhin Komplimente zu machen.
Er sieht mich. Er sieht mich an, wenn ich etwas erzähle, und ich habe den Eindruck, er hört auch wirklich zu.
Ich werde gesehen, gehört und gemocht. Man(n) mag es, wenn ich da bin. Immer wieder sagte er, wenn Kunden kommen und ich gehen will: „Bleib doch noch, nur fünf Minuten, ja?".
Das alles hat Folgen. Da ist jetzt Verliebtheit. Gleichzeitig eine tiefe Liebe. Es ist dieselbe Liebe, die Mike, Chandra, Ella oder wildfremden Menschen auf der Straße gilt und doch in Wahrheit niemanden meint. Da ist Schwingendes, Fließendes, Singendes.
Und was ist mit Erleuchtung? Die ist mir derzeit völlig schnurz. Ich nehme an, ein Mensch zu sein, der sich des

Erleuchteten nicht bewusst ist, der den größten Teil seiner irdischen Zeit damit verbringt, in Gedanken, Vorstellungen und Geschichten herumzuhängen. Es ist das, was jetzt ist und das, was jetzt ist, das ist es, das ist ES.
Immer wieder ziehen heftige Energie- und Wärmewellen durch mich hindurch. Doch sind sie gut auszuhalten. Es gibt wahrhaftig Schlimmeres, wie z.B. im heißen Wüstensand schwitzend einem indischen Guru zu Füßen zu liegen. Habe ich ein Glück.
Inzwischen habe ich von Armin auch etwas erfahren, was mir, obwohl ich es bereits geahnt hatte, doch sehr Leid tut. Er erzählte, er sei im Internat gewesen, weil beide Eltern früh tot waren. Der Vater starb, als er fünf, die Mutter als er zehn Jahre alt war. Das arme Kind. Das arme, arme Kind. Hat jemand dieses Kind in den Arm genommen?
Armin war also tatsächlich der Junge auf dem Friedhof und in meinem inneren Bild sind wohl zwei Beerdigungen zu einer verschmolzen. Ich bin nicht hellsichtig oder so was, war aber wohl damals schon stärker verbunden mit ihm, als mir bewusst war.

Ich bin mir gar nicht sicher, wer von uns den siebten Sinn hat. Vielleicht ja sogar beide? Im Augenblick scheinen wir aneinander gekoppelt oder sogar verkuppelt zu sein wie Zwillingsteilchen. Macht der eine etwas, dann erfolgt sofort eine passende Reaktion vom anderen. Besonders deutlich sind die Reaktionen des Mannes auf die Frau.
Gestern hat die Frau in mir mit dem Mann in ihm noch einmal ein ernsthaftes Wörtchen gesprochen. „Mein lieber Mann", hat sie gesagt, „das Schicksal hat mir offensichtlich dich ausgeguckt und ich habe mich offensichtlich auch tatsächlich in dich verguckt. Aber pass bloß auf! Wenn du die Frau nicht wirklich anguckst, dann geht sie zu jemand, der hinguckt. Das hört sich an wie eine reizende kleine

Wortspielerei, aber, mein Lieber, ich meine es ernst. Da bleiben wir beide vielleicht ein Leben lang gut Freund miteinander, doch die Frau guckt sich dann anderweitig um."

Allerdings würde sie das ungern tun, ich gebe es zu. Die Frau hat sich genau diesen Mann in den Kopf gesetzt und ihn dann auch noch ins Herz geschlossen. Das besitzt wieder einmal Sprengkraft.

He, was denke ich da. Was soll denn gesprengt werden? Ich fühle mich sanft wie ein Lamm und das butterweiche Herz könnte nicht einmal einer Fliege etwas zu Leide tun. Doch da ist eben auch noch die Frau. Die ist keinesfalls nur sanft wie ein Lamm. Die kann zwar gurren wie eine Taube, doch kann sie auch laut und heftig werden und gestern klang das auch wieder leicht drohend.

Doch welch ein Glück. Erneut hat der Mann etwas „gehört" und so bekam ich heute zusätzlich zum Kaffee ein erotisches Gedicht vorgelesen. Es war allerdings fast ganz anständig und im Übrigen hochliterarisch. War ja auch von Goethe.

Allerdings hätte ich gern mehr. Würde auch gern einmal umarmt werden oder wenigstens mal eine Hand auf meiner spüren. Er könnte mich ja noch einmal so ganz aus Versehen streifen. So wie neulich. Da hatte ich nicht mehr an mich halten können, war ihm, wusch, schnell einmal über den Handrücken gefahren. Er hatte mit keinem Härchen gezuckt. Doch die „Belohnung" für diese mutige Tat folgte auf dem Fuße. Nein, auf der Schulter. Im Vorbeigehen rutschten dem Mann die Hände aus und strichen kurz, aber so fest über die Jacke, dass es bis auf die Haut zu spüren war.

Ich will mehr. Ich will umarmt werden. Ich will? Ja, ich will. Doch auch unabhängig vom fraulichen Aspekt interessiert mich dieser Mann. Mal ist er so und mal so und mal ganz anders. Er ist belesen und klug, sehr freundlich zu den Kunden im Laden und zu mir sowieso, ist rührend besorgt um ältere Herrschaften, poltert aber manchmal von jetzt auf sofort los über Politik oder Esoterik, um anschließend, kaum fertig mit seinen Tiraden, zur Tür zu laufen, sie aufzureißen und kurz darauf mit weichem Gesichtsausdruck, strahlenden

Augen und einem kleinen Jungen an der Hand wieder hereinzukommen.
Wie Mike hat er hundert Gesichter. Das fasziniert mich. Manchmal bin ich aber auch fassungslos. Fassungslos über die Verbalattacken, die er ausbruchsartig von sich gibt. Noch fassungsloser allerdings, dass sie mir nichts ausmachen. Obwohl er dann jeglichen Respekt vor Andersdenkenden verloren zu haben scheint, verliere ich doch seltsamerweise nicht meinen vor ihm. Hinter diesen Attacken sehe ich Enttäuschung, Trauer und tiefen Schmerz. Ich kann ihn nicht verurteilen. Beim besten Willen nicht.

„Da bist du ja", sagte er gestern, als ich zehn Minuten später kam als gewöhnlich. „Ich habe dich schon vermisst. Mein Gott, ich werde ja schon abhängig von dir."
Er hatte mich vermisst? Fein. Das tat mir gar nicht Leid. Es freute mich so sehr, dass ich ihn beim Abschied spontan umarmte. Er ließ es geschehen, rührte sich nicht, doch wehrte er auch nicht ab, nein, da strahlte fühlbar sogar etwas wie Wohlbehagen von ihm aus. Aha. Soso.
Er hat mich auch wieder wirklich angesehen. Ich saß da und las, während er am Schreibtisch arbeitete, sah auf und zu ihm herüber, und sah, dass er mich anschaute. Still, warm und interessiert. Ganz anders als an den Tagen zuvor. Irgendwann wurde mir bewusst, dass ich ihn schon eine ganze Weile anschaute, genauso wie er mich. Doch war es einfach nur Anschauen, nichts war zu lesen in seinen Augen und vermutlich auch nicht in meinen. Seltsam fand ich das. Ich war doch im Laden und nicht im Satsang. Oder? Findet mein Privatsatsang nun nicht mehr in der Fußgängerzone statt sondern in einem Antiquariat?
Ärger steigt auf. Bin ich von allen guten Geistern verlassen? Es ist Sommer, doch statt in der Sonne sitze ich nahezu

täglich in einem mit alten Büchern vollgestellten Raum. Es gibt keine andere Möglichkeit, ihm nahe zu sein.

„Ich habe dich vermisst", hat er gesagt. Ich eitle Frau habe mich darüber gefreut und wie zur Strafe leide jetzt ich unter dem Vermissen. Es ist Wochenende, Armin weilt in seiner Heimatstadt, montags ist der Laden geschlossen. Kein Zweifel, das, was ich fühle, ist Trennungsschmerz und er wird von Stunde zu Stunde schlimmer. Die altbekannte Frage taucht auf. Ist das wirklich nur meiner? Das kann doch nicht sein. Habe ich jetzt seine Trennungsschmerzen am Hals und im Herzen? Wer sprach gestern vom Vermissen? Wer hat in der Kindheit schwere Verluste erlitten? Wer ist ebenfalls geschieden?

Es ist gleich. „Willkommen", sagt es ganz ehrlich zum Schmerz und da liege ich nun auf dem Sofa, halte mich selbst an der Hand, fühle, wie der Schmerz sich verwandelt, wie er durchwoben wird von Liebe, wie er sanfter wird und dann wieder stärker. Au. Das tut jetzt aber echt weh.

In zwei Welten leben. Da ist große Berührbarkeit. Da ist Stille und absolute Unberührbarkeit. Da ist das pulsierende Ja.

Ich liebe es, eine Berührbare zu sein. Ich liebe es, eine Unberührbare zu sein. Ich liebe.

Es sprudelt, schmerzt und zieht, es schmilzt und vergeht, es ist still. Mal ist das eine bewusst und mal das andere.

Das Telefon geht. Armin will testen, ob die ins Handy eingegebene Nummer stimmt. Er testet zwanzig Minuten lang. „Liebe Freundin" nennt er mich und „meine Liebe".

Dankbar lege ich den Hörer auf. Der Himmel hatte ein Einsehen mit mir und meinem Schmerz. Es wird wunderbar still. Geborgenheit und Frieden füllen den Platz, den zuvor der Schmerz eingenommen hatte.

Die Woche ging wie beinahe schon gewohnt mit Besuchen im Laden dahin und dennoch liegt wieder ein schmerzliches Wochenende hinter mir. Es wurde beherrscht von der Angst, den Mann zu verlieren, den ich doch gar nicht habe. Diese Angst ist immer noch da und wieder frage ich mich, ob es wirklich allein meine Verlustangst ist.
Meins. Seins. Eins. Nicht denken. Fühlen. Lieben, was ist. Das Leben. Den Schmerz. Ich scheine sie verloren zu haben, die Angst vor der Angst oder vor dem Schmerz.
Was ich auch verloren habe, ist die Orientierung. Ich weiß nicht mehr, wo ich bin. Im Kino? In der Realität? Mein Erleben ist ungewohnt intensiv und doch erlebe ich es oft als völlig unwirklich. Erlebe ich das? Oder schaue ich nur zu? Habe ich gerade einen Mann kennen gelernt oder kannte ich den Mann schon immer? Dies Vertraute, das ich in seiner Gegenwart empfinde. Mir ist, als ob ich seine Seele kennen würde. Seltsam. Wenn ich im Laden sitze und ihm bei der Arbeit zusehe, dann tauchen auch hier immer wieder Stille, Frieden und Geborgenheit auf. Und das Gefühl von Liebe. Es ist Liebe.
Obwohl die Frau murrt. Wenn dieser Mann nicht Mann genug ist, den nächsten Schritt zu tun, dann gehe ich lieber wieder in die Fußgängerzone statt zu ihm in den Laden. Eine Umarmung wäre langsam dran.
Samstagmorgen wäre die allerdings kaum möglich gewesen. Nahezu ununterbrochen ging die Türglocke. Ich gönnte ihm seine Einnahmen, aber ich war doch sehr enttäuscht, als ich ging. Nicht eine einzige Unterhaltung war drin gewesen. Am Wochenende dann kein Anruf, eben nur ein kurzer aus dem Laden und keine Einladung zum Kaffee. Ja, ich weiß, der Montag ist der Tag, wo er all das erledigt, wozu er sonst nicht kommt. Doch Wissen schützt nicht vor Enttäuschung. Keine Zeit für mich. Ich spürte, dass es ihm nicht gut ging, hätte ihn gerne aufgemuntert, doch ich kann nichts tun, wenn er mich nicht da haben will.
Okay, da fahre ich jetzt in die Fußgängerzone.

Ich radle am Laden vorbei, schaue aus Gewohnheit hinüber, sehe seine Gestalt zur Tür kommen, sehe, dass er mich sieht, sehe ihn die Tür öffnen und gehe hindurch.
Ja, es geht ihm nicht besonders gut und da bricht sich der angesammelte Ärger auch schon Bahn. Und dann will ich gehen, wende mich der Tür zu, doch es dreht mich wieder um und ich lege ihm stattdessen die Arme um die Brust, um den Hals geht nicht, weil er so groß ist, drücke kräftig zu und schwebe unvermittelt zwanzig Zentimeter über dem Fußboden. Zwei starke Arme haben mich umfangen, hochgehoben und fest an sich gedrückt. Dann werde ich abgesetzt und schwebe nun von ganz allein weiter und aus dem Laden hinaus.
Er folgt mir bis vor die Tür. „Fahr vorsichtig", sagt er, als ich aufs Rad steige. Aber natürlich, schon im eigenen Interesse. Ich will keinen einzigen Ton verpassen von der wunderschönen Melodie, die das Leben gerade spielt.
Als ich auf dem Rückweg am Laden vorbeikomme, steht er mit jemandem vor der Tür, sieht mich aber, da er auch hinten Augen hat, sofort, dreht sich um und lacht mir zu.
Dieser Mann. Er war eben vollkommen natürlich und ganz spontan in der Reaktion, aber er scheint mir im Grunde sehr scheu zu sein. Etwas äußerst Verletzliches umgibt ihn. Ist es das Kind? Dieses verlassene, auf sich selbst gestellte Kind?
Einmal, als ich ihn ansah, als er mit einem Kunden sprach, da sah ich niemanden mehr. Sein Gesicht war schön. Wunderschön. Fast schon wie das von Chandra, als sie nicht mehr da war.
Überhaupt gehen in letzter Zeit manchmal seltsame Dinge vor sich. Gestern Abend, ich lag nichts ahnend im Bett, erzitterte der gesamte Körper auf eine sehr feine, aber umfassende Weise, dann war wieder Ruhe. War es die Vorbereitung auf die nächste Satsang-Session, die in wenigen Tagen anläuft? Ich freue mich darauf. Armin weniger. Dem scheint das Ganze äußerst suspekt.
Ich hatte versucht, Satsang zu erklären als spirituelles Seminar, hatte scherzhaft, aber durchaus auch ein wenig provokativ, hinzugefügt, Mike sei mein Guru, woraufhin ich

in resigniertem Ton zu hören bekam, das habe er sich schon gedacht. Wir scherzten noch ein wenig über meinen Guru und das „Spiritusseminar", wie er es nannte, doch ich ahne, dass er tief im Inneren genau weiß, worum es da geht, sich aber jetzt und am liebsten nie damit beschäftigen möchte. Lieber bleibt er bei seinen alten Büchern, mit denen kennt er sich aus.
Nach der Unterhaltung über das Spiritusseminar tauchte eine Erinnerung auf, die mich leise lächeln ließ. Der Traum von den beiden Gurus kam mir in den Sinn. Da könnte Mike weiterhin mein geistiger, Armin ab jetzt mein schöngeistiger Guru sein. Als ich das nächste Mal in den Laden trat, wurde ich begrüßt mit „Na du?" und es klang fast genauso wie bei Mike im letzten Satsang. Der Mann hat wieder einmal zugehört und seine neue Rolle bereitwillig angetreten, bekräftigte das denn auch, als ich ihm die Guruschaft förmlich antrug. „In Ordnung", sagte er, „ich bin schön und geistig bin ich auch.". Und dann lachten wir.
Zwei Gurus. Habe ich ein Glück. Wie es wohl weitergehen wird mit den beiden? Was wohl die nächste Satsangrunde bringen wird?
„Es geht um die Liebe", sagt es. „Um nichts sonst."

Wie schön, tagelang so viele mir liebe Menschen wieder zu sehen. Ja, sie sind mir lieb. Da ist fühlbar Liebe. Und da ist Zurücktreten und Beiseitegehen. Ich musste mir einen neuen Platz suchen, konnte nicht mehr in der ersten Reihe sitzen bleiben. Ich fühle mich gesehen, möchte auch nicht mehr hinsehen auf das, was vorne geschieht, möchte nur still mit geschlossenen Augen am Rande sitzen.
Nichts bricht auf. Nichts ergreift mich und nimmt mich mit. Ich sitze einfach nur da. Es gibt nichts Schöneres, als im Augenblick zu sein. Zu sitzen. Zu schweigen. Zu fühlen. Zu hören.

Alles kommt und geht. Nur ES nicht. ES bewegt sich nicht. Etwas wird zunehmend klarer. Leben ist Bewegung, die in vollkommener Unbewegtheit stattfindet.
In den Pausen sitze ich mit den anderen zusammen und in mir sind Leichtigkeit, Unbeschwertheit, Strahlen, Singen und Tanzen. Ich darf sein, wie ich bin. Es darf sein wie es ist. Es ist, wie es ist. ES ist.
Oft erfüllt mich tiefe Dankbarkeit. Sie ist gewöhnlich ungerichtet, kommt nirgends her, geht nirgends hin und ist auch nicht meine. Gefördert wird sie möglicherweise auf der irdischen Ebene durch den Bewusstseinsraum, der durch Mike und die Gruppe um ihn entsteht.
Und? Weiß ich jetzt, wovon Mike und die Bücher reden?
Da ist kein Wunsch mehr nach Wissen. Das Wort Wissen hat darüber hinaus jede Bedeutung verloren. Wissen? Was ist das?
Ich habe zurzeit auch keine Fragen. Auch keine an Mike. Gestern hatte ich eine weitere Privataudienz bei ihm. Diesmal bat ich ihn, mir gleich beide Hände zu halten, wollte die Berührung schweigend genießen, doch das erwies sich als unmöglich, ich musste dem einen Guru vom anderen erzählen. Als ich berichtete, dass der schöngeistige Guru nichts wissen wolle vom so genannten Spirituellen und mir durch seine Person jetzt all das noch einmal präsentiere, wovor ich selbst einmal weggelaufen sei, da strahlte er mich an „Wunderbar", sagte er.
Ich ahne, was er meinte. Es ist die Chance meines Lebens, Frieden zu schließen mit allem, was ist, vor allem mit allem, was scheinbar anders ist. Es ist die Chance meines Lebens, bedingungslos zu lieben. In der Tiefe. An der Oberfläche darf auch gern die Frau in mir auf ihre Bedürfnisse aufmerksam machen. Auch die wird dann geliebt. Von mir. Und bedingungslos.
Gleich nach meinem Besuch bei Mike begann der nächste Satsangabend und nach einer Weile wurde ich müde, so müde, dass ich mich auf eine Matratze legen musste. Wieder einmal fand tiefes Entspannen statt. Da war Loslassen und Sinken. Und dann Stille. Frieden. Sanftheit.

Bei diesem Händehalten muss etwas geschehen sein. Leise, unmerklich fast, hat sich der Himmel dem Blick geöffnet, der Himmel, der schon öfter erahnt wurde, der nun jedoch immer deutlicher gesehen wird, nun, da die funkelnden Sterne an Attraktivität verloren haben und nicht mehr immerzu ablenken von ihm. Dabei ist nichts wirklich anders geworden. Die Sterne stehen weiterhin am Himmel, die Erde dreht sich weiter wie gewohnt. Wie gewohnt fällt der Blick zunächst auf die leuchtenden Sterne, doch hin und wieder weitet er sich ein wenig und das Unsichtbare wird sichtbar. Und hin und wieder taucht im Unsichtbaren die Liebe auf, diese wundervolle Bewegung im Ozean der Unbewegtheit. Es geht um die Liebe und ich weiß, dass es keinen Unterschied gibt zwischen himmlischer und irdischer Liebe. Sie sind unterschiedliche Aspekte desselben und die Liebe zum Mann ist ein Spiegel der Liebe zum Göttlichen.
Ja, das Handhalten gestern hat es gebracht, das hat dem Fass den Boden ausgeschlagen. Nun schwebe ich im Bodenlosen. Aufgehoben in dem, was ist. Liebend. Geliebt.
„Wie war es gestern Abend", fragte der schöngeistige Guru heute Morgen. „Wundervoll", antwortete ich, „ich werde immer netter".
„Immer netter?", wunderte sich mein galantes Gegenüber, „das geht doch gar nicht mehr."
Im Augenblick strahle ich. Ich glühe förmlich. Ohne Angst vor dem Durchbrennen. Es ist nichts da, was durchbrennen könnte.
Es singt und singt und singt immer dieselbe Zeile. „Es ist Liebe." Und dann bin ich wieder fassungslos. Ja, Gott singt und ich bin seine Stimme. Was für ein wunderbares Leben. Möge meine Fassung auf immer dahin sein. Ich will sie gar nicht wiederbekommen. Ich liebe den freien Fall.
Alles ist vollkommen und vollkommen im Augenblick.

Ich warte auf einen Anruf aus dem Laden. Leider muss ich den mit Herzklopfen verbundenen Zustand so nennen. Gleichzeitig warte ich überhaupt nicht. Ich fühle Unruhe, doch in der Tiefe ist es vollkommen ruhig. Eine interessante Erfahrung, Da ist Sicherheit. Sie ist da, seit Mike mir die Hände gehalten hat. Wessen bin ich mir sicher? Das ist belanglos. Ist es überhaupt Sicherheit? Oder einfach nur ein weiterer Aspekt des Unbewegten? In Wahrheit ist ja nichts sicher und die Welt eine trügerische.
Zurück zu meinem derzeitigen Wartezustand.
Anfang letzter Woche hatte Armin zu meiner Überraschung vorgeschlagen, am Wochenende einmal etwas gemeinsam zu unternehmen, doch war bis zum Freitagabend kein konkreter Vorschlag erfolgt. Stattdessen hatte ich täglich deutlicher den Eindruck, er habe den Rückzug angetreten. Die Kunden waren auf seiner Seite und kamen immer genau dann in Scharen, wenn ich auch da war. Trotz seiner telefonischen Einladungen auf einen Kaffee, denen ich natürlich nachkam, obwohl mir bei der Ankunft und beim Abschied die Hand gegeben wurde, beschlich mich ein seltsames Gefühl. Der Händedruck erschien mir Tag für Tag demonstrativer, schien mir immer deutlicher zu sagen: "Bleib mir vom Leibe."
Der Samstag kam heran, ich hatte den Laden kaum betreten, da kam schon die erste Kundin herein. Er unterhielt sich mit ihr, jedoch keinesfalls nur über Bücher, er hörte nicht nur ihren Erzählungen zu, sondern erzählte selbst munter drauflos. Minute um Minute. Es wurden zwanzig Minuten und ich war zutiefst enttäuscht. Er sah mich nicht mehr. Er schaute weg.
Urplötzlich hob es mich von meinem Stuhl. Der Mann ließ mich einfach sitzen. Im Laden und überhaupt, stellte etwas in Aussicht und machte sich dann schnell aus dem Staub. Erschrocken sah er mir nach, als ich an ihm vorbei zur Tür ging, rief nachmittags an und versuchte, alles als Lappalie hinzustellen. Doch es ist keine Lappalie. Das Feuer ist ihm zu heiß geworden.
Wie üblich habe ich Verständnis, ich kann es nicht hindern. Der Mann hat früh Verluste hinnehmen müssen, dass er

Bindungen scheut, kann ich nachvollziehen. Außerdem hat er massive Existenzprobleme. Da hat ihm eine Frau gerade noch gefehlt.

Ein buntes Vögelchen sehe ich jetzt, gegen eine Glastür ist es geflogen, hat zu spät bemerkt, dass die einst offene Tür wieder geschlossen ist. Nun liegt es da, sortiert seine Federn und schaut nach, ob etwas gebrochen ist. Nein, nichts, bis auf das Herz, und das ist bereits wieder ersetzt.

Ein starkes Herz ist es, das da schlägt und stark muss es auch sein. Gestern tobte erneut der Trennungsschmerz in mir und war diesmal so heftig, dass ich mir sicher war, es sei nicht ganz allein meiner. Doch nichts zuckte zurück nach dieser Erkenntnis. Es sagte unbeirrt immer weiter ja. Gleich, wessen Schmerz das ist, er wird gefühlt. Ich war ganz schön tapfer, war mir allerdings ebenfalls ganz sicher, dass hier nicht nur „Irdisches" in Arbeit war, sondern genauso „Himmlisches".

Nachts saß ich lange aufrecht im Bett und musste immer wieder tief Luft holen, schließlich wurde mir schwindlig und anschließend vibrierte es heftig in der Herzgegend. Stille und Unbewegtheit waren leider Gottes nicht wahrnehmbar, kein Himmel im Blick, sondern ein hell leuchtender, feurig versengender Stern, „Schmerz" genannt. Der nahm alles ein. Keine Erholung in der Stille. Und trotzdem war da so etwas wie Frieden, denn es war Einverständnis da.

Ich war ganz allein, da war keiner, der mir die Hand hielt und doch fühlte ich mich gehalten. Mitunter war ich dann aber alles nur noch leid, ein Hauch von Lebensmüdigkeit schwebte vorüber, woraufhin jedoch manchmal Beruhigung eintrat, so dass ich ein Weilchen schlafen konnte.

Nach dem Aufwachen heute Morgen ging es sofort wieder los und jetzt tut es noch mehr weh. Er hat gestern nicht angerufen, heute ist der Laden geschlossen und so gesellt sich zum Trennungsschmerz auch noch die Verlustangst. Himmel hilf!

Ich bin völlig erschöpft, halte es kaum noch aus. Ist das seine oder meine Angst? Wer hat die Eltern früh verloren?

Ich kann es einfach nicht vergessen, das Bild vom Kind zwischen Gräbern. Ich verstehe den Mann ja so sehr. Aber das hilft der Frau, die ich bin, überhaupt nicht, die ächzt und stöhnt.
Schließlich spreche ich wieder einmal mit dem Mann: „Du bist stark", sage ich ihm, „du kannst den Verlust deiner Eltern verkraften. Ich traue dir zu, mit dem Leid um sie und mit der Angst vor weiteren Verlusten fertig zu werden."
Es ist sein Schicksal und nicht meins. Mitgefühl ja, Mitleid nein. Das schwächt uns beide.
Ein Bild taucht auf, das Bild einer knallrot gekleideten Frau vor einer Ladentür. „Lieber Mann", sagt die Frau, „wenn du da nicht bald einmal wieder herauskommst, dann geh ich da bald nicht mehr herein."
Langsam beruhigt sich etwas.
Kommt er wieder? Kommt er wieder näher? Da, wo es still ist, ist das gleich. Da, wo das Herz klopft, ist das überhaupt nicht gleich. Und so ist das jetzt. Auf einem See der Unberührbarkeit schwimmt eine wunderschöne Pflanze mit vielen Blüten in zarten und auch kräftigen Farbtönen. Diese Pflanze ist höchst berührbar. Jeder Windhauch lässt sie erzittern. Doch ist es nicht auch ein großer Genuss, den Wind auf der nackten Haut zu fühlen? Dem Lied zu lauschen, das er singt, wenn er einem in die Haare fährt und mit ihnen spielt?
Die Melodie des Lebens. Ziemlich schräg klang sie dieses Wochenende, doch das ist so in einer Welt, die auf Polen aufgebaut ist und von Polen am Leben erhalten wird. Mal klingt die Melodie ganz wundersam, mal tut sie in den Ohren weh, und mal, wenn man mit dem ganzen Körper hört, tut sie überall weh. So ist das. Das ist es. Das ist ES.

Er hat gestern doch wieder angerufen, mich zum Kaffee in den Laden eingeladen und wie inzwischen gewohnt kamen

die Kunden in Scharen. Heute Morgen bat ich den Himmel, mich den Mann endlich einmal außerhalb des Ladens treffen zu lassen, damit wir noch einmal ein paar Worte von Angesicht zu Angesicht wechseln können.
Mein Wunsch war dem mir so überaus gefälligen Zufall Befehl, Armin kam mir auf der Straße entgegen, blieb stehen, als er mich sah, breitete, zugegebenermaßen etwas theatralisch, die Arme aus, in die ich mich leider und wie er genau wusste, nicht stürzen konnte, da ich auf dem Rad saß, rief: „Durchfahrt gesperrt", und dann unterhielten wir uns so lange auf der Straße, bis es Zeit wurde, die Ladentür für die Kundschaft zu öffnen.
Lag da mal ein Vögelchen zerfleddert vor einer Ladentür? Das Einzige, was jetzt zu sehen ist, ist ein quietschfideler roter Vogel, der munter zwitschert. Zwischendurch flötet er auch. „Lieber Mann, knall nicht noch mal die Tür zu, wenn ich im Anflug bin, sonst…".
Leider fällt mir gar nicht ein, was ich sonst machen würde. Ich weiß plötzlich noch nicht einmal mehr, ob ich ernst meine, was ich da sage oder nur leeres Gerede von mir gebe. Zudem kenne ich diesen Vogel. Ihm ist zuzutrauen, dass er sich beim nächsten Mal vor dem Laden niederlässt und so lange wartet, bis die Tür wieder aufgeht.
War das jetzt an meiner Tür? Dies Poltern und Klopfen? Ist es Marie?
Ja, es ist die Betreuerin des alten Herrn unter mir. Ich soll bitte, bitte, ganz schnell mitkommen.
Ich folge ihr in die Wohnung, sehe im Vorbeigehen Blut im Badezimmer und auf dem Teppich, sehe es dann beständig tropfen aus einer Wunde an der Stirn des alten Mannes, der zusammengesunken und völlig apathisch auf dem Rand seines Bettes hockt. Wie Marie hastig erzählt, ist er im Bad umgefallen und mit dem Kopf gegen das Waschbecken geknallt. Ein zweites Mal bitte ich die junge Frau, den Krankenwagen und die Tochter anzurufen, setze mich neben den Mann und nehme seine Hand.
Eine Erinnerung steigt hoch. Der Vater. Wenige Wochen vor seinem Tod stand er vor mir, Blut lief herab. Ich möchte

mich wehren gegen diese Erinnerung. Ist es nicht langsam genug? Wieso taucht der Vater immer noch auf? Habe ich nicht längst Frieden geschlossen mit ihm? Und hat er mir seine Liebe nicht deutlich genug gezeigt?
„Lass es", sagt es. „Lass es sein. Lass es da sein."
Der Notarzt kommt, ich gehe in meine Wohnung zurück, höre von hier aus die Tochter vor- und bald darauf den Krankenwagen fortfahren. Die Tochter kommt kurz hoch, ehe sie ihrem Vater nachfährt ins Krankenhaus. „Danke", sagt sie, „Danke, dass Sie sich kümmern."
„Gern", sage ich und meine es auch so. Obwohl es mich immer wieder erinnert. Das soll jetzt wohl so sein. Gleich warum.
In der Nacht bin ich wach. Etwas will ganz klar erkannt werden. Der Vater. Noch ist nicht alles gelöst zwischen uns. In vielerlei Gestalt macht er immer wieder aufmerksam auf sich, zurzeit durch den Vermieter, aber auch durch Armin. Der erzählte letzte Woche einem Kunden, dass ihm im Alter von sechs Jahren die Brust verbrüht wurde, als er der Großmutter mit der kochend heißen Milch in der Hand zu nahe kam. Ich erstarrte. Auch mein Vater hatte Narben auf der Brust, war seiner Mutter in die Quere gekommen, als sie einen Topf kochender Suppe zum Tisch trug. „Da steht mein Vater", dachte ich und mir fiel ein, wie sehr ich Armins gelegentliches jungenhaftes Flachsen und Scherzen liebe und dass es mich jedes Mal erinnert an das jungenhaft unschuldige Gesicht und Gebaren des todkranken Vaters im Morphiumrausch.
Eine weitere Erinnerung steigt auf. Die allererste Begegnung mit Armin. Ich hatte Ella zur Ikonenausstellung gefahren, stand hinter ihrem Rollstuhl, betrachtete die Ikonen und plötzlich schossen mir die Tränen in die Augen. Weiß der Himmel warum, aber ich musste plötzlich an meinen Vater denken und so, mit Tränen in den Augen, sah ich den Antiquar aus dem Hintergrund hervortreten. Sprechender kann kein Bild sein.

Dieser Traum kürzlich mit dem Bestatter und meinem Vater. Repräsentiert Armin im Grunde nur meinen Vater? Ich weiß es immer noch nicht. Ich muss es auch nicht mehr wissen.

Gestern Abend saß ich nach einem Besuch bei der Kusine im Zug und plötzlich setzte der Schmerz wieder ein. Ich hatte einen letzten Versuch gestartet und Armin Anfang der Woche zu einem kurzen Mittagessen zu mir eingeladen, er hatte zugesagt und hinzugefügt, er werde für einen Tag dem Herrn absagen, mit dem er meist in einer nahegelegenen Gaststätte zu Mittag isst. Und das war's. Einen konkreten Termin gab es nicht und wurde im Lauf der Woche auch keiner genannt. Ja, da tat es jetzt also wieder weh. „Lieber isst er mit diesem Typen als mit mir", sagte die Frau und war sehr traurig. Ich hielt mir wieder einmal tröstend selbst die Hand und erlebte überrascht, wie sich etwas „verschob", ich wieder sank und sank, wie es ganz ruhig wurde und der Schmerz nach und nach verschwand.
Ich stieg aus dem Zug, um nach Hause zu gehen, als meine Beine, ohne jeglichen Auftrag meinerseits, festen Schrittes Richtung Laden marschierten. Es war spät am Abend, Armin aber noch da, und so bekam er gesagt, wie enttäuscht ich sei, dass etwas verbal in Aussicht gestellt, aber dann nicht erfüllt werde.
Er drehte und wand sich, brachte laufend neue Gründe und Entschuldigungen vor. Plötzlich wurde mir bewusst, dass ich ihn wieder so seltsam still anschaute, einfach so, ohne jeden Gedanken oder Hintergedanken. Ich schaute und er sprach. Plötzlich auch einfach so. Ohne weitere Verteidigung stellte er seine derzeitige Lebenssituation dar. Und ich verstand. Ich verstand, dass er nicht anders konnte. Jetzt nicht.
Ehe ich ging, reichten wir uns die Hände, formell, doch es war kein bisschen formell. Frieden.

Ich ging nach Hause Erleichtert. Ich hatte zur Frau gestanden und ihre Enttäuschung ausgedrückt. Aber wenn er nun endgültig dicht machte? Leise war wieder Verlustangst zu fühlen, deutlicher jedoch Liebe. Liebe für ihn und für die Frau, die ich bin.
Dieser Mann scheint wirklich meine Einladung zu sein, mir der bedingungslosen Liebe bewusst zu werden. Die Liebe zu ihm ist nur ein Aspekt der alles umfassenden Liebe.
Nach diesem Auftritt konnte ich überraschend gut schlafen, ging heute als Kundin in den Laden, um für Ella ein Buch abzuholen, und natürlich waren wir keine Minute allein. Als ich mich an der Tür noch einmal umwandte, da schaute er auf und unsere Blicke trafen sich. Es war ein wunderschöner Blickkontakt.
Kaum zu Hause angekommen, fühlte ich mich jedoch total zittrig, liege nun schon seit Stunden auf dem Sofa und drifte langsam ab in einen sehr angenehmen Duselzustand.
Das Telefon reißt mich aus meinem entspannten Zustand. Armin. Eine Stunde reden wir und ich lege erleichtert den Hörer auf. Er will weiterhin Kontakt. Sonst hätte er doch nicht angerufen und auch nicht so lange mit mir gesprochen. Seine Stimme war warm und zutraulich. Räumlich war er fern, doch ich fühlte Nähe.
Eins ist mir nun allerdings klar. Ich bin nicht der Mittelpunkt seiner Welt. Ich bin der Mittelpunkt meiner Welt und in diesem Mittelpunkt steht jetzt eine bedingungslos liebende Frau.

Mir scheint nicht zu helfen zu sein. Ich warte schon wieder.. Nicht auf Erleuchtung, die ist mir gleich, die wird sich von selbst einstellen oder auch nicht, nein, ich warte auf einen vielbeschäftigten Mann. Er hat neuerdings einen Praktikanten, um den er sich rührend kümmert. Um mich überhaupt nicht.

Ich bin mir allerdings ziemlich sicher, dass der Praktikant nur ein Vorwand ist, eine Wand, die er zwischen sich und mich und zwischen sich und seine Gefühle gestellt hat. Ich bin aber ja auf dem Trip „bedingungslose Liebe" und nahm es bereits die ganze Woche an und hin. Ging prima. Bis heute. Er hatte gesagt, er werde sich Samstagnachmittag melden, tat es aber nicht. Auch nicht am Sonntag.

Die Sehnsucht schlug zu. Die Verlustangst ließ nicht lange auf sich warten. Jetzt ist Montag und Stunde um Stunde tut es mehr weh. Sobald ich meditieren will, wird es noch schlimmer, doch sobald ich mein schon übliches ja sage zu Angst und Schmerz, kippt das Ganze und ich falle in Sinken, Entspannen und Wohlgefühl.

Ich gebe ab und auf. Was nicht alles! Das Warten loswerden zu wollen, die Sehnsucht, die Enttäuschung. Warten will gefühlt werden? Okay, ich warte. Jetzt ist Enttäuschung dran? Okay, her mit ihr. Und immer wieder ist da Liebe. Bedingungslose Liebe. Zu mir, zum Mann auf Tauchstation, vor allem aber zum gegenwärtigen Augenblick.

Doch immer neu kehrt nach einer Weile der Schmerz zurück und schließlich kippt nichts mehr in Sinken und Entspannen. Nach Stunden voller Schmerz kommt der Zusammenbruch. Physisch und psychisch völlig erschöpft breche ich in Tränen aus. Da gebe ich noch etwas auf, ein Gebot meines der Erleuchtetenszene angepassten Weltbildes, das besagt, Schmerz anzunehmen sei erleuchtend und erleichternd. Das scheint bei mir gerade jetzt nicht mehr der Fall zu sein und ich lehne den Schmerz plötzlich vehement ab.

Ich lasse los, tapfer alles aushalten zu wollen. Schluss. Ich will nicht mehr. Ich kann nicht mehr. Nein. Nein. Nein. Ja zum Nein. Bedingungslos.

Still liege ich auf dem Sofa, fühle den Schmerz kommen und immer schneller wieder gehen, die Erleichterung kommen und immer tiefer werden und langsam steigt jetzt Freude auf. Die Gedanken kehren sich ab vom schöngeistigen Guru und wenden sich dem geistigen zu. Heute Abend ist Satsang. Sogar hier in meiner Stadt. So nahe ist mir das Ganze also schon gerückt.

Ein Blick zur Uhr. Es wird Zeit, mich auf den Weg zu machen. Ich muss eine Station mit der S-Bahn fahren, gehe zum Bahnhof und sehe dort, ich kann es kaum glauben, einen mir gut bekannten Mann. Was erfahre ich? Armin, grottenschlecht gelaunt, war das ganze Wochenende und den ganzen heutigen Tag im Laden. Warum er nicht angerufen hat? Er hat. Freitagabend war ich nicht da, Samstag war besetzt und danach hatte er keine Lust mehr.
Soso. Seine Version. Heimlich muss ich mir das Lachen verbeißen. Da hat er das ganze Wochenende nicht wirklich mit mir sprechen wollen und muss es nun doch tun. Und sehen muss er mich jetzt auch noch.
Natürlich fragt er, wo ich hinwolle und ich gebe zu, auf dem Weg zum geistigen Guru zu sein Es scheint ihm gar nicht recht zu sein und das, obwohl er am Ende der Fahrt selbst eine gewisse Eignung auch zum geistigen Guru zeigt.
„Der Zug endet dort", ertönt es bei der Einfahrt in den Hauptbahnhof.
„Wieso dort", sagt der Mann an meiner Seite brummig, „wieso nicht hier."
Könnte so ähnlich auch Mike gesagt haben. Und tatsächlich beginnt Mike den Abend mit einem seiner Lieblingssätze: „Das Einzige, was wir mit Sicherheit wissen, ist, dass wir jetzt hier sind."
Ich bin an diesem Abend tatsächlich viel „hier", sitze mit geschlossenen Augen am Rande, falle und sinke, manchmal derart, dass mir schwindelt. Ich höre nicht wirklich zu, doch hin und wieder fallen Worte oder Sätze in mich hinein und ich höre sie geradezu glasklar. Dann wieder erlebe ich mich einfach nur als da sitzend. Nichts geht mit dem mit, was ringsum geschieht. Nichts rührt sich oder mich. Ich bin still. Ich bin da.
Und dann, beim Fortgehen, da geschieht etwas, da macht es klick. Einfach so. Fast schon nebenher.
Nach dem Abschied von Mike wende ich mich zum Gehen, verabschiede mich im Vorbeigehen auch von der Frau, neben der ich gesessen habe, und höre erfreut, wie sie mir nachruft, ich sähe um Jahre jünger aus. Ich witzle ein wenig,

dass ich jedes Jahr fünf Jahre jünger und irgendwann wieder wie zwanzig aussehen würde. „Eigentlich", sagt daraufhin eine Frau, die hinter mir die Treppe hinabgeht, „fühlt man sich doch immer gleich, egal, wie alt man ist. Da ändert sich ständig was. Aber das nicht."
Das ist es. Ich weiß es sofort. Oh Gott, ja. Es ist das Bewusstsein meiner selbst, was mich ein Leben lang mich selbst immer auf gleiche Weise hat wahrnehmen lassen. Und dieses Bewusstsein ist es. Das ist ES. Und war es schon immer.
Im Geiste höre ich wieder Mikes Satz: „Es ist das, was ich schon als Kind gekannt habe."
Wie einfach. Ach, wie einfach. Etwas ist jetzt klar, auf eine stille und ganz und gar selbstverständliche Weise. Es ist völlig klar, dass das, was mich all die Jahre mich selbst auf die gleiche Weise hat wahrnehmen lassen, das Konstante, das Bleibende ist, und meine Person das sich Verändernde. Ich habe dieses Bewusstsein meiner selbst gewöhnlich nicht wahrgenommen, doch es war immer da.
Bleibt die Welt jetzt stehen? Nein. Alles geht weiter seinen Gang. Auch ich. Mich allerdings weiterhin völlig überrascht fühlend, fahre ich nach Hause, gehe zu Bett, kann aber lange nicht einschlafen. Das ist es. Das ist ES. Soso. Und es denkt und denkt...

Leider, meinem leidigen Wesen entsprechend, entpuppte sich das letzte Wochenende zeitweise noch einmal als ein recht höllisches. Wider besseres Wissen. Ich wusste ja nun genau, dass Armin nicht nur auf Distanz, sondern auch überlastet war, er hatte sogar einmal kurz angerufen, aber nur, um sagen, er rufe an, damit ich nicht wieder sagen könne, er habe nicht angerufen. Ich litt trotzdem, litt, obwohl ich merkte, dass es mir reichte, dass ich nicht mehr wollte und eigentlich auch nicht mehr konnte.

Wieder drehte sich nach längerem Aushalten des Schmerzes etwas ganz plötzlich und es sagte: „Ja, ich nehme an, nicht mehr leiden zu wollen, ja, ich lasse das Leid los." Fest und bestimmt wurde hinzugefügt: „Besonders das Leid von anderen." Und weiter ging es mit: „Ich lasse los. Jetzt. Jetzt. Jetzt..."
Mike hätte seine helle Freude an mir gehabt. Jetzt. Ich meinte es wirklich ernst. Ich konnte nichts mehr festhalten, hatte keine Kraft mehr, war emotional derart erschöpft, dass ich mich hinlegen musste. Immer wieder setzte der Schmerz ein, doch jedes Mal begann bald das Sinken, hinein in Ruhe und Geborgenheit, und schließlich lag ich auf dem Sofa wie in Mutters Schoß und der Schmerz blieb endlich aus.
Seitdem ist mir, als sei ich aus einem Gefängnis entlassen worden, als sei eine Art Besessenheit von mir gewichen. Es hat sich etwas verändert. Wenn ich im Sessel sitze, versinke ich oft in Stille. Wohltuende, köstliche und manchmal sogar länger anhaltende Stille. Auch sonst taucht sie gelegentlich auf. Gleich, ob ich allein bin oder mit anderen zusammen. Sobald ich in der Stille aufgehe, muss ich nichts Besonderes mehr sein. Ich muss überhaupt nichts mehr sein. Noch nicht einmal mehr ich.
Erleichterung. Tiefe Dankbarkeit. Und Sanftheit. Unendliche Sanftheit.
Emotional bin ich noch anfällig, liege viel auf dem Sofa, oft mit dem Gefühl, lange krank gewesen zu sein. Doch das Leid scheint sich tatsächlich aufzulösen, auch wenn immer mal wieder Schmerzen auftauchen. Ich gebe ihnen keine Namen mehr. Manchmal weiß ich auch nicht mehr wirklich, was ich fühle. Ist es Lust, was sich da in den Schmerz mischt? Manchmal ist es deutlich Liebe, doch ist sie sehr leise. Für große Gefühle fehlt die Kraft. Immer neu wird ein Satz wiederholt, den ich einmal gelesen habe: „Unzerstörbar ist mein wahres Wesen. Und sanft. So sanft."
An Armin denke ich kaum und ich denke nach Möglichkeit auch nicht darüber nach, warum er sich nicht meldet. Er hat einen Praktikanten, arbeitet wahrscheinlich bis in den späten Abend hinein und hat offenbar weder Zeit noch Lust, sich

auch noch mit mir abzugeben. Aber das ist wahrscheinlich zu viel gedacht. „Denk nicht", riet er mir bereits vor Wochen, doch das ist nicht so leicht getan wie dahingesagt.
Auch Ella, die sich in den letzten Wochen so manches Klage- oder Annahmelied hatte anhören müssen, hatte einen guten Rat für mich. „Nimm es nicht persönlich", sagte sie mehrfach und erst jetzt geht mir auf, dass sie einen Schlüsselsatz gesagt hat. Es nicht persönlich nehmen. ES nicht persönlich nehmen. ES ist nicht persönlich. ES ist.
„Das ist es", dachte ich nach dem letzten Satsang. „Das ist er", dachte ich in der ersten Zeit manchmal, wenn ich an Armin dachte, "das ist der Mann, den die Kartenlegerin angekündigt hat." Das ist er wirklich, doch ist er nicht der Mann meines Lebens, sondern der Mann, der mich die Lektion meines Lebens lehrt. Nichts persönlich zu nehmen. Die Wahrheit ist unpersönlich.
Die Liebe auch. Mir scheint, eine wie ich kommt nicht in den Himmel auf Erden mit einem Mann, sondern trotz eines Mannes. Wenn ich in der Stille bin, bin ich mir des Himmels bewusst und weiß, dass es keinen anderen gibt als genau diesen jetzt hier.
Es ist schön, in der Stille zu sein. Da gibt es kein Warten und keine Erwartungen. Doch ich kann die Stille nicht festhalten, falle laufend aus ihr heraus. Gelegentlich, wenn ich wieder in Gedanken abdrifte, kommen mir Mikes Worte in den Sinn. Er spricht so gern von der „Einladung des Seins", der er nicht widerstehen könne. Ja, ich fühle mich eingeladen. Derzeit ja leider nicht vom Herrn im Antiquariat, doch keimt in mir der Verdacht, dass dieser Herr mit dem Sein im Bunde ist und sich zurückhält, damit ich die Einladungen des Seins nicht länger überhöre.

Da hat gerade jemand angerufen, er habe ein ganz schlechtes Gewissen, sich nicht eher gemeldet zu haben, wünsche mir

aber jetzt einen schönen restlichen Tag. Die Stimme klang sehr weich und liebevoll und entsprach haargenau meinen Gefühlen. Nichts sagte während des Gesprächs „Na endlich" oder „Wo bleibt eine Einladung in den Laden?". Es blieb ganz und gar friedlich.
Nun warte ich allerdings wieder. Auf eine Einladung in den Laden. Auf sehr irdische Weise hänge ich an Armin, muss immer wieder aufs Neue annehmen, gebunden und diesem Gebundensein machtlos ausgeliefert zu sein, wissend, und es auch hin und wieder bewusst erlebend, dass ich in Wahrheit frei und an nichts gebunden bin.
Ja, leider, und das macht mich gleich wieder leiden, kann ich das Warten und die Abhängigkeit nicht willentlich aufgeben. Das sogenannte Ich hängt fest.
Wut schießt hoch. Himmel und Hölle! Ich will das alles nicht mehr und gleichzeitig will ich auch nicht mehr, dass ich immer noch will. Ist alles dieses verdammte Ich schuld. Es ist das, was es immer anders haben will, als es ist. Kann es nicht endlich aufgeben? Abhauen? Am besten gleich sterben?
Die Wut geht, das Lachen kommt. „Sprichst du aus deinem gedachten Ich heraus?", könnte Udo jetzt wieder eine seiner Lieblingsfragen stellen.
Udo ist einer aus Mikes Truppe, der sich meinem Eindruck nach bereits für erleuchtet hält, am liebsten selbst Satsang gäbe, worum ihn jedoch zu seinem Leidwesen bisher noch niemand gebeten hat. Er hätte gerne mit mir angebandelt, doch ich hatte keine Lust, gab ihm das auch deutlich zu verstehen und wurde ab da sehr von oben herab behandelt.
„Ja, ich spreche aus meinem gedachten Ich heraus", könnte ich ihm auch jetzt wieder antworten und muss immer weiter lachen. Jetzt aber über mich. Ich weiß doch, dass mein Ich wirklich kein reales, sondern nur ein gedachtes ist und ein gedachtes Ich gar nicht gehen oder sterben kann, dass von einem gedachten Ich auch nichts aufgegeben werden kann. Ich weiß es genau und versuche es trotzdem immer wieder. Ich bin eindeutig verrückt.

Das Lachen vergeht mir bald wieder. Ich werde unruhig. Es tut wieder weh. Dies Mal geht es nicht um Armin, sondern um die Stille. Ich will Frieden. Sofort. Für immer. Ich weiß genau, dass ich ihn mir mit dieser Forderung nehme. Aber ich kann nicht anders.
Heftig wirft es mich hin und her. Da liegt etwas mit etwas in einem erbitterten Kampf und ich kann es nicht hindern. Bin dem Geschehen hilflos ausgeliefert.
Eine Bitte steigt auf. „Ich bitte um ein Wunder. Ich bitte darum, das Leben so nehmen zu können, wie es ist."
Wen bitte ich? Keine Ahnung. Niemanden. Ich bitte einfach mal.
Aber es gibt kein Wunder. Es tut nur weiter weh, wirft mich weiter hin und her.
Ob ich Mike eine Mail schicken soll? Dass er einmal an mich denkt? Mir aus der Ferne die Hand hält? Vielleicht hilft es ja sogar und macht dem Wunder Beine.
Da ist sie jetzt also doch an einen Adressaten gegangen, meine Bitte um Hilfe. Und nun raus. Der Unruhe Bewegung verschaffen. Aufs Rad. Endlich einmal wieder an den Fluss. Der halbe Sommer ist schon hin.
Im Flur treffe ich die Tochter des Vermieters. Ihr Vater ist erneut ins Krankenhaus gebracht worden. Diesmal ganz still und leise. Ich habe jedenfalls nichts mitbekommen. Er sei völlig apathisch, erzählt sie, esse nichts mehr, trinke kaum noch, klage aber über Schmerzen.
Berührt gehe ich weiter. Ein alter Mann, der nicht sterben kann. Wie mein Vater.

Die Radtour tut gut, weit geht sie jedoch nicht. Zu schlapp.
Zurück in der Wohnung schaue ich sofort in die Mailbox. Mike hat schon geantwortet. Er halte mir nicht nur die Hand, er halte mich voll und ganz in seinem Herzen.
Da ist Liebe. Und Mike spiegelt sie mir auf so sanfte Weise. Ich fühle mich weich werden, und etwas in mir sagt überaus freundlich: „Was ist das nur wieder für ein Theater."
Wenn ich das bloß wüsste. Nein, ich muss es nicht wissen, es reicht, es mir in Ruhe anzuschauen. Doch ist Ruhe genau

das, was mir ständig verloren geht. Scheint aber normal zu sein. Jedenfalls steht auch in der Mail, dass die Prozesse, die gerade in mir ablaufen, dazugehören.
Noch etwas steht da. „Die Gnade und das Wunder sind schon da. Du darfst das alles bewusst erleben."
Aber ich dachte, ich würde das meiste gerade mal wieder nicht bewusst erleben. Aber vielleicht, nein ganz sicher, ist das nur das, was ich denke und nicht das, was wirklich ist.
Da höre ich auch schon Mikes Stimme: „Wer nimmt diesen Kampf und diese Prozesse wahr? Wer nimmt den Schmerz und den Widerstand wahr?"
„Ich", weiß ich es wieder und meine nicht nur das „gedachte Ich". Trost und Geborgenheit werden fühlbar. Es sagt wieder ja.

Gefühle kommen und gehen. Das Gefühl der Machtlosigkeit ist dem der Ergebenheit gewichen, das leise ebenfalls die ganze Zeit zu fühlen gewesen war und nun wieder deutlich im Vordergrund steht. Weiterhin sagt es klar ja zu allem, bin ich kompromisslos bereit, auch das Annehmen abzulehnen und die Ablehnung anzunehmen. Wie es gerade kommt. Und wenn ich meist bedeutend seltener in der Stille bin, als ich mir das wünsche, dann ist es genau das, was jetzt gelebt werden möchte. Ja, lieber noch als bei Armin im Laden wäre ich jetzt in der Stille. Da denke ich kaum an den Mann und kaum etwas tut weh.
Ertappt. Die Stille als Trostpflaster und Hilfe zum seligen Vergessen. Wie menschlich und ganz und gar nicht mystisch oder erhebend. Was habe ich nicht alles gelesen über das glühende Verlangen der Heiligen, auch der unserer Tage, nach der Nähe zu Gott und dem Verschmelzen mit ihm. Bei mir ist es gerade keineswegs brennende Gottesliebe, die mir die Sehnsucht nach Stille beschert. Ich bin nicht „göttlich verrückt", sondern trotz gelegentlicher Abweichungen von

der Norm immer noch menschlich normal. Ich will einfach meine Ruhe. Mag nicht mehr leiden. Will auch nicht mehr besser sein als andere. Auch nicht heilig. Zu meinem Glück bin ich mir ja inzwischen relativ sicher, dass auch das Normale vollkommen spirituell ist.
Und da geschieht es wieder. Etwas entspannt sich, löst sich und richtet sich auf. Leichtigkeit wird fühlbar. Freiheit. Dankbarkeit. Auch für den geistigen Guru, der mich in sein Herz genommen hat.
Prompt fällt mir der schöngeistige Guru ein, der sich standhaft weigert, mich ebenfalls in sein Herz zu nehmen und mir wird bewusst, wie sehr ich ihn vermisse.
Zack, ist die Frau wieder da, die sich in der letzten Zeit sehr zurückgehalten hat. Sie hat dem Mann ein paar Worte zu sagen. „Ich bin eine äußerst bescheidene Frau, doch ich brauche noch einmal ein Zeichen von Zuneigung. Sonst..."
Er hat es gehört. Wenig später geht das Telefon, er entschuldigt sich erneut, aber er sei eben von morgens bis abends mit Arbeit eingedeckt gewesen. Im Übrigen sei der Praktikant nur noch zwei Tage da, danach könne man ja etwas wieder auffrischen. Dann sagt er ganz unvermittelt: "Du bist mir doch nicht böse?"
Ich ihm böse sein? Geht einfach nicht. Warum auch? Ich bin ihm sehr dankbar. Er ist meine Einladung und gleichzeitig meine Eintrittskarte in die Stille, in den Himmel auf Erden.
Die Frau sieht das natürlich etwas anders. Einen Moment lang stecke ich voll drin in ihr, dann nicht mehr. Ich höre ihre Vorwürfe, spüre, wie sie erneut ins Warten gleitet, und es ist in Ordnung. Da ist eine Frau, die sich beklagt über einen überlasteten Mann. Nichts sonst. Niemand hat Schuld. Niemand hat Recht oder Unrecht. ES ist, wie es ist.

Es wird wieder öfter still und dann ist da großes Wohlgefühl. Es könnte „sinnlich" genannt werden. Der Körper fühlt sich wohl mit allen Sinnen. Die Zellen haben fühlbar Lust am Leben.

Diese Nacht wachte ich auf aus einem Traum, in dem ich mit meinem Vater zusammen gewesen war, schlief nach einer Weile wieder ein, um kurz darauf erneut wach zu werden von einem Erdbeben. Hellwach saß ich im Bett und erinnerte mich. Schon einmal war ich von einem Erdbeben wach geworden. Damals war es ein vermeintliches gewesen. Ich war geweckt worden von einer schweren, körperlich fühlbaren Erschütterung, hatte am nächsten Tag erfahren, dass es zwar kein Erdbeben gegeben hatte, mein Vater aber um diese Zeit sterbenskrank ins Krankenhaus eingeliefert worden war. „Er zieht seine Wurzeln aus der Erde und du hast es gespürt", hatte mir Ella damals das Geschehen zu erklären versucht.

Und jetzt? Ist das nicht seltsam? Als der Vater die Wurzeln aus der Erde zog, fühlte sich das in mir an wie ein Erdbeben. Diese Nacht träumte ich von ihm und es folgte ein echtes Erdbeben. Zufall?

Telefon. Armin? Nein. Er rief bisher nur einmal an, um zu sagen, er habe noch keine Zeit und dann ein zweites Mal, um zu erzählen, er habe sich am anderen Ende der Stadt ein Ladenlokal angeschaut, wolle es mieten und würde mich auf jeden Fall auf dem Laufenden halten.

Das hat er bis jetzt nicht getan und die Frau in mir ist inzwischen völlig auf Distanz. Da lädt jemand sie ein, sagt, er sähe sie und hätte Zeit für sie, da kündigt einer viel an, zuletzt eine Auffrischung, und was ist?

Interessant war es in den letzten Tagen, zu beobachten, wie sich alte Automatismen einschalteten und ins Leere liefen. Immer wieder tauchten Vorwürfe auf, dann Wünsche und Hoffnungen, erst steckte ich voll drin, und plötzlich nicht mehr. Es pendelte zwischen Emotionen und Bewusstheit, titschte gegen die „Klagemauer", was wehtat, und wurde wie ein Ball in die Bewusstheit geworfen. Und es war okay so.

Heute steigen nun spürbar Trauer und Verletztheit auf. Von der einstigen Verliebtheit ist nichts mehr übrig geblieben. Geblieben ist hingegen die Liebe. Vor allem die zur Frau in

mir. Sie beklagt sich nicht mehr, ist still geworden, denn sie bekommt, was sie braucht. Sie wird gesehen. Von mir. Und von dem, was immer ist.
Es gibt im Augenblick auch keine Wünsche nach mehr Stille oder Bewusstheit. Es ist für alles gesorgt, alles geschieht zur rechten Zeit im Tanz von allem mit allem und sobald es still ist, weiß ich das auch. Da ist mir wohl. Da ist es sanft. So unendlich sanft.
Es klopft an der Wohnungstür. Marie? Nein, die Tochter des Vermieters. Er ist gestorben. Gestern schon. „Es ist gut so", sagt sie „es war eine Erlösung."
Es ist gut so. Das habe auch ich damals gedacht, als der Vater wegen seiner Schmerzen so viel Morphium bekam, dass er ins Koma fiel und wenige Tage später starb. Auch für ihn war es Erlösung.

Ich dachte es sei vorbei, doch es tut wieder zunehmend mehr weh. Ich komme nicht los vom Schmerz, er drückt mich förmlich nieder, raubt mir alle Energie. Ich hänge immer noch an Armin. „Die Hoffnung stirbt zuletzt", hörte ich gestern jemanden sagen und wusste, dass es genau das ist, was mich noch hält, mich heimlich doch noch warten lässt. Dabei bin ich Warten und Leiden dermaßen leid, dass mir schon leicht übel wird, wenn ich an den Mann nur denke. Noch einmal bin ich dem Geschehen völlig ausgeliefert, der barmherzige Wechsel vom Schmerz in die Stille bleibt leider aus. Heute bringt noch nicht einmal die Arbeit an der Pforte Erleichterung, ich kann mich nur schwer konzentrieren. Da wallt es erneut auf: „Ich bitte um Hilfe. Ich will nicht mehr leiden. Ich will nicht mehr hoffen und warten. Ich möchte das Jetzt leben. Ich bitte noch einmal um ein Wunder."
Erst als meine Zeit an der Pforte zu Ende ist und ich mich zum Gehen bereit mache, fällt mir auf, dass nichts mehr wehtut. Im Gegenteil, ich fühle mich wohl, die Energie ist

zurück und ja, wahrhaftig, ich spüre sogar einen Anflug von Unternehmungslust.
Eine riesengroße Erleichterung überflutet mich. Aus dem Gefängnis entlassen. Und dieses Mal, ich weiß es, wirklich endgültig. Entlassen aus dem Gefängnis „Vergangenheit". Das Vertraute, das ich von Anfang an wahrgenommen hatte an Armin! Es war das vertraut Leidvolle, das ich in meiner Familie von klein auf gespürt hatte.
Nichts zieht mehr zu Armin hin. Zum Menschen, der er ist, sagt es weiter bedingungslos „Ja", doch sagt die Frau ein klares „Nein" zum Mann, der er ist. So wie er sich jetzt zeigt, nämlich gar nicht, passt er nicht mehr zur Frau.
Dankbar bin ich ihm. Er hat mich so viel gelehrt, indem er mir die zahlreichen Aspekte seines Soseins zeigte. Es gibt die himmlische Liebe, die ist und bleibt, und die irdische, die kommt und geht, und es ist gut für die Frau zu merken, wann welche Liebe im Vordergrund steht.
All die wunderbaren Zufälle also umsonst? Nein. Sie lehrten mich das Vertrauen, dass alles genau so kommt, wie es ins Ganze passt und niemand seinem „Schicksal", dem ihm „Geschickten", entgeht. Die Erfahrungen der letzten Monate waren beides, schön und schmerzlich, doch so halfen sie mir, den Himmel deutlicher erkennen zu können. Ich weiß nun, dass er immer da ist, gleich wie viele Wolken auch unter ihm dahinziehen mögen.
Es geht mir gut. Es geht mir wunderbar. Zärtlichkeit steigt auf. Lust auch. Abenteuerlust. Auf in die Fußgängerzone.
Ich habe sie bald erreicht, steuere meinen gewohnten Tisch vor dem Stadtcafé an und sehe jemanden winken. Sieht aus wie Madeleine. „Hallo Lena", ruft sie, „magst du einen Kaffee mit mir trinken?"

Epilog

Das Wunder war tatsächlich eins, die Lösung vom Antiquar eine endgültige. Keine Schmerzen mehr. Die erwischten mich einige Monate später auf der körperlichen Ebene. Auf dem Weg zur Arbeit rutschte ich aus und brach mir den Ellbogen. Da ging gar nichts mehr. Statt einen letzten Rest von Tüchtigkeit beweisen zu können, war ich auf die Hilfe anderer angewiesen. Es dauerte Monate, bis ich wieder voll einsatzfähig war, Monate, in denen sich, von mir unbemerkt, der Umzug des schöngeistigen Gurus ans andere Ende der Stadt vollzog. Als ich endlich wieder am Laden vorbeiradeln konnte, war er fort. Es war mir recht.
Recht war mir dann auch, wieder arbeiten gehen zu können, und ganz besonders recht war mir während der nächsten Satsangsession, meine physiotherapeutischen Kenntnisse beim geistigen Guru anwenden zu dürfen. Er hatte sich den Rücken „verknackst", ich ihm daraufhin meine Hilfe angeboten und er sein Kommen zugesagt. Ich war begeistert. Und sehr stolz. Der Guru kam zu mir. Er brauchte mich. Mich! Ich konnte ihm etwas geben. Ich!
Als er fortging, war schon wieder etwas gebrochen. Es hatte ein einfaches „Danke" gegeben, aber sonst nichts. Keine in irgendwelche Worte gekleidete Anerkennung für mich, die Behandelnde. Eine besonders spirituelle Begegnung war das auch nicht gewesen. Eine Physiotherapeutin hatte einen Mann mit einem lädierten Rücken behandelt. Das war alles gewesen.
Abwesend war er mir erschienen. Oder sogar abweisend? Jedenfalls gab es nun endlich einmal wieder jemanden, der sich weder gesehen noch in seiner Besonderheit gewürdigt fühlte und dieser Jemand schickte dem Guru schließlich eine Mail hinterher, die der persönlichen Verletztheit deutlich Ausdruck gab.
Die Antwort ließ nicht lange auf sich warten. Der Guru verstand die Welt nicht mehr, mich daher natürlich auch nicht und für mich ging es nun erst einmal darum, den Guru

zu verstehen. Er hatte sich an dem Tag nicht gut gefühlt. Hatte Probleme gehabt.
Mike war es nicht gut gegangen? Er hatte Probleme gehabt? Der Guru war immer noch Mensch?
Aber hatte er das nicht auch immer behauptet? Aber...
Der Guru war auch nur ein Mensch. Meine Enttäuschung vertiefte sich. Das Gefühl eines großen Verlustes keimte auf. Das Herz begann zu schmerzen.
Ich war aus dem Nest gefallen. Aus einem Nest, das ich mir zurechtgedacht hatte, weil ich dringend eins gebraucht hatte. Brauchte ich es immer noch? Brauchte ich wirklich noch die Anerkennung eines Gurus für meine Persönlichkeit, für die Rollen, die ich in diesem Leben spielte?
Nein. Ich war endlich runter vom „Guru-Trip". Und nach einiger Zeit war ich Mike sogar dankbar, dass er sich als kurzfristig körperlich Bedürftiger dazu hergegeben hatte, meinem Geltungs- und Überlegenheitsbedürfnis zu dienen und es so noch einmal ans Tageslicht zu holen.
Ja, ich bin ihm sehr dankbar, dass er sich in all seiner Menschlichkeit gezeigt hat. Erst spiegelte sich in ihm meine eigene noch unerkannte Göttlichkeit, dann meine eigene, in Teilen offensichtlich immer noch ungeliebte Menschlichkeit. Erst hatte ich ihn auf ein Podest gesetzt, dann wollte ich selber drauf. Das verhinderte er. Zum Glück.
In jeder Begegnung lehren Menschen einander etwas, sind sie aufmerksam, lernen sie auch etwas dabei. So wie ich von Mike, einem, der das Wesentliche erkannt hat und lebt, aber weiterhin ein Mensch ist wie jeder andere auch, und als solcher, wie jeder andere auch, weiterhin einer meiner Lehrer ist.
Einmal noch hielt Mike Satsang in meiner Stadt ab. Wie immer saß er vorne, die Menschen kamen zu ihm auf die „Bühne", wollten Rat oder Stille, doch mich zog nichts mehr dorthin. Da saß einer, der Fragen stellte, Antworten gab und Frieden ausstrahlte. Da saß einer, durch den erinnert wurde an die eigene Göttlichkeit und ans allumfassende Große Ganze.

Nach dem Satsang ging ich zu ihm und wir umarmten uns. Frieden. Danach sah ich ihn nicht wieder. Er kam nie wieder in meine oder in die Nachbarstadt und ich reiste ihm nicht nach, zumal auch Chandra sang- und klanglos aus meinem Leben entschwunden war. Sie hatte sich nicht mehr bei mir gemeldet und bei meinen Anrufen war immer nur der AB gelaufen.
Nun geht das Leben erst einmal ohne Gurus weiter. Im Moment bin ich auf Wohnungssuche. Das Haus, in dem ich so viele Jahre gelebt habe, wurde verkauft. In Ordnung. Ich habe Lust auf Umziehen. Ansonsten ist vieles beim Alten geblieben. Ich arbeite weiter an der Pforte des Pflegeheims, besuche Ella, mache Radtouren am Fluss entlang und kann mich nicht sattsehen. Am Wasser. Am Himmel. An diesen wundervollen Wolken. Weiterhin gehe ich an einigermaßen warmen Tagen in die Fußgängerzone zu meinen Privat-Satsangs. Und kann mich auch hier nicht sattsehen. Diese Menschen. All diese wundervollen Menschen.

Bibliografische Information der Deutschen Nationalbibliothek: Die Deutsche Nationalbibliothek verzeichnet diese Publikation in der Deutschen Nationalbiografie; detaillierte bibliografische Daten sind im Internet über http://dnb.d-nb.de abrufbar.

Covergestaltung: Gudrun Kohout

©2016 Lena Lander
Herstellung und Verlag: BoD – Books on Demand
Norderstedt
ISBN 9783741250675